사랑과 그것과 그리고 전부

Koi to soreto
ato Zenbu

Yoru Sumino

KOI TO SORE TO ATO ZEMBU by SUMINO Yoru
Copyright © 2023 SUMINO Yoru
All rights reserved.
Original Japanese edition published by Bungeishunju Ltd., in 2023.
Korean translation rights in Korea reserved by Somy Media, Inc., under the license granted by SUMINO Yoru, Japan arranged with Bungeishunju Ltd., Japan through JM Contents Agency Co., Korea.
Korean translation copyrights © 2025 by Somy Media, Inc.

이 책의 한국어판 저작권은 저작권사와의 독점 계약으로 ㈜소미미디어에 있습니다.
저작권법에 의해 한국 내에서 보호를 받는 저작물이므로 온·오프라인에서
무단복제와 전재, 스캔 및 공유를 금합니다.

스미노 요루

이소담 옮김

Koi to soreto
ato Zenbu

Yoru Sumino

사랑과
그것과
그리고
전부

소미미디어
Somy Media

사랑과 그것과 그리고 전부
7

옮긴이의 말
316

지금, 이 순간 좋아하는 아이가 있다.

여름방학 중에는 한동안 만나지 못할 거라고 지레짐작했다.

"어라, 메메. 있었네."

교차로에 선 그 아이가 큼지막한 입을 방긋 벌리고 말하며 이어폰을 빼 노란 반바지 주머니에 넣었다.

"사브레. 너야말로."

"나는 계속 있었어."

동아리 활동을 안 하는 사브레가 하숙집에 남을 리 없다고 생각해서 굳이 물어보지 않았다. 기억하기로 작년에는 얌전히 집에 갔었다.

"메메, 동아리 때문에 낮에는 계속 학교에 있는 줄 알았어. 오늘은 쉬어?"

"아니, 오늘은 고문 선생님께 일이 있어서 오전에 자유 연습만 했어. 쉬는 건 다음 주부터 일주일간이야."

"그럼 한라이도?"

"그 녀석은 어머니가 근처까지 오셔서, 훈련 끝나자마자 어디로 끌려갔어."

하얗게 빛이 반사하는 아스팔트 위, "그렇구나" 하고 고개를 끄덕이는 사브레의 가느다란 목덜미에 밴 땀이 반짝였다. 너무 높다고 생각했던 기온이 내 안에서 또 다른 의미를 지녔다.

"메메, 어디 가는 중이야?"

"식당."

"이거 가져다 두고 나도 갈까."

사브레가 오른손에 든 마트 봉지에서 길쭉한 롤빵 나이스 스틱이 삐져나왔다. 여자가 저 빵을 먹는 모습은 거의 못 본 것 같다.

"갈 거면 기다릴게."

사브레가 달음박질해서 내 옆을 지나 20미터 뒤의 문 안으로 들어갔다. 경쾌한 발걸음이 날개 돋친 듯이 즐거워 보인다. 뭐, 별명에서 연상했을 뿐 아니냐고 묻는다면 그야 그렇지만. 이런 시시한 생각이나 하는 건, 내가 내심 사브레보다 훨씬 더 신바람이 났기 때문이다.

길가에 우두커니 서 있을 이유도 없다. 나는 방금 걸어온 길을 그대로 돌아갔다. 사브레가 들어간 문 옆, 아슬아슬하게 문 안쪽에 자란 나무 아래에서 햇빛을 피했다. 이쪽은 내가 지내는 곳과 다른 여학생 전용 하숙집이다. 평소에는 부지 안에 들어간 걸 들키면 당장 쫓겨난다. 그래도 관리인 아주머니의 눈초리가 여름방학을 누리는 고등학생에게는 너그럽다. 한걸음 정도면 괜찮다.

"어라, 거기 가서 기다린다는 줄 알았어. 미안, 미안, 내가 이해를 못 했네. 다음에 내가 뭔가 기다릴게. 필요할 때 말해줄래?"

"괜찮은데 그거 어렵네."

사브레의 지나치게 신경 쓰는 소리를 오랜만에 들어서 기분 좋았다. 우리는 바로 근처인 목적지로 출발했다.

"메메, 또 탔네."

"계속 밖에 있으니까."

"색이 달라?"

입고 있는 티셔츠의 팔뚝 쪽을 걷어 올렸다. 사브레가 "오오" 하고 감탄 비슷한 소리를 내더니 자신의 하얀 팔뚝을 나란히 내밀었다.

"네 팔이랑 비교하니까 내 팔, 진짜 약해 보인다. 뭐, 운동을 안 하니까 당연하지만."

"뭐 하고 지냈어?"

아무렇지 않게 이런 걸 물어볼 수 있는 사이라 다행이다. 그런 사이니까 방심하고 여름방학을 어떻게 보낼지 확인하지 않았다. 그저께 무의미한 라인 메시지를 주고받는 동안에도 나는 본 적도 없는 사브레의 집을 상상했다.

"밤늦게까지 깨어 있고 낮까지 자는 생활. 그래서 사실 지금 아침밥이야."

"아까 빵이 그거였냐. 그래서 식당에서 마주치질 않았구나. 게임이라도 했어?"

알기로 옆방의 에비나와 닌텐도 스위치에 빠졌다고 했던 시기가 있었다.

"아니, 에비나는 집에 갔으니까. 요즘은 사람이 죽는 계열의 영화를 보는 중이야."

"그게 뭐냐."

"재밌어. 크게 네 종류로 나눌 수 있어. 죽을 것 같은데 죽는 영화, 죽을 것 같은데 죽지 않는 영화, 죽지 않을 것 같은데 죽는 영화, 죽지 않을 것 같은데 죽지 않는 영화. 죽는 건 엄청난 사건인데 단순 계산으로 절반이나 죽어."

만나고 몇 분 만에 조금 이상한 소리를 하는 사브레. 그런 것에도 나는 기뻤다.

"전혀 예상 안 했는데 갑자기 죽는 영화는?"

"예상하지 않았다면, 나는 죽지 않을 것 같은데 죽는 영화로 분류해."

"추천하는 작품 있어?"

"음, 죽을 것 같지 않은데 죽는 영화랑 죽을 것 같은데 죽지 않는 영화 중 마음에 드는 게 제법 있는데, 제목만 말해도 스포일러가 되니까. 예를 들어 어제 심야에 텔레비전에서 한 영화는 죽지 않을 것 같은데 죽는 훌륭한 영화였어."

"아, 그거 봤어."

"오, 우연이네."

"확실히 죽을 거라고 생각 안 했어."

모처럼 내일 훈련이 편한 전날 밤, 일찍 자는 게 아까워서 방에서 멍하니 텔레비전을 보는데 영화가 시작했다. 이렇게 이야깃감으로 공유하게 되리라고는 상상도 못 했다. 너무 들뜬 티를 내면 부끄러우니까 사브레에게 드러내는 놀라움과 기쁨은 진짜의 70퍼센트 정도로 조절했다.

"그렇지. 으악, 죽었잖아, 하고 깜짝 놀라게 해주는 죽는 영화였어. 죽는 연출을 그 정도로 잘하는 죽는 영화는 많지 않으니까 우연히 본 메메는 운이 좋았네."

"죽는단 소리를 몇 번이나 하는 거야."

대화를 나누는 중에 하숙생 모두가 이용하는 식당 앞에 도착했다. 나란한 남녀 하숙집에서 식당까지는 도로 하나를 사이에 뒀을 뿐이라 걸으면 2분도 안 걸린다.

"메메, 지루한 일상에 자극으로 정식 가위바위보 할래?"

등 뒤에서 사브레의 의욕적인 목소리가 들렸다. 문손잡이를 잡으려고 내민 손끝에 틈새로 나온 차가운 바람이 닿았다.

"아, 미안. 지루한 건 나만 그렇고 메메는 열심히 훈련하지. 다시 말해도 돼?"

뭘 어떻게 다시 말할지 모르겠지만 나는 고개를 끄덕였다.

"나는 지루한 일상에 자극을 주기 위해서, 메메는 바쁜 하루하루에 입가심을 주기 위해서 한판 대결."

"좋아. 여름방학 내내 틀어박힌 녀석한테 질 리가 없지."

"내가 밤낮없이 가위바위보 수행에만 몰두했다고 한다면?"

"달리 할 일이 없었냐."

"가위, 바위."

승부를 해야 한다면 상대가 누구든 이기고 싶다. 가위바위보는 운이라고 여길 수 있는데, 사실 내 나름의 대책이 있다. 사브레가 낼 것 같은 보에 대항해 가위를 냈다. 이 정식 가위바위보는, 이긴 사람이 세 종류뿐인 매일 바뀌는 정식 메뉴 중 하나를 먼저 고르고 남은 두 메뉴 중 하나를 상대에게 강제로 먹일 수 있다. 아무도 이득 보는 게 없고, 곰곰이 생각해 보면 목적이 뭔지도 모르겠다. 그래도 심심해하는 하숙생이 모이면 종종 개최한다.

결과, 승부를 제안한 사브레는 내 작전을 읽었는지, 혹은 우연인지, 그도 아니면 기운이 넘쳤는지, 움켜쥔 주먹을 그대로 내밀었다.

"이겼다!"

"사브레, 잠깐 그대로 기다려 봐."

"응?"

성실하게도 주먹을 낸 채 굳은 사브레 앞에서, 나는 접었던 오른손의 새끼, 약지, 엄지를 펼쳤다. 어리둥절한 사브레의 얼굴을 놓치지 않으려고 바라보면서.

"짠, 내 승리. 아까 기다린 보답으로."

"……어이! 지금 쓰기야?"

"마침 딱 좋게 쓸 수 있어서 다행이다."

"혹시 아까 거기서 기다린 것도 작전이었어?"

"그건 우연이지."

조금 힘주어 부정했다. 사브레가 나의 보답을 노리고 은혜를 베풀었다고 여기는 건 싫다.

"의심해서 미안해. 그래도 손을 바꾸는 건 반칙 아니야?"

"천천히 보를 내려던 도중이었으니까 기다려달라고 한 거야."

"아니, 그거 어떻게 봐도 가위잖아!"

"가위와 보의 경계를 설명할 수 있다면 재도전을 받아주지."

곧바로 가위와 보의 중간쯤 되는 손을 만드는 사브레를

보고 웃은 뒤, 나는 다시 식당 문을 열었다.

식당 내부에는 냉방과 정적이 뒤섞여 허공에 떠 있었다. 여름방학일 때만 품는 이미지다. 평소에는 주방에서 계속 일만 하는 아주머니들도 의자에 앉아 잡담 중이다. 이 공기, 특별한 느낌이어서 제법 좋아한다.

"닭튀김, 자반고등어, 차슈 라면."

식권 발매기 옆의 소형 칠판에는 특별할 것 없는 메뉴가 분필로 적혀 있었다. 읽은 순서대로 ABC다. 옆에 선 사브레를 보며 나는 내 것과 그녀가 먹을 것을 정했다.

"나는 A로 하겠어. 사브레는 아침이니까 B."

"나, 일어나자마자 바로 라면 먹을 수 있어."

"그럼 C도 괜찮아."

"일단 졌으니까 B로 할게."

둘 다 특별히 좋아하거나 싫어하는 음식이 없는 한, 보통은 가위바위보 승패 자체에만 조금 흥분하다가 메뉴 선택은 흐지부지해진다. 만약 지금 사브레가 강렬하게 좋아하는 음식이 있다면 그걸 내가 먼저 고르는 장난도 칠 수 있는데, 이 녀석이 심심하면 좋아한다고 말하는 음식이 피스타치오다. 식당에 있을 리 없다.

식권을 아주머니에게 건네고 각자 정식을 받아 우리는 창가 자리에 앉았다. 따져보면 특별히 좋은 것도 없는데, 여기는 하숙생 사이에서 은근히 특등석 취급을 받는 자리여서 순조롭게 앉을 수 있는 것도 여름방학 덕분이다.

별달리 설명할 점 없는 닭튀김과 샐러드를 먹고 밥을 먹는데, 남학생 두 명이 식당에 들어왔다. 둘 다 이쪽을 보고 멀리서부터 "안녕하십니까!" 하고 고개 숙여 인사해서, 나는 손을 흔들었다.

"메메, 선배구나."

사브레도 별달리 설명할 점 없는 자반고등어를 먹는다. 그리고 인사받는 나를 볼 때마다 하는 장난스러운 말을 오늘도 했다.

"사브레, 후배들도 널 사브레라고 불러?"

"후배랑 별로 대화할 일이 없어서. 그래도 하숙생 중 2학년부터는 다들 사브레라고 부르긴 해. 그 집에 구시로는 안 사는 거나 마찬가지야."

우리가 2학년이 되고 4개월 조금 지났는데, 확실히 사브레가 후배처럼 보이는 애들과 있는 모습을 본 적이 없다. 초등학생 때부터 유소년 클럽팀이나 동아리에 참가했던 나는 잘 모르지만, 보통은 후배와 접점이 거의 안 생기나 보다.

"아까 사브레, 지루한 일상이라고 한 거, 영화는 그렇다 치고 가위바위보 수행이 지루했다는 뜻?"

"너무 견실하잖아. 수행하는 시간의 90퍼센트는 좌선이고 10퍼센트가 방 청소인걸."

"실전을 해야지."

"아무도 없다니까. 같은 층에 나랑 선배 한 명만 남았는데 그 선배도 계속 동아리 훈련이야."

"사브레도 어디 다녀오면 좋을 텐데."

이 대화를 시작으로 어딘가 놀러 가자고 할 수 없을지, 고작 한 조각의 기대를 품고 말했다. 평소에는 학교에도 하숙집에도 동네에도 눈이 너무 많아서 둘이서만 있는 건 어렵다. 지금 모처럼 사람이 없고, 게다가 상대방의 시간이 남아도는 이 타이밍에 만났으니까.

음, 곰곰이 생각하니 전혀 한 조각이 아니었네.

"갈 거야. 마침 다음 주에."

"엥?"

"메메, 내가 진짜 방에만 틀어박힌 인간인 줄 알았어?"

나 혼자 기대하고 나 혼자 좋은 방향으로 굴러가리라는 예감까지 있었으니까 큰 충격을 받은 목소리가 나왔다. 부끄러웠다.

"어디에?"

"할아버지한테."

"너희 집이랑 다른 곳?"

"응. 할아버지 집은."

사브레의 입에서 나온 지명을 듣고 놀랐다. 이번에는 평범하게 놀랄 수 있었다.

"되게 멀다."

"그렇지. 머니까 벌써 2년 정도 못 갔거든. 사실 이번에는 할아버지랑 만나는 것에 더해 목적이 있어. 그쪽에 사는 먼 친척이 몇 달 전에 자살했거든."

"그건, 삼가 명복을 빕니다."

갑자기 어두운 화제가 나와서 알고 있는 말을 어떻게든 골랐다. 상황에 맞는지 모르겠다. 최소한 사브레가 불평하지 않았다.

"성묘하러 가는 거겠네."

"그럴 겸 자살한 방을 보고 싶어서."

"그게 뭐냐."

의미를 모르겠지만, 사브레가 특이한 것에 흥미를 품는 것 자체는 딱히 의외는 아니다. 1년 반 정도 친구로 지내면서 그런 아이인 걸 알고 있었다.

"왜 자기 손으로 목숨을 끊었는지 가까운 사람의 이야기도 듣고 싶어. 사실은 이 일을 계기로 사람이 죽는 계열의 영화를 잔뜩 보기 시작했거든. 살아가는 것이나 죽는 것과 정면으로 마주한 생명 에너지 같은 걸 느끼고 싶어."

사브레의 행동 이유가 일반적인 사람들과 조금 다른 것도 나는 물론이고 주변의 모두가 파악하고 있다. 나만의 감상을 말하면, 언제나 사브레가 하려는 말을 주변의 다른 녀석들보다 어쩐지 깊이 이해하는 것 같아서 그게 기뻤다.

이번에도.

"왠지 알 것 같아. 나도 재난 영화나 생존 영화가 보고 싶을 때, 화려한 장면보다도 목숨을 걸고 각오한 모습을 보고 싶다는 느낌이거든. 그게 사브레가 말한 생명 에너지를 보고 싶은 거려나."

"호오."

거짓말이 아니다. 나는 예전부터 그런 것에 흥미를 품는 쪽이었다. 다만 궁금한 이유까지 자각한 건 사브레의 말을 들은 지금이 처음 아닐까. 전쟁 영화나 구사일생으로 살아난 이야기를 다룬 다큐멘터리도 좋아하는데, 과연, 생명 에너지구나.

"그럴 것 같아. 메메, 그랬었구나."

"응, 나도 그런 거 듣고 싶으니까 선물로 가져올 얘기 기대할게."

흥미는 사실인데 그보다 사브레와 약속을 나누고 싶어서 말했다. 놀러 가자고는 못 해도 이 아이가 없는 시간 동안 또 다른 약간의 기대를 품을 수 있게.

"그러면, 아, 하지만 메메는 다음 주에 바쁘겠지?"

"다음 주? 아까 말했는데 동아리는 쉬어."

"어? 집에 안 갈 거야?"

"귀찮으니까."

"그럼 같이 갈래?"

"응."

의미를 좀 더 정확하게 물어보거나 머뭇거리는 게 좋았을지도 모른다. 그러나 말이 뇌에 도착하기 전에 고개를 끄덕인 것 같다.

"같이?"

그제야 뇌가 간신히 상황을 따라잡았다. 응? 사브레랑?

가자고 말한 사브레도 놀란 표정이었다. 어쩌면 나보다도 더.

"진짜? 메메, 즉답이네! 대단하다!"

"아니, 별생각 없이 무심코 끄덕였어."

"아하, 그렇다면 지금부터 거절해도 당연히 괜찮아."

"아니, 그래도."

시합 중에는 당장 각오해야 하는 순간이 셀 수 없이 많다. 스포츠를 해서 다행이다.

"네가 장난식으로 가자고 했을 뿐이라고 자백하지 않는다면, 나도 궁금해."

각오라느니 뭐라느니 하면서 무의식중에 예방선을 쳤다. 지금 사브레가 역시 불편하다는 티를 내면 엄청나게 충격을 받을 테니까 그때는 최소한 농담이라며 도망치고 싶었다. 변명하는 와중에도 내 머릿속은 '사브레랑 여행? 자살한 이야기를 들으러 가는 게 대체 뭔데?'하고 의미를 파악하기 위해 종횡무진 달렸다.

"아니야, 나는 진지하게 한 말이야. 우리 할아버지도 괜찮으실 거야. 생각보다 재밌는 분이시니까 부탁하면 재워

줄걸."

"아니, 재워달라고 하는 건 아무래도 죄송하지. 네 성격상으로도. 간다면 호텔을 찾을게."

"친척한테는 그렇게 신경 쓰지 않아. 서로 살아 있기만 하면 그만이라고 여기거든. 그러니까 괜찮아. 또 시골이라 주변에 호텔이 없어. 메메가 괜찮다면 가자, 같이 가자."

"그런 규칙은 처음 듣네. 나는 너랑 할아버지가 괜찮으시면 괜찮은데."

"규칙. 음, 규칙보다는 좀 더 적확한 표현이 있을 것 같은데."

사브레가 표현을 고민하는 시간을 알아서 마련했으니까 나도 그 시간을 이용해 이 상황과 내 감정을 맞추려고 노력했다. 그러나 안 됐다. 시시각각 현실이 되어 가는 여행까지의 흐름을 보며, 마치 중요한 대사를 초반에 놓친 채로 진행되는 영화를 보는 기분이 들었다.

들뜬 와중에도 일단 빠르게, 이 기회를 놓치면 안 된다는 말만은 속으로 되뇌었다. 사브레는 규칙을 대신할 표현이 바로 떠오르지 않았는지 "일단 이건 접어두고"라는 제스처를 했다. 이럴 때 보통 사람들은 잊어버리는데 사브레는 나중에 제대로 생각할 것이다.

"도착할 때까지 오래 걸리니까 네가 길동무를 해주면 즐겁지. 가자고 하길 잘했다."

"길동무라. 뭐, 괜찮은데 진짜 갑작스럽다. 내가 설마 이렇게까지 반사신경이 뛰어난 줄 몰랐어."

"매일 열심히 동아리에서 운동해서 다행이네."

"이걸 위해서가 아니거든."

친구와 여행을 떠날 것 같아서 즐겁다는 의미만 품은 표정을 억지로 꾸몄다. 나는 사브레처럼 사려 깊이 생각하거나 행동하지 않으니까 무리하지 않으면 기이하게 히죽거릴 것이다. 틀림없이.

다만 내가 앞으로 아무리 사려 깊은 인간이 되더라도 말이다. 좋아하는 상대가 갑자기 여행을 가자고 한 데다 그녀 안에서는 같이 가는 게 아무래도 확정된 상황에서 긴장감과 기쁨이 담긴 망설임을 얼굴에 전혀 드러내지 않을 수 있을까? 그럴 수 있는 녀석이 있긴 해?

그런 인간이 없다면, 친구와 여행이 정해져서 기뻐하는 얼굴로만 보이는 사브레가 나를 어떻게 생각하는지 알게 되어 조금은 낙담했다.

적어도 가자고 한 사브레의 내면에는 내가 기뻐할 의미가 전혀 없을 테지. 뭐, 알고는 있었지만.

결정적인 언급도 확실하게 있었다.

"사실은 예전부터 너도 흥미 있어 할 만한 일에 같이 가자고 하고 싶었어. 보답할 수 있어서 다행이다."

"내가 뭐 했었나?"

"한참 전이니까 기억 못 할 수도 있는데, 우리 알게 되고 얼마 안 됐을 때, 하숙생끼리 밥을 먹으러 가자고 했었잖아. 그래서 나도 뭔가 가자고 말하고 싶었는데 괜찮은 생각이 안 났거든, 그러니까 오늘 메메 너랑 만나서 운이 좋았어."

"아, 그런 적 있었지."

기억한다. 사브레에게만 가자고 한 게 아니다. 게다가 1년 반쯤 전이다. 설마 그런 것까지 보답하고 싶은 범주에 들어갈 줄은 몰랐다. 그래도 그건 사브레가 정할 일이고, 나는 그때 나를 잘했다고 칭찬하면 그만이다.

과거의 내가 모처럼 계기를 만들어 주었으니까 아주 조금이라도 사브레가 나를 의식하게끔 노력해야지. 이렇게 생각하자 긍정적인 마음이 들어 마침내 각오 비슷한 게 생졌다.

"아, 사람이 죽은 이야기를 들으러 가는데 운이 좋았다고 말하면 너무 불경한가? 다시 말해도 돼?"

"응, 괜찮은데."

"메메랑 우연히 만난 덕분에 즐거울 것 같아. 이거라면 내 의지니까 불경한 것보다 훨씬 좋아."

큼지막한 입이 표현하는 사브레의 생각을 듣자, 내 가슴부터 목 주변에 호치키스 심으로 따끔따끔 가려운 곳을 세게 긁는 듯한 통증이 달렸다.

사브레의 이야기를 듣는 게 좋다. 몰랐던 감정이나 감각의 존재를 내 안에서 발견하게 해주니까.

"말하는 거 깜박했는데, 이동하는 거 상당히 가혹할 거야."

"나는 너보다 체력 있으니까 아마 괜찮을걸."

"그건 그러네. 그러면 여행 일정, 일단 라인 메시지로 보낼게."

메시지는 네트워크를 한 번 경유하는 시간만 걸리고 금방 왔다.

"땡큐."

짝사랑을 해본 적 있는 녀석이라면 공감할지도 모른다.

나는 스마트폰에 일정이 도착한 순간부터 이 예정이 갑자기 없어질지도 모른다고 불안해졌고, 없어지지 않더라도 사브레의 마음이 갑자기 변해서 싫다고 하진 않을지 의심이 들어서, 과도하게 기대하면 안 된다고 내 안에서만 또 예방선을 쳤다. 이런 감각은 틀림없이 출발 직전까지 이어질 테고, 앞으로 사브레와 어떤 약속을 할 때마다 반복되겠지.

이게 현실이라고 비로소 실감하는 순간은 둘이 같이 출발한 다음일 것이다. 이제부터 사브레가 세운 이동 계획보다 훨씬 더 긴 일주일을 맛보게 된다.

그러니까 확정이라고 여기지 않는 편이 낫다.

그래도 최소한 현재 시점으로만 말하면 내게 특별한 예정이 생겼다.

우연한 재회에서 고작 몇십 분밖에 안 지났다. 그 짧은 시간에 우리는 소중한 여름방학을 써서 일부러 사람이 자살한 방을 보러 가기로 약속했다.

뭐야, 그게. 모처럼 여름방학인데.

"생각해 보니까 산다거나 죽는다는 것의 강렬한 에너지

에 닿아서 나나 메메의 사고방식도 뭔가 달라질 수도 있겠다. 조금 긴장되네."

박진감 넘치는 표정으로 말하는 사브레에게 나는 "그런 일은 잘 없으니까 즐거울 것 같다"라고 웃어 주었다.

아니, 사브레가 같이 있어 주기만 하면 아주 즐겁다.

내 짝사랑은 그런 것이다.

고등학교에 입학하고 얼마 지나지 않아 다 같이 밥을 먹자고 사브레에게 말한 일, 나도 대충 기억한다는 정도로 반응했는데 정말 딱 그 정도여서 딱히 얼버무린 것은 아니다. 그때 사브레는 정말로 별로 인상에 남지 않았다. 초등학교나 중학교에서 흔히 보던, 말수가 적고 어딘가 불안정해 보이는 여자. 입학하고 일주일 사이, 사브레도 그런 녀석일 거라는 인상을 내 멋대로 품었다. 이런 여자는 시간이 흐를수록 괴롭힘을 당하는 포지션이 되는데, 주변을 잘 보살피는 여자와 어울리며 반에서 자기 사리를 찾는다. 또 기본적으로 얌전하고 낯을 가린다. 나는 사브레를 그런 사람이라고 여기고, 일단은 친절한 마음에서 당시 하숙생의 식사 모임에 가자고 말했다.

그때 고맙다고 말하며 소심하게 웃던 녀석을 보고 사람이 자살한 곳을 보러 가자고 제안하리라고는 상상할 리 없다.

밥을 같이 먹은 게 계기는 아니고 원래 하숙집 동료이자 같은 반 친구이기도 해서, 사브레와는 자연스레 친해졌다. 방학인데도 집에 안 가고 친구의 할아버지 집에 간다고 부모님에게 말했을 때, 관계성을 그렇게 설명하자 "그야 친하겠지"라는 말을 들었다. 하긴, 친하지 않은 녀석의 친척 집에 놀러 가진 않는다. 하루에 한 번은 반드시 메시지를 보내고, 친척 어르신께 절대로 폐를 끼치지 말고, 나중에 감사의 선물을 보낼 테니까 주소를 알아 오라는 다짐을 받고 이번 여행의 허가를 받았다. 친구가 여자이고 자살한 이유를 들으러 간다는 건 귀찮아질 테니까 말하지 않았다.

사브레 쪽은 "남자 일손이 늘면 고맙지"와 같은 소리를 들었다고 한다. 무슨 의미인지 몰라 물었더니 "교통비가 부족하니까 할아버지의 일을 도와서 벌 생각이었어"라고 한다. 사실 돈 문제는 나도 걱정이어서, 동아리 때문에 아르바이트할 시간이 없으니까 마련할 구석이 있다면 감사할 일이다. 체력 쪽이라면 그럭저럭 자신 있다.

"메메는 몰라도 내가 괜찮을지 걱정되기 시작했어."

여행 약속을 하고 한 주가 지난 밤, 역 근처 맥도날드에서 사브레가 말했다. 할아버지 집에서 할 아르바이트가 아니라 이제부터 탈 야간 버스 때문이다.

"메메, 탄 적 있지?"

"있긴 해도 동아리 원정 때야. 어두컴컴하긴 해도 새벽이었고."

게다가 그때는 공교롭게도 동행자가 남자뿐이었다. 그러니까 사실 나도 조금 걱정이다.

지금 내 옆자리에는 동아리 활동 때도 쓰는 에나멜 가방이, 사브레 옆에는 크고 까맣고 네모난 누가 봐도 여행용 가방이 놓였다. 버스를 타면 하룻밤 내내 가방 대신 서로의 몸이 놓인다. 그 시간을 어떻게 보내면 좋을지 아직 모르겠다.

해가 저물었어도 걸어 오면서 더웠으니까 시킨 바닐라 셰이크를 한 모금 마셨다. 에어컨 때문에 쌀쌀하게 추운 실내와는 어울리지 않는 맛도 긴장한 내게는 딱 좋았다.

"그래도 메메, 최근에 실전 경험이 있는 거잖아. 반면에 체력 없는 나는 지식이 〈수요방랑객〉* 뿐이야."

---

* 1996년에 처음 제작된 일본의 여행 버라이어티 방송. 저예산, 저자세, 저칼로리를 모토로 출연진이 가혹하게 여행을 다니는 모습을 보여주었다. 원제는 '수요일 어떻습니까'라는 뜻인 〈스이요도데쇼(水曜どうでしょう)〉다.

"오오이즈미 요우가 예전에 했던 방송인가?"

"응. 넷플릭스에 있어서 그저께 야간 버스 편을 봤어. 동아리 때는 잤어?"

"올 때는. 갈 때는 옆자리에 한라이가 앉았으니까 대략 5시간 동안 수다 떨었어."

"그리고 연습이나 시합도 하는 거구나. 대단하다."

지금 조금이라도 체력을 붙일 생각인지 사브레는 저녁으로 새우버거를 먹었다. 본인도 우스갯거리로 삼는 큼지막한 입이 빵과 양상추를 흘리지 않고 붙들었다. 한 입은 커도 위장은 그다지 크지 않은 사브레, 새우버거를 후다닥 해치우고 내 감자튀김을 두세 개 먹고서 저녁 식사 자체를 마무리했다. 미리 사브레에게 츄잉캔디 하나를 보답으로 받았다.

그 캔디까지 더하면 내 짐은 지금 가방 안에 든 4박 용 갈아입을 옷에 충전기, 병에 든 포카리스웨트, 입고 있는 티셔츠와 7부바지, 양말에 운동화, 그리고 스마트폰과 지갑. 이게 전부다.

평소와 다르지 않은 복장으로 온 나도 그렇고, 사브레 역시 몇 명이 모여서 놀러 갈 때와 다르지 않은 복장이었다.

펑퍼짐한 까만 티셔츠에 눈이 따끔따끔해지는 무지개 같은 줄무늬에 무릎 아래까지 오는 스커트. 운동화는 이것도 꽤 예전부터 봤던 번쩍번쩍한 은색이다. 처음 봤을 때는 '우주인의 발인가!' 싶었는데, 곰곰이 생각하니 내가 여자들 유행을 모를 수도 있으니까 다른 녀석들의 반응을 기다렸다. 그러자 사브레의 절친으로 여겨지는 에비나가 "미러볼이야?"라고 말했으니까 내 감각이 이상한 것은 아니었다. 냉큼 우주인이냐고 한마디 하자, 사브레가 기쁜 표정을 지었다.

"맞다, 에비나가 메메한테 인사 전해달래. 아, 귀찮아지니까 다른 애들한테 입 다물고 있으라고 말해두긴 했어."

"땡큐. 에비나라면 괜찮지."

친구 둘이서 외출할 뿐인 건 사실이지만, 우리에게도 위기감은 있다. 같은 반 남녀 둘이 여행을 간다는 소리는, 목적이 뭐든 퍼지지 않는 게 최선이다. 나는 주변에서 놀려대면 앞으로 방해가 될 테니 싫었고, 사브레도 그런 걸 무시할 수 있는 녀석이 아니다. 물론 내게는 언젠가 이 감정을 전하려고 마음먹었을 때, 주변 분위기에 휩쓸렸다고 여겨지기 싫다는 이유도 있다.

"에비나가 한가하면 자기 집에 오라고 연락해서 너랑 같이 할아버지 집에 간다고 했더니 메메한테 인사 전해달라더라. 직접 하면 될 것을."

에비나 역시 2년 연속으로 같은 반이며 같은 하숙집의 동료다. 그래서 나는 에비나와도 친하다. 그런데 직접 말하지 않은 것에서 함축적인 의미를 느낀다. 설마 내 마음을 읽힌 건 아니라고 믿지만. 에비나는 사브레 이상으로 만만치 않은 녀석이니 방심할 수 없다. 좋아하는 하숙생과 친해지고 싶은 자택 거주 학생을 도와주고 돈을 챙기는 장사를 시작하려다가 소문이 퍼져 눈물 쏙 빼게 혼났는데도 전혀 반성하지 않는 나쁜 녀석이다.

"목적도 말했어?"

"응, 바보냐고, 엄청 재밌겠다고 했어. 처음의 바보냐의 의미는 전혀 모르겠는데 아마도 칭찬이겠지."

요컨대 에비나는 상식 운운이나 남이 어떻든지 상관없이 자신 내면에 자기만의 가치를 단단히 정해둔 녀석이다. 그러니 조금 독특한 가치관을 지닌 사브레와 마음이 맞는다. 나로서는 나보다 사브레를 더욱 이해하는 듯한 에비나에게 부러운 마음과 유감스러운 마음이 있다. 친구이면서 라이

벌 같은 감각이다.

시계를 확인하고 맥도날드를 나왔더니 바깥 공기가 끈적거렸다.

우리는 편의점에 들러 음료를 사고 버스터미널로 이동했다. 늦은 밤인데 버스가 몇 대나 섰다가 출발하기를 반복하는 그곳은 사람들로 가득했고, 우리보다 훨씬 많은 짐을 든 사람들이 지친 얼굴로 버스를 기다렸다.

야간 버스 이용자 중에 어른도 많은 건 예상외였다. 우리가 그렇듯이 돈 없는 고등학생이나 대학생만 타고, 어른들은 당연히 신칸센 같은 걸 이용할 줄 알았다. 설마 양복을 입고 야간 버스를 기다리는 회사원이 있을 줄은 몰랐다. 여자도 꽤 있었다.

안내 방송을 놓치지 않으려고 사브레와 대화도 자제한 채 기다리자 곧 우리가 탈 버스 탑승이 시작되었다. 드디어 출발이구나. 둘이 같이 버스로 다가갔다. 사브레가 전자 티켓을 갖고 있다.

이용자층 말고 예상외였던 것 두 번째. 동아리 때 이미지가 너무 강렬했는지도 모른다. 짐을 버스의 배 속에 맡기고 출입구로 한 걸음 들어가자, 너무 조용해서 놀랐다. 당연히 친구끼리 버스를 타는 손님이 많아서 소등 전에는 왁자지껄 떠들 줄 알았다. 아까 버스를 기다리는 동안 사브레와 소등 후 대화는 자제하는 게 좋겠다고 확인한 것이 우스울 정도로, 입구에서부터 재잘재잘 떠들 분위기가 아니었다.

또 출발 전에 놀란 세 번째, 다행인지 불행인지 마지막인 이게 제일 예상외였다.

"내 옆자리가 비었더라."

일주일 전에 그 말을 듣고 상상한, 계속 티셔츠 소매가 스치는 시간이나 다리가 닿지 않게 조심하는 시간은 망상으로 끝났다. 버스는 자리 하나하나가 독립된 세 열 구조였다.

물론 처음에는 아쉽기도 했다. 그러나 실제로는 이게 좋았다. 내일 도착하면 또 이동해야 한다. 뭘 특별히 할 수도 없는 버스 안에서 계속 긴장하다가 지쳐버려도 곤란하다. 아니, 딱히 뭔가 할 생각은 없었지만.

내 자리에 앉아 앞자리 등받이에 달린 음료 받침대에 편의점 봉투를 걸었다. 오른쪽의 사브레를 보자, 자질구레한 물건을 넣는 허리 가방에서 페트병을 꺼내 음료 받침대에 세워 넣었다. 눈이 마주쳤다.

"되게 조용하다."

목소리를 낮춘 사브레도 같은 생각을 하고 있었다. 이 묘한 긴박감 속에서 불안했던 마음이 조금 흐릿해졌다.

"소등 전에는 좀 더 시끌벅적할 줄 알았어."

나도 목소리를 낮췄다. 자리 사이에 통로가 있는데 이 정도 목소리로도 말이 통하는 정적이었다.

"그치. 태어나기 전에 이런 곳에 있었을까 싶네."

사브레가 또 독특한 소리를 했다. 그래도 잠깐 생각해 보고 과연 싶었다. 이 여행의 주제와 연결했을 테고, 사브레가 품은 엄마 배 속 이미지가 이런 걸지도 모른다. 좁고 어슴푸레하고 거의 잿빛이다.

"나는 말하자면 어떤 생물한테 먹힌 느낌."

"그것도 말 되네. 둘 다 생사의 경계다."

사브레가 환상적인 말을 한 시점에 어디로 굴러갈지 모르는 우리 운명을 결정하는 것처럼 앞쪽에서 문이 기계적으로 닫히는 소리가 났다.

운전석에서 안내 방송을 했다. 목적지, 휴게소에 관한 알림, 주의 사항. 역시 소등 전에도 대화를 삼가달라고 한다. 뒤로 젖혀지는 리클라이너 의자는 쾌적하게 가기 위해서 "소등 후에는 여러분 모두 의자를 젖혀 주십시오"라고 한다.

이 안내는 버스가 멈추고 사람이 탈 때마다 반복되었다. 주변에 성가신 사람이 앉으면 어쩌나 걱정했는데 내 왼편에는 이어폰을 낀 대학생 같은 남자, 뒤에는 머리에 수건을 두른 육체노동자 같아 보이는 형씨가 탔다. 사브레 뒤에는 운 좋게 마지막 정류장에서도 아무도 타지 않았다. 사브레가 내 쪽을 보더니 두 손을 모으고 고개를 꾸벅였다. 잘 먹겠다는 인사는 아닐 테니 '얼마나 애통하십니까'일까. 이것도 이번 여행 주제와 연결했을 테지만, 정말로 그런 의미라면 너무 싫다. 그게 아니기를 바라며, 고속도로에 진입한 후 나는 뒤를 돌아보았다.

"실례합니다."

초보자니까 만약을 위해 말투도 정중하게.

육체노동자 같은 형씨는 무시하지 않고 스마트폰을 보던 눈을 들어 나를 봤다.

"불이 꺼지면 의자를 뒤로 젖혀도 될까요?"

외모로 보아 곧장 "꼬맹이, 내가 우습냐"라고 말할지도 몰라 조금 조마조마했고, 만약 그랬다가는 대놓고 짜증 날 것 같은 나도 걱정이었는데, 형씨는 손바닥을 내밀어 보이며 "얼마든지요"라고 대답했다. 그리고 다시 스마트폰을 들여다보았다.

"고맙습니다."

인사하고 나도 모르게 사브레 쪽을 봤다. 사브레는 입술 양 끝을 있는 힘껏 올리고 뒤에 앉은 형씨를 바라보고 있었다. 시선으로 감사하는 마음을 표현하는지도 모른다.

사람이 많아지자 그만큼 침묵이 포개져서 더욱더 말하기 어려운 분위기가 되었다. 고속도로여서 외부에서 들리는 잡음도 일정해지자, 표현이 이상한데 무음 같았다.

이래서야 한동안은 홀로 여행이나 마찬가지다.

사브레는 무슨 생각을 할지 궁금해서 옆을 봤다. 스마트폰을 부지런히 두드리고 있었다. 소등 후에는 스마트폰도 자제하는 게 좋다니까 지금 연락을 처리해 두려나 보다. 나는 지금 해둬야 할 연락도 없으면서 무심히 스마트폰을 봤다.

어쩐지 옆에 앉은 사브레에게서 메시지가 왔다.

'음악 스트리밍 뭐 써?'

사브레 옆얼굴을 한 번 쳐다보고 답을 보냈다.

'애플뮤직!'

'심심하면 평소 듣는 노래로 플레이리스트를 만들어서 교환하지 않을래? 따로 할 일 있으면 괜찮고!'

거기에 더해 곰이 사과를 먹는 이모티콘. 나는 곧바로 강아지가 OK 간판을 든 이모티콘을 보냈다. 최근 사브레가 어떤 노래를 듣는지 흥미가 있으니까 깊이 생각하지 않았다.

음악 스트리밍 앱을 곧바로 열지 않고 최근 내가 뭘 들었는지 되짚었다. 그중 스트리밍 서비스가 되는 곡부터 찾아 플레이리스트에 넣어 목록을 만들다가 알았다. 나, 완전히 유행하는 곡만 듣네.

사실 그다지 의외는 아니다. 평소 음악에 그렇게까지 흥미가 없어서 텔레비전이나 친구를 통해 알게 된 노래를 듣고 마음에 들면 반복 재생하는 식이다. 남에게 폐를 끼치는 행동도 아니다. 그래서 사브레가 아마 이번 소일거리에서 원하는 것과는 다르지 않을까.

'미안한데 내가 듣는 곡, 죄다 유명한 곡이야.'

메시지를 보내자 답이 바로 왔다.

'당연히 괜찮아.'

고양이가 OK 사인을 하는 이모티콘이 왔다. 어디까지 진심인진 몰라도 조금은 안심했는데, 이어서 상대 쪽에서 또 메시지가 왔다.

'왜 사과했어?'

참 사브레답다는 생각에 조금 웃었다.

나는 이 사브레다운 면에 대응하는 것이 즐겁다. 그래도 이 사브레다움을 귀찮아하는 녀석이 있는 것도 안다. 그러니 나는 다들 있을 때 사브레가 이런 발언을 하면 티 내지 않고 화제를 미묘하게 바꾸곤 한다. 지금 라인 채팅방에는 나만 있으니까 얼마든지 말할 수 있다.

'사브레가 모르는 곡을 알려주지 못할 것 같아서 미안했어.'

'아하, 그렇구나.'

잠깐 사이를 두고 사브레의 메시지가 다시 도착했다.

'아무리 유명한 곡이든 마이너한 곡이든 다들 좋아하는 부분이나 이유는 세세하게 다를 거야. 멋있다거나 감동적이라는 거창한 말로 구분할 뿐이지.'

구분하다. 그 의미를 생각하는데 또 라인 메시지가.

'메메가 좋아하는 곡, 들어둘 테니까 내일 각각 왜 좋아하는지 말해줘.'

'그럼 나도 들어둘 테니까 사브레의 이유도 기대할게.'

메시지를 보내고 옆을 보자 사브레가 이쪽을 보며 큼지막한 입 사이로 치아를 보여주었다. 좋아하는 아이가 내 생각을 알고 싶어하는 것도, 내일 또 그 아이의 이야기를 들을 수 있는 것도, 사브레의 함박웃음을 보는 것만큼 기쁘다.

이윽고 보내온 플레이리스트를 쭉 확인하는데 소등 알림이 들렸다. 사브레와 소곤거리는 목소리로 "이따 봐"라고 말하고, 커튼을 치고 리클라이너 의자를 뒤로 젖혔다.

귀에 이어폰을 꽂고 사브레의 플레이리스트를 재생하자 제일 먼저 주카라데루라는 밴드의 노래가 나왔다.

긴긴 야간 이동 시간은 그 곡과 함께 예상보다 훨씬 더 차분하게 시작되었다.

반 친구이자 하숙집 동료이기도 한 에비나가 "사브레의 어떤 면이 좋아?"라고 묻는 현실 같은 꿈을 꿨을 때, 버스가 쉬려고 휴게소에 멈췄다. 신기하게도 나는 휴게소 주차장에 도착한 그 순간에 딱 깼다. 현실적인 꿈 때문에 지금 막 깬 사람 같지 않게 심장 박동이 빨랐다. 잠깐 호흡을 정돈하고 화장실에라도 다녀오려고 오른쪽 커튼을 젖혔다. 사브레 자리의 커튼은 이미 열렸고 본인도 없었다. 일어났나. 행동이 빠르네.

내용물이 조금 남은 페트병을 들고 버스에서 내렸다. 심야여서 기온은 당연히 내려갔는데 공기는 여전히 끈적거렸다. 버스에서 멀어져 기지개를 켜며 하늘을 봤는데, 일상과 단절된 곳에 서 있다는 느낌이 강하게 들었다. 주차장에는 다른 버스나 차도 몇 대인가 서 있었고 생각보다 사람이 많았다.

쓰레기를 버리고 화장실에 갔다가 바로 근처의 자판기에서 페트병에 든 차를 샀다. 사브레가 어디 있나 찾는데, 개성적인 복장이라 어두워도 금방 알아보았다. 커다란 간판 지도를 보며 두 팔을 벌리고 기지개를 켜고 있었다.

"수고했어."

다가가 말을 거는데, 사브레의 뒤통수 머리카락이 삐죽 솟구쳐 있었다. 웬만해서는 볼 일이 없는 확실한 잠의 흔적이다.

"오랜만이다, 메메."

사브레가 몸 전체를 이쪽으로 돌리고 나와 눈을 마주쳤다.

옆자리에 있는데 모습은 보이지 않고, 대신 존재만은 의식했으니까 더욱 인상이 진해 보였다. 뙤약볕 아래에서 달리다가 이온 음료 맛을 떠올리는 것과 비슷하다.

나는 사브레의 외모가 좋다.

물론 그 이외의 이유나 계기도 분명히 있다. 그래도 외모도 좋아하는 부분 중 하나라고, 이 자리에 없는 친구에게 회답했다.

남들이 보기에 얼굴이 무지무지 귀엽거나 스타일이 아주 좋거나 가슴이 크거나 패션 감각이 세련되지는 않을 것이다. 사브레에게 미안하지만 그런 것과는 다르다.

애교 있는 얼굴과 마른 체형, 조금 기발한 복장, 또 색소 옅은 피부도, 그 전부를 조합한 균형이 내가 딱 선호하는 형태일 것이다. 처음 입학했을 때는 그런 생각이 없었으니까 좋아한다고 자각할 때까지 사브레의 외모 혹은 내 취향이 조금 변했을 수도 있다.

한밤중에 좋아하는 것을 볼 수 있어서 단순한 나는 기력과 체력을 회복한 기분이었다.

"사브레, 한 군데가 심하게 뻗쳤어."

"오? 진짜네, 뭐 됐어. 내일 정리해야지. 메메는 괜찮아 보이네."

사브레도 내 머리카락을 체크하고 합격점을 주었다.

나를 살피는 동안 사브레가 내 외모를 어떻게 생각할지

갑자기, 아니 사실은 예전부터 은은하게 신경 쓰였는데 그런 건 물어볼 수 없다. 기본적으로는 친구 사이다. 외모는 관련 없다. 그러고 보니 같은 반 녀석에게 딱 한 번, 파마를 안 하고 몸을 단련하고 햇볕에 탄 호시노 겐이라는 소리를 들었다. 그건 이미 호시노 겐이 아니다.

"못 잘 것 같다고 말해놓고서 생각보다 잘 잤어. 메메는?"

"나도. 숙면까지는 아니었지만."

꿈을 꾸는 동안 사람은 깊이 잠든 게 아니라는 이야기를 어디선가 봤다.

"심야 휴게소, 이렇게 분위기가 좋구나. 모처럼 자고 일어났는데 되게 흥분된다."

"동감. 말하자면 되게 비일상이지."

"응. 모험이 시작되는 느낌도 나고, 여기 이외에는 전부 멸망한 것 같기도 해. 혼자가 아니어서 다행이다. 이 흥분한 기분을 바로 말할 수 있어서."

"사브레, 너는 혼자서도 흥분했을 것 같은데."

"네가 없었다면 에비나에게 메시지를 보내서 귀찮다는 소리를 들었을지도. 나는 즐거운 일은 바로 남한테 말하고 싶거든. 그러니까 에비나 대신 고마워."

"걔가 말해야지."

시간대와 어둠, 또 몸 안쪽에 진하게 남은 졸음이 합쳐져서 나직하게 웃었다. 이렇게 하면 잠자기 편하다는 유익한 의견이라도 교환하면 좋을 텐데, 둘 다 지도를 보고 아직 여기밖에 안 왔다느니 따위의 적당한 소리를 하다가 출발 시간이 왔다. 버스로 돌아가 의자에 앉고서야 사브레에게 뭔가 의미 있는 말을 했으면 좋았겠다고 생각했다.

버스가 다시 출발했고, 다음 휴게소에서 하고 싶은 말을 생각하다가 이번에는 영 잠이 오지 않았다. 지금 자세가 잠을 방해하는 것 같아서 몸을 미묘하게 움직인 끝에 편안한 자세를 찾았다. 그러나 몸이 그 자세에도 또 질려서, 자세를 조금씩 바꾸며 올바르게 몸을 놓는 방법을 찾으려 했다. 그러기를 반복하다가 금방 1시간이 지났다. 사브레가 한 말을 생각했다. 알 안에서 태어나기를 기다리며 꿈틀꿈틀하는 생물이 이런 느낌일지도 모른다. 의자와 의자 사이, 커튼과 커튼 사이, 껍질에 갇힌 것 같다. 조금은 고독감과 비슷한 느낌이다.

사브레가 바로 저기 있는데 말을 걸 수는 없다. 이미 잠들었을까.

푹 자길 바라는 마음도 있고, 잠이 안 온다고 같이 고민하고 싶은 마음도 있다.

확인할 수 없으니까 최소한 사브레의 머릿속 혹은 꿈속에서 듣고 있을지도 모르는 곡을 나도 듣기로 했다. 기적이라도 일어나면 공유할 수 있을지도. 어차피 할 일도 없으니까.

세 곡 정도까지는 기억이 있다.

사브레의 선곡이 잠들게 해주었다. 지루하다는 의미가 아니라. 차분한 곡조나 피아노를 사용한 곡이 많았다.

다시 깬 건 또 쉬려고 휴게소에 도착한 타이밍이었다. 몸을 펴고 싶어서 커튼을 젖히자, 사브레 자리는 커튼이 쳐져 있었다. 희미하게 들리는 것이 잠든 숨소리인지 버스 소리인지, 잠에 취한 머리로는 알 수 없었다.

밖으로 나가자, 하늘이 희붐하게 밝아지기 시작했다. 북쪽으로 올라온 만큼 기온도 착실히 내려갔다. 주차장에는 앞서 들른 휴게소보다 사람은 적고 차나 트럭이 많았다.

있는 힘껏 등을 펴고 무릎을 굽혔다 폈다. 일단 화장실에도 다녀왔다.

사브레가 나왔나 하고 주차장을 둘러본 후, 토산물 가게

나 푸드 코트 공간도 확인했는데, 없었다. 충분히 아쉬워하며 건물에서 나왔다. 외벽 끝에 자판기가 쭉 있는 것을 보고 커피라도 사야겠다고 생각했다.

그쪽에 작게 흡연 공간도 있었다. 멀리서 봤을 때는 흡연 공간인지 바로 알 수 없었는데, 그건 한쪽 구석에 재떨이만 놓여 있었기 때문이다. 사람이 원을 그리고 선 것처럼만 보였다.

다가가자 여러 명 중에 뒷좌석의 육체노동자 같은 형씨도 있었다. 주차장 한 지점을 바라보고 있다. 뭐가 있나? 나도 무심코 멈춰 서서 같은 방향을 봤다. 그래도 딱히 아무것도 없었다. 뭐야, 하고 되돌린 눈이 형씨와 마주쳤다.

이쪽이 딱히 잘못한 것도 아니고 바로 시선을 피하는 것도 이상하다. 나는 학교에서 보호자와 스쳐 지나갈 때처럼 가볍게 인사했다. 어차피 무시하거나 잘해봐야 손 인사 정도 할 줄 알았다.

그런데 육체노동자 같은 형씨는 아직 남은 담배를 재떨이에 버리고 이쪽으로 다가왔다. 왜지.

"고등학생?"

"어, 네."

설마 공갈 협박은 아니겠지.

중학생이 되면서 키가 자랐고 동아리 활동으로 체격도 어느 정도 단단해져서 시비 걸릴 타입이 아닌 줄 알았으니까 조금 겁먹었다.

"여름방학에 여행이라, 부럽네."

어쩌면 의자를 젖힐 때 너무 정중하게 대한 게 좋지 않았나. 낮은 자세로 나가서 무시하는 건지도. 살짝 후회했는데, 형씨는 내 가슴팍을 움켜쥐지 않고 몸의 방향을 바꿨다.

그러더니 자판기를 가리켰다.

"커피 마실래?"

단 게 좋아? 덜 단 거? 뜨거운 거? 차가운 거? 몇 개의 질문을 받고 되는대로 대답했더니 곧 내 손에 캔 커피 하나가 들어왔다. 몇 초 후에 또 하나.

"여자 친구 거. 안 좋아하면 네가 마시면 되고."

"이거."

"사줄게. 모처럼 같은 버스를 탄 고등학생들에게 어른이."

육체노동자 같은 형씨의 행동 이유를 잘 모르겠다. 그래도 연상이 뭔가 사줄 때는 거부하면 안 된다고 동아리 선배에게 배웠다.

"감사합니다. 잘 먹겠습니다."

솔직히 사브레 것까지 받아도 될지 고민이었지만, 내 손으로 처리하는 게 제일 간단하다. 형씨는 캔 커피를 하나 더 샀다. 본인 것이겠지.

나는 커피를 따서 한 모금 마셨다. 차갑고 덜 단 맛. 목이 마르기도 했고, 고맙다는 말 이외에 뭔가 말해야 한다면 역시 "맛있습니다"라고 해야 할 테니까 그렇게 했다.

"야간 버스는 자주 타?"

"아니요, 오늘 처음입니다. 어, 일하러 가시나요?"

"아니."

육체노동자라고 생각했던 걸 그대로 말했을 뿐인 질문에 형씨는 고개를 저었다. 얼굴을 잘 보니 '형씨'라고 친근하게 불릴 나이는 아닌 것 같았다. 우리보다 조금 나이가 많은 인간이 처음 만난 고등학생에게 이렇게 척척 커피를 사 줄 것 같지 않다.

"고향에 계신 아버지 건강이 갑자기 안 좋아지셨다고 연락을 받았어. 이렇게 허둥지둥 야간 버스를 탄 건 처음이야."

"그건."

적절한 말이 생각나지 않았다. 조의를 표합니다는 절대로 아니다. 애석하시겠습니다도 아니다. 안부 인사드립니다, 일까.

"미안하다. 즐거운 여름방학 여행 중인데 이런 소리나 하고."

"아닙니다."

"갈까."

형씨가 손목시계를 보고 말했다. 휴식 시간은 짧다. 내가 제대로 된 대답을 떠올릴 때까지 기다려 주지 않았다.

버스 근처까지 특별한 대화 없이 함께 걸어가 도착하기 직전에 형씨에게 다시 인사했다.

"커피, 정말 감사합니다."

"아니야."

그걸로 끝일 줄 알았는데, 기침과 재채기 그 중간 정도 되는 소리를 낸 후에 다음 말이 이어졌다.

"사실은 남한테 친절하게 대하면 조금쯤은 보답이 돌아와서, 늦지 않게 갈 수 있을까 싶었어. 그러니까 신경 쓰지 마."

내 대답을 기다리지 않고 커피를 사준 형씨가 버스에 올라탔다.

어떻게 받아들여야 했을지 생각하느라 서 있었더니 뒤에서 온 승객이 먼저 탔다. 나도 정신을 차리고 버스를 탔다. 내 뒷자리는 커튼이 쳐져 있었다. 오른쪽 자리도.

나도 앉아서 커튼을 쳤다. 그러자 나지막한 방송과 함께 문이 닫히는 소리가 들렸다. 버스가 또 출발한다.

몸이 등받이를 짓누르는 감각을 느끼며 나는 조금 전 들은 말을 머릿속으로 반복해서 생각했다.

불경하지만 어쩌면 귀중하고 좋은 이야기를 들은 것 같다고 생각했다.

나중에 사브레에게 말해봐야지.

슬프기만 한 것보다 훨씬 좋을 것이다.

나는 사브레에게 주라고 받은 캔 커피를 음료 받침대에 세웠다.

다음에 내가 깼을 때, 이미 뒷자리에 형씨는 없었다.

JR 역 앞에 내려 각자 짐을 받았다. 밤새도록 달린 버스가 졸린 듯이 달려가는 것을 배웅한 후, 사브레가 몸을 내

쪽으로 돌렸다.

"드디어 도착했다. 길었어."

"후반에는 계속 잤잖아."

"수면 워프를 써도 길었어. 메메, 안 잤어?"

"중간중간 자다 깼어. 나중에 말해주고 싶은 에피소드도 생겼어."

쌓인 이야기는 있다. 그래도 우선은 둘이 미리 조사한 첫 번째 목적지로 이동했다.

이 역 자체는 그렇게 크지도 않고 복작거리지도 않아 보였다. 그리고 우리 같은 여행자에게는 기쁘게도 걸어서 5분 거리에 온천 시설이 있었다. 비즈니스호텔에 대규모 목욕탕이 딸린 듯한 곳으로, 아침부터 바로 이용할 수 있다. 여기에서 씻기로 했다.

"시원하다."

"8도쯤 다르대."

먼 땅에 서 있다고 기온이 알려주었다. 태양이나 지면 콘크리트 같은 것, 당연하지만 버스 안은 아무리 거리를 이동해도 그대로였다.

스마트폰을 보며 걷자, 대로변에 그 건물이 있었다. 구글

어스로 미리 봤던 대로 입구 근처에 뇌가 온천으로 만들어진 듯한 조금 오싹한 캐릭터 일러스트가 있었다.

내부는 동아리 원정 때 다 같이 갔던 곳과 비슷하게 말 그대로 대규모 목욕탕이었다.

"이런 곳은 어려서 가족이랑 오고 처음이야."

가족 다음이라는 사소한 순서까지 기뻐해 주는 건 좋은 일이겠지.

신발장에 신발을 넣고, 접수처에서 각자 450엔을 냈다. 아르바이트를 안 하는 우리에게는 조금 비싼데, 숙박비라고 생각하면 괜찮다. 수건이나 물품을 이것저것 빌려 접수처 아주머니의 지시대로 옆의 계단을 올라가 2층으로 갔다. 밟으면 철퍽 소리가 날 것 같은 카펫 바닥이 기분 좋았다.

"그럼, 미안하지만 나는 머리도 말려야 하니까 너보다 시간이 걸릴 거야. 느긋하게 있어!"

"응, 오래 하고 나올게."

헤어져서 탈의실로 들어가 얼른 옷을 벗었다. 오랫동안 한 자세로 있어서 몸이 굳었다. 팔을 쭉쭉 펴며 목욕탕 유리문을 열었다.

아침 목욕은 기분 좋았다. 하숙집에서는 공동 목욕탕을

쓰는 시간이 저녁부터로 정해져서 이런 시간에 목욕하는 건 드문 일이다. 사브레에게 말한 대로 느긋하게 쉬고, 모처럼 왔으니까 사우나에도 들어갔다.

그래도 1층의 휴게 공간으로 이동하는 건 내가 더 빨랐다. 이온 음료 아쿠아리우스를 사서 빈 테이블에 앉았다.

불어서 하얘진 팔의 딱지를 지켜볼 정도로 한가해서 스마트폰을 봤는데, 에비나에게서 좋지 않은 메시지가 와 있었다.

'일단 참았는데 말이야' '역시 말할래' '너 사브레 좋아하지?'

읽음 표시가 된 게 매우 안 좋았다. 누구야, 이런 기능을 생각한 놈.

읽고 씹을 수도 없고 무턱대고 인정할 수도 없다. 선택지는 하나뿐이다.

'뭐?'

곧바로 읽음 표시가 떴다.

'사브레 동네에 같이 간다면서?'

'할아버지 댁. 동네는 아니야.'

'어쨌든 같은 거지. 너, 좋아하잖아?'

여기에서 대놓고 부정하면 아, 그러냐고 수습될 가능성은 있다. 감정의 증명은 내가 말하지 않는 한 누가 할 수 있는 것도 아니다. 그러나 내가 행동에 옮겼을 때, 에비나가 계속 차가운 눈으로 보는 건 별로 좋지 않다. 사브레와 그렇듯이 나는 에비나와도 사이가 좋다. 서로 밤낮없이 편하게 연락할 정도로.

잠깐 고민하는데 추가 공격이 들어왔다.

'아니, 나는 어느 쪽이든 좋아. 친구의 연애 따위 사실은 전혀 흥미 없으니까.'

에비나는 그런 녀석이다.

'그래도 뭔가 어긋나서 너희 사이가 험악해지는 건 별로거든.'

그런 녀석이다.

'그러니까 만약 고백한다면 사브레 공략 방법쯤은 상담해 줄게.'

잘도 당당하게 말한다고 생각하는 에비나의 명언이 있다.

"내 이익이 되지 않는다면 일절 남을 돕지 않아."

이번에도 그 생각과 일맥상통하는 행동이다. 연애는 알게 뭐냐. 그렇지만 사이좋은 친구들의 관계성이 붕괴하면 마음이 불편하니까 행동한다.

그렇다고 하든 아니라고 하든 지금 당장 답을 낼 것은 아니다. 그러니 강아지가 자는 이모티콘을 보냈다. 그랬더니 곧바로 기린이 '죽여버린다'라고 말풍선으로 말하는 영상이 돌아왔다. 뭘 어떻게 검색해야 나오는 영상이지.

"오래 기다렸지?"

"나도 지금 막 왔어."

"아, 그래? 다행이다."

만화를 보면 여자가 목욕하고 나온 모습을 봐서 기쁘다는 묘사가 종종 있을 것이다. 우리 하숙생에게는 아쉽게도 그런 감동이 없다. 정확히는 사라졌다. 시험 전에 식당을 차지하고 다 같이 스터디할 때나 3학년이 1년에 몇 번쯤 기획하는 크리스마스 등의 이벤트를 밤에 열 때 일상적으로 볼 수 있으니까. 아침에 일어난 모습 역시 마찬가지여서 오늘 아침 사브레의 반쯤 눈이 감긴 얼굴을 봐도 비일상을 느끼지는 못했다.

하숙집 동료들의 관계성은 친구에서 딱 한 걸음 나아가 가족 안으로 발을 들였다. 그러니까 사브레도 이번에 내게 가자고 하기 쉬웠을 것이다. 사실은 나를 좋아한다거나, 그런 기대를 품으면 안 된다.

컬러풀한 스커트는 그대로이고, 사브레의 티셔츠가 까만색에서 분홍색으로 바뀌었다. 또 목에 주황색 수건을 걸쳤다. 나는 바지는 그대로이고 티셔츠와 팬티를 갈아입었다. 둘 다 까만색에서 까만색이다.

"여탕, 어린애가 뛰어다니다가 넘어져서 우느라고 한참 시끄러웠어."

갑작스러운 사브레의 보고에 조금 오싹했다.

"헉? 괜찮았어?"

"응. 머리를 박진 않았나 봐. 엄마는 큰일이겠다 싶었어. 자기 생명과 비슷하게 소중한 생명이 타인의 의지에 따라 제멋대로 움직이는 셈이니까."

엄청난 말이다 싶었는데 생각해 보니 확실히 그랬다.

"하긴 약점이나 표적이 늘어나는 거니까."

사브레가 눈을 부릅뜨고 내 얼굴을 봤다.

"표적이라니 엄청난 표현이다."

"어? 그래?"

이미지를 그대로 말했다.

"그래도 생각해 보니까 정말 그런 거네. 생명이란 이 세계가 노리는 표적이야. 지켜주고 싶은 표현이다."

불경하게 말실수를 했으면 어쩌나 섬뜩했는데 사브레의 공감이 지워주었다.

부모와 자식 이야기가 나왔으니까 지난 에피소드를 꺼내기 딱 좋은 흐름이었다. 그런데 하필이면 사브레가 자리에서 일어났다. 가까이 있는 자판기에서 커피 우유를 사서 돌아왔다.

"아, 맛있다! 양식미만은 아니었구나, 목욕한 후에 마시는 커피 우유의 맛."

"양식미라니, 정해진 약속 같은 거?"

"응. 드라마나 영화에서 목욕탕이 나오면 커피 우유가 나오는 거 일종의 의식인 줄 알았어."

"나도 사 와야지."

일어나서 사브레가 이용한 그 자판기에서 같은 것을 샀다. 비닐과 뚜껑을 쓰레기통에 버리고 자리로 돌아왔다. 나는 목욕한 후에 마시는 커피 우유의 맛을 안다. 그래도 마셔보니 평소보다 맛이 조금 더 진한 것 같다.

"그러고 보니."

말할 내용을 준비한 티가 나면 너무 의욕적으로 보일 것 같아 부끄럽다. 그래서 '그러고 보니'를 붙였다.

"아까 언급했던, 말하고 싶다는 에피소드도 부모와 자식의 이야기야."

"아, 응응."

"버스에서 내 뒤에 육체노동자 같은 형씨가 있었지?"

"아, 그 사람 그렇구나. 라면 가게에서 일하는 줄 알았어."

"그럴 가능성도 있겠다."

나도 사브레도 머리에 두른 수건과 거칠어 보이는 분위기에서 판단했을 뿐이다. 진실은 모른다. 또 어느 쪽이든 아무래도 좋다.

"사브레가 자는 동안 휴게소에서 잠깐 얘기했어. 그때 나한테 커피를 사줬어. 잘 먹겠다고 인사했더니, 아버지 건강이 갑자기 안 좋아지셨는데 남에게 친절하게 대하면 그 보답으로 늦지 않게 도착할지도 모른다는 말을 들었어."

"호오."

사브레는 감탄한 듯한 소리를 내고, 뭔가 생각하는 것처럼 손에 든 커피 우유병을 빤히 바라보았다. '것처럼'이 아니라고 생각한다. 자주 보는 얼굴이다.

사브레가 생각에 빠진 틈에 그 캔 커피를 가방에서 꺼내 건네줄 시간은 충분히 있었다. 그러나 하지 않았다. 사실 앞으로도 줄 생각은 없다.

"그런 일이 있을까."

"꼭 발원 같지."

"메메, 그 말을 듣고 무슨 생각했어?"

나는 사브레의 얼굴을 바라보며 생각했다.

"우리도 시합 전이면 되게 먼 신사神社까지 달려가서 기도하는데도 당연히 질 때가 있어. 그러니까 나한테 친절하게 해도 관계는 없다 싶어."

"하긴, 남에게 인정을 베풀면 나한테 돌아온다는 말이 있지만, 그렇게 빨리 돌아오진 않을 테니까."

"그렇지. 그래도 신사에 다녀오는 거랑은 관계없이 시합에 이기고 싶은 것과 마찬가지로, 관계는 없어도 그 형씨가 늦지 않았으면 좋겠어."

"메메, 좋은 말 하네."

짝사랑하는 상대가 멀리 떨어진 곳에 있는 사람이 아니어서 다행이라고 생각하는 것은 이럴 때 정면으로 얼굴을 보고 말할 수 있으니까.

큼지막한 입꼬리가 올라간 순간, 제일 좋은 표정을 짓는 좋아하는 아이를 가까이에서 볼 수 있다.

"너는 어떻게 생각해?"

사브레는 대답하기 전에 커피 우유를 한 모금 마셨다.

"나는 메메랑 방향성은 다른데, 그런 중대한 걸 맡기는 건 좀 그렇다고 생각했어. 만에 하나 나중에 그 사람이 늦었다는 걸 어쩌다가 알게 되면 메메, 신경 쓰지 않을까 싶어서 그것도 조금 걱정이고."

즉, 사브레였다면 신경 쓴다는 소리겠지. 사브레답다.

"나는 그렇게 섬세하지 않으니까 괜찮아. 아마 누구라도 상관없었을 거고."

"그러면 오히려 더 친절하게 대한 상대에게 말하지 않아도 됐을 텐데. 음, 어떠려나, 똑같은 입장이었다면 나도 말할까? 다른 사람에 대한 상상력이 부족할 뿐인지도 몰라. 으음."

사브레가 천장을 올려다보며 누구 들으라는 것이 아닌 신음을 흘리며 고민했다. 조금 전의 좋은 미소는 이미 어딘가로 사라졌다.

이것도 사브레다움으로, 그녀는 때때로 자기 안에서 생

겨난 생각이나 발언을 두고 저 혼자 고민하거나 우울해한다. 자기 생각이 과연 정당한가, 자신이 냉정한 인간이지 않은가, 이런 이유로.

적어도 냉정한 녀석은 본인이 냉정한지 신경 쓰지 않으니까 괜찮다. 에비나가 전혀 신경 쓰지 않는 것처럼.

"아직 우리가 모를 뿐일 수도 있어. 형씨라고 부르긴 해도 나이를 제법 먹은 것 같았고."

"그렇구나. 그럴까."

"이제부터 친척의 이야기를 들으면 이 이야기도 뭔가 알지도 모르지."

"그러게. 생각해 갈 수밖에 없겠다."

응, 하고 힘차게 고개를 끄덕이는 사브레. 이 얼굴도 종종 본다. 억지로 각오해 두는 것 같은 얼굴로, 사브레가 짓는 좋은 표정 중 하나다.

그래도 굳이 따지자면 역시 웃는 얼굴이 좋다.

"아침, 뭐 먹을까?"

"맞다, 나 배가 엄청 고팠어. 메메, 좋은 타이밍에 말하네."

웃어준 사브레가 그렇게 단순한 녀석이 아닌 것쯤은 안

다. 즐겁게 아침밥 이야기를 시작했다고 해서 조금 전의 신음을 잊지 않은 것을 안다.

이건 어디까지나 내가 품은 이미지지만.

사브레는 자기 머릿속의 짐을 점점 늘려간다.

자기 혼자서도 그러는 성격이다.

그러니 당연히 내가 괜한 것을 추가로 들려줄 수는 없다.

만약 사브레가 다른 사람들처럼 단순했다면 나는 당장이라도 형씨가 준 캔 커피를 건네줘서 내 짐을 가볍게 했다. 건네지 않는 것은 좋아하는 아이에게 심술을 부리는 어린애 같은 이유가 결단코 아니다.

사브레의 마음에 해결할 방법이 없는 미심쩍은 응어리를 남기기 싫다. 그러니 이걸 건네주는 건 한참 나중이어도 된다. 자기만족일 뿐이나 내가 그녀를 위해 할 수 있는 몇 안 되는 특별한 일이라고 생각한다.

그렇다면 역시 친절이나 걱정, 배려의 이유는 받아들이는 쪽에 말할 것은 아닐지도 모른다.

나는 사브레에게 공감하며 그 형씨의 행동이 정당했는지 다시 생각해 보았다.

역 근처에 아침부터 영업하는 라면 가게가 있었다. 사브레도 나도 아침에 일어나자마자 바로 라면을 먹을 수 있다. 30분에 한 번 있는 발차 시각에 맞추려고 조금 성급하게 라면을 먹고, 물빛 열차에 올라탔다.

열차 안은 텅 비었다. 여름방학이어서인지 어린이를 동반한 가족이 두 쌍 있었다. 우리는 올라탄 출입구 바로 옆에 사람 한 명이 들어갈 사이를 두고 앉았다.

"새삼스러운데 아침부터 만족스러운 일품요리였지."

"응. 곱빼기로 먹을 걸 그랬어."

"할아버지가 아마 상다리 부러지게 점심 대접할 테니까 비워두는 게 좋아. 이번에 메메의 역할은 내 몫까지 밥을 남기지 않고 먹는 것에 있다고 해도 과언이 아니야."

"동아리에서 선배들이 시키는 거다, 그거."

앞으로 만날 사브레의 할아버지는 사브레 어머니의 아버지다. 사브레의 어머니 쪽 친척은 여자들만 잔뜩 있어서 수많은 사촌 중 남자는 딱 한 명이라고 한다. 사브레가 나를 데리고 간다고 말했더니, 할아버지는 배부르게 먹이겠다고 의욕이 넘치신다나.

소중한 손주가 아무리 친구라도 남자를 데리고 오는 심

경이 어떨지 조금 겁먹었는데, 그 말을 듣고 안심했다. 할아버지나 할머니가 밥을 먹이려고 하는 건 우리 집도 마찬가지다.

열차가 이동해 역에서 멀어지자 경치도 점점 달라지기 시작했다. 솔직히 시골이라는 감상을 품었는데, 옆에서도 솔직한 감상이 들렸다.

"메메는 옷, 새까맣다."

"새삼스럽게?"

"어이, 새까만 양이네."

"시끄러워. 너는 은색 비둘기잖아."

"마술할 때 등장하는 거?"

확실히 나란히 있으면 지금 나와 사브레의 복장은 수수함과 화려함이 더욱 두드러진다. 반대로 말하면 그런 코디네이션을 한 것 같아서 부끄러웠다.

"까만 옷만 있는 건 아닌데 너처럼 화려한 건 없어. 은색이나 무지개색은."

"컬러풀한 걸 좋아하니까. 그래도 이거 무지개색 아니야."

사브레는 허벅지에 품이 넉넉하게 남은 스커트 옷감을

집었다. 빨간색에 주황색에 노란색, 무지개에 쓰이는 색이 나란히 이어지는 색감을 무지개라고 하면 안 되나. 달리 정식으로 부르는 말이 있나? 패션 용어는 모른다.

"봐, 색깔별로 구분하려고 선이 들어갔지. 그러니까 무지개가 아니야. 무지개는 색이 더 어중간하게 그러데이션을 이루니까."

"까다롭네! 그런 구분법이 있어?"

"있어. 나 그 유명한 이야기를 좋아해. 무지개는 일곱 가지 색이 아니라는 거."

"더 많다는 소리야?"

"많기도 하고 적기도 해."

사브레가 또 뭔가 어려운 이야기를 꺼냈다. 그녀가 유명하다고 한 이야기를 적어도 다른 친구나 가족 중에서 말하는 걸 들어본 적 없다. 사브레다운 이야기의 도입에 흥미를 느꼈다.

"일본에서는 무지개를 일곱 가지 색이라고 하는데, 나라나 문화나 언어의 차이로 무지개가 여덟 가지 색인 지역도 있고 여섯 가지 색이라는 사람도 있고, 두 가지 색이라고 하는 곳도 있대. 실제로는 그러데이션으로 서서히 달라지는 색의 종류를 셀 수 없어서 그걸 본 사람이 어디에 살고 무슨 말을 쓰고 지금까지 어떻게 배웠는지에 따라서 자기 나름대로 몇 종류의 색이라고 정할 뿐이래. 그러니까 색이 제대로 바뀌는 이 컬러풀한 스커트보다 이 티셔츠의 분홍색이나 은색이 무지개에 가까울 수도 있어."

"과연, 그러면 거의 모든 색이 섞여 있어도 무지개색으로 보이는 사람이 있나?"

"그러게, 그것도 개개인의 감각으로 정하는 거니까. 실제로는 빛을 섞으면 하얗대. 조금 전에 말했듯이 이 이야기, 되게 좋아해. 뭐든 내가 정해도 된다는 느낌이라 자유로운 기분이 들어."

하늘을 나는 새가 별명인 사브레와 잘 어울리는 이야기다. 나는 앞으로 무지개를 볼 때마다 오늘 일을 떠올릴 테니까 매우 행운인 기분이다.

다만 사브레에게 들은 이야기를 바탕으로 무지개를 상상하자, 내 안에서 그녀의 말과는 또 다른 이미지가 떠올랐다.

"색이 많이 보이는 곳에서 태어난 아이는 힘들겠다. 그림 그릴 때 색을 많이 써야 하니까."

"그건 그것대로 즐겁지 않을까?"

"그림을 좋아하면 괜찮은데 싫어하면, 무지개는 예쁜 게 아니라 엄청나게 힘든 거라고 여길 것 같아. 몇 가지 색이든 다 무지개라고 처음부터 모두에게 알려주면 좋겠다."

사브레가 자기 무릎을 찰싹 쳤다.

"메메, 좋은 말 하네."

"오, 칭찬받았다."

이번에는 마침 내가 반응했을 뿐으로 사브레는 자주 사람을 칭찬한다.

"그런 시점으로 생각한 적이 없었어. 자유라는 것도 생각보다 취급하기 어렵네."

자유를 취급하다. 하늘을 날기 위해 날개가 자란다면 기쁘겠지만, 일상생활을 하기에는 방해되는 그런 걸까.

"그래도 자유로운 게 좋다."

"응. 자유로운 게 좋아."

적어도 그 말을 끝으로 입을 다물고 우리 둘이 동시에 창밖의 풍경을 바라본 몇 초간은, 내 안에 매우 자유로운 감정을 만들었다.

이 열차를 탄 이동 시간은 기본적으로 느긋했다. 사람도 적고 도중에 바다도 보여서 계속 타고 있어도 좋은 정도였다. 실제로는 야간 버스와 비교하면 한참 짧은 약 40분의 승차다. 어제 플레이리스트 이야기 등을 두서없이, 그래도 내게는 한 마디 한 마디 소중한 대화를 나누다가 금세 사브레의 할아버지 집에서 가까운 역에 도착했다.

가까운 역이라지만 도시와는 다르다. 개찰구를 빠져나와 목적지까지 도보로 또 40분이다. 그쪽 방면으로 가는 버스는 없다. 택시를 탈 돈도 아쉽게도 없다.

"데리러 와달라고 해도 됐는데, 오전에 낚시 친구랑 모여서 차를 마신다고 해서 거기 가시라고 했어."

"괜찮아. 걸을 수 있어."

출발 전에 그런 대화를 나눴다. 나는 어지간한 거리는 괜찮다. 사브레가 있다면 특히 더.

역 앞이 어마어마하게 광활했다. 즉, 아무것도 없었다. 사브레를 앞세우고 가라는 방향으로 걸었다. 아마도 회사 같은 네모난 건물이 드문드문 선 가운데 초밥 가게가 덩그러니 영업 중이었다. 왜 편의점이 아니라 초밥 가게가 있을까. 굉장한 맛집일지도 모른다.

높은 건물이 당연히 없어서 하늘도 넓다.

"비가 안 와서 다행이다."

"그러게, 정말."

생각한 바를 평범하게 말하자 앞서 걷는 사브레가 힘차게 동의해 주었다.

"이렇게 날씨가 좋은 곳에 살고 가족도 있는 어른이 어쩌다가 자살을 생각했을까."

"오오."

괜찮은 반응을 금방은 하지 못했다. 갑자기 화제가 그쪽으로 가서 놀란 것과 비슷하게, 사브레가 장소에 따라 날씨가 있는 것처럼 말해서 감탄하기도 했다.

"사브레의 예상은?"

"가능성은 다양하게 있겠지만, 전부 죽는다는 최후의 결단에 도달할 정도인지 모르겠어. 그래서 그 점을 듣고 싶어. 어쩌면 이유가 없을지도 모르고. 메메, 예상이 있어?"

"나는 정년퇴직 정도 생각했어."

사브레와 비교해 내 생각이 너무 얕은 것 같아서 화제를 바꿨다.

"내일 갈 친척 집도 이 근처라고 했나?"

"아니야, 역 쪽으로 돌아가. 참고로 할아버지 여동생의 딸의 남편이야, 죽은 사람."

"머네."

"멀지. 딱 두 번 만났어. 그중 한 번은 내가 아직 아기일 때."

할아버지가 중개해 줬다지만 그런 관계성인데 잘도 남편의 자살 이야기를 듣고 싶다는 요청을 받아줬다. 나의 의문을 읽었을 리는 없는데, 어쩌면 사브레라면 가능할지도 모른다. 이유를 설명해 주었다.

"수업에 필요하다고 했어."

"대놓고 거짓말이잖아."

극단적이어서 웃음이 나왔다.

"뭐, 그건 방편인 거지. 할아버지를 통해 연락처를 받아서 메일로 부탁했더니 슬픈 사건이라도 도움이 된다면 꼭 하겠다고 했어. 그것도 단순히 받아들여 주겠다는 느낌이 아니라, 이건 어디까지나 내 감각이긴 한데. 적극적이었어."

가족의 죽음을 말하는 데 적극적? 사브레의 예리하고 날카로운 감각이라면 맞을 테지만, 만약 맞는다면 그게 대체 뭘까.

"슬프지만은 않은 게 좋다는 건, 사브레의 말처럼 죽음을 헛되이 하지 않는 게 낫다는 느낌인가."

"나도 처음에는 그렇게 생각했어. 이것도 아직은 잘 설명하지 못하겠어. 어렴풋한 예상은 있는데 그걸 말해도 돼?"

물론, 나는 사브레의 이야기를 듣고 싶으니까 언제나 고개를 끄덕인다. 덧붙여서 말했다.

"만약 내가 하고 싶은 말을 제대로 설명할 수 있을 때까지 미뤄둔다면 거의 아무 말도 못 할걸."

사브레는 웃으며 "그럴 것 같진 않은데"라고 말을 보태주었다.

"그러면 말할게. 나는 이모님이 그냥 말하고 싶을 뿐이라고 생각해. 어쩌면 충격적으로 끝난 영화 감상을 누군가에게 말하고 싶은 거랑 비슷할지도 몰라. 그래도 그 이유는 설명 못 하겠어."

사브레가 파악하지 못했으니까 지금 막 이야기를 들은 나도 당연히 의미나 이유를 파악할 수 없었다. 영화의 마지막을 말하고 싶은 것은 다른 사람과 놀라움이나 감동을 공유하고 싶은 마음이다. 가족의 죽음은 타인과 공유할 수 없다. 거리가 너무 멀다. 도대체 어떤 의미일까.

내가 제대로 파악할 수 있는 것은 하나뿐이다.

"그 이야기, 그분 앞에서는 말 안 하는 게 좋겠는데."

"설마 말 안 하지. 이야기를 들으러 가는 주제에 사실 당신이 말하고 싶은 거냐고 하면 당연히 불난 집에 부채질하냐고 따귀 맞을걸. 지금 건 그냥 16년밖에 안 산 고등학생이 마음대로 하는 상상."

"생일 언제더라."

"9월."

"물어보긴 했는데 열일곱 살이 됐을 때 말이야."

"개인적인 선물도 받고 있습니다."

"마음 내키면."

"전혀 마음 내키는 말투가 아니군."

공교롭게도 한참 전부터 마음이 내켰다.

대화 흐름을 타고 슬쩍 물어봤지만, 생일은 원래 알았다. 선물에 관해 사브레가 말을 꺼내줘서 예상치 못한 행운이었다. 이렇게 운을 뗐으니까 오늘 대화한 것을 이유 삼아 나 개인적으로 주기 편해졌다.

개인적이라고 하는 이유는, 우리 하숙집에서는 같은 반인 하숙집 동료가 생일을 맞으면 다른 멤버가 돈을 모아 선물을 준비하는 관습이 있기 때문이다. 나도 6월에 조금 고급스러운 수건을 모두에게 받았다. 귀여운 양 그림이 그려져서 쓰기는 조금 어렵다.

사브레가 고민하지 않아도 되게 알기 쉬운 선물을 생각하며 걸음을 옮겼다. 작은 전파상이나 우체국을 지나 쭉 걷자, 곧 대로가 나왔다. 사브레가 말하기를 "내가 조사한 바에 따르면 이 앞에 아무것도 없어"라고 해서, 우리는 목적지까지 가는 길에서 벗어나 편의점에 들렀다.

대로변에 있는 훼미리마트는 주차장이 묘하게 넓었다. 약하게 냉방이 들어온 편의점 안에서 제각각 흩어져 쇼핑하는데, 칫솔과 사이다를 든 내게 사브레가 어째서인지 달려왔다. 그녀는 손에 리치 맛 주스와 잘은 모르지만 아마 화장에 필요한 병을 들고 있었다.

"이쪽으로 좀 와 봐."

오라는 대로 끌려간 곳은 스낵 코너다. 사브레가 거칠게 콧김을 뿜으며 가리킨 곳을 보자 가격표는 있는데 상품이 없었다.

"피스타치오만 다 팔릴 수가 있나?"

가까이에서 본 진지한 얼굴에 웃었다.

"잘됐네, 동료가 있어서."

"메메, 그렇게 긍정적으로 사는구나. 나는 좋아하는 게 같다고 해서 동료라고 생각하지 않는데."

"피스타치오 맛 초콜릿은 어때?"

"내가 좋아하는 건 피스타치오 맛이 아니라 피스타치오야. 껍데기가 달린 점도 좋아."

"다음에 같이 먹게 되면 껍데기 줄게."

"그런 의미가 아니야."

아쉬워하는 사브레, 그러나 없는 것은 어쩔 수 없으니 얌전히 계산하러 갔다. 포기가 안 되는지, 사브레는 계산대 옆 코너로 피스타치오를 이동시킨 건 아닌지 힐끔힐끔 그쪽을 봤으나 아쉽게도 이 편의점에서 픽업 상품으로 파는 것 같지 않다.

편의점에서 나와 각자 산 주스를 한 모금씩 마셨다. 좋아하는 음식이 없는 사건은 잊고 기운을 낼 생각인지 사브레가 앞으로 갈 곳을 가리켰다.

"그렇다면 후반전에 들어가 보실까."

앞서 걷는 이 여행의 리더를 쫓아가자, 사브레가 조사한 바가 옳다는 걸 금방 알았다.

아스팔트가 이어지는 길 앞에 정말 아무것도 없었다. 물론 민가나 밭이나 함석으로 지은 창고 같은 건물쯤은 있다. 그중에 우리가 들를 만한 곳은 전혀 없다. 나이 먹은 할아버지가 혼자 이런 곳에 살아도 되나? 조금 걱정스러웠다. 좀 더 편리한 곳에 사는 편이 좋지 않나.

내가 태어난 고향도, 지금 사는 하숙집 주변도 도시 같지 않은데 이렇게 아무것도 없는 곳은 아니다. 텔레비전에서 볼 법한 시골 풍경을 내 다리로 직접 걷는 것이 신선했다.

어느 정도 가자, 강변길에 도착했다. 강 바로 옆을 따라 걸었다. 태양을 반사해 반짝이는 물의 흐름을 바라보며 짧은 다리를 건너자, 앞에 드문드문 민가가 있었다. 일반적으로 생각하는 시골풍 일본의 전통 가옥이 아니라 생각보다 신식인 단층집 몇 채가.

"저거."

사브레가 가리킨 게 뭔지 아직 거리가 멀어서 잘 모르겠다.

포장하다가 도중에 지겨워진 것 같은 자갈길을 밟으며 서서히 다가갔다. 아무래도 연지색 벽을 한 집이 그거였나 보다. 넓은 마당 혹은 선을 그어놓은 진지陣地 같은 테두리 안에 집 본체가 있고, 옆에 창고와 문이 열린 차고도 있으며 안에 차가 세워져 있었다. 담이나 울타리가 없어서 건물만 여기 붕 뜬 이질감이 있다. 무슨 용도인지 자갈길부터 현관 앞 짧은 계단까지 지면에 거의 스치게 가느다란 로프 두 개가 걸려 있었다.

"할아버지는 아직 안 오셨네."

"차가 있는데?"

"할아버지, 여름에는 오토바이로 이동하셔서."

"대단하신데."

오토바이를 타고 다니는 할아버지는 내가 그리는 할아버지상像 중에 없다. 우리 할아버지는 가끔 산에 훌쩍 다녀오기만 하고 대부분 집 거실에 앉아서 지낸다.

"슬슬 몸 여기저기 삐그덕거린다고 해서 조금 걱정이긴 해."

"그러실 때 와도 되나? 인제 와서 새삼스럽지만."

"그러니까 메메의 노동력이 필요한 거 아닐까? 맞다, 오른쪽에서 두 번째 화분 아래."

암호 같은 소리를 하더니, 사브레는 말한 그대로의 화분을 들었다. 대충 예상한 대로 모래가 묻은 열쇠를 주워 내게 보여주었다. 사브레의 손톱은 건강한 색이었다.

"짠."

"이런 곳까지 일부러 빈집 털이가 오진 않겠지."

"할아버지도 그러셨어."

사브레는 창고 옆에 설치된 수도를 틀어 열쇠를 물에 씻고, 겨우 두 단인 계단을 얼른 올라가 남의 집 문을 열었다.

안으로 들어가자 선향 냄새가 났다. 그 점은 내 이미지대로의 할아버지 집이다. 그러나 외관처럼 내부 인테리어도 신식이고 마룻바닥은 번쩍번쩍했다. 할아버지나 할머니 집은 바닥이 기본적으로 누리끼리하고 삐걱거린다고 생각했다. 아무래도 우리 집만 그런가 보다. 또 어렸을 때 본 도라에몽의 영향이 있을지도.

현관에서 일직선으로 뻗은 복도 도중에 문 닫힌 방과 화장실이 있고, 세면실도 있었다. 계단 옆의 문을 열자, 넓은 거실이었다. 정돈된 부엌이 연결되었다.

사브레가 거실 중앙의 4인용 테이블에 딸린 의자 위에 가방을 놓아서 나도 그렇게 했다. 거실 옆에 방이 하나 더 있는데, 지금은 슬라이드 문이 닫혀 있다.

사브레가 차광 커튼을 젖히자, 레이스 커튼 너머로 햇빛이 들어와 거실이 순식간에 밝아졌다.

"앉아서 편하게 쉬어."

"네 집이냐."

"언젠가 물려받을지도 모르지."

"사촌 잔뜩 있으면 확률이 낮지 않아?"

"실제로는 할아버지가 돌아가시면 집이랑 토지를 팔아서 돈으로 만들지 않을까."

"나 지금부터 할아버지 뵙거든."

사브레는 죽는 영화를 너무 많이 봐서 죽음에 익숙해졌나 보다. 다만 말투는 그래도 할아버지와 사이가 좋다는 걸 알아서 추가로 안심했다. 편하게 말을 받아치는 것처럼 보여도 나는 상당히 긴장했으니까. 부모님 허락 없이 친구 집에 놀러 가는 일은 종종 있지만 이번에는 상대방에게 품은 마음이 전혀 다르다.

서 있을 이유가 없다. 나는 사브레가 권하는 대로 빈 의자에 앉았다. 나무로 만든 의자 위에 꼼꼼하게도 방석까지 놓였다.

사브레도 맞은편에 앉았다. 언젠가 같이 살게 되면 이런 느낌일지 쓸데없는 망상을 할 겨를도 없이 사브레가 일어나더니 거실에서 나갔다.

이렇게 타이밍이 안 좋을 때 할아버지가 돌아오실 것 같아서 걱정이었다. 밖에서 엔진 소리가 들렸을 때는 내심 식은땀이 흘렸다. 그래도 그 소리는 집 앞에 멈추지 않았다.

불안도 허무하게, 집주인이 돌아오기 전에 손주가 거실로 돌아왔다.

"세면실에 반짝반짝한 타일이 붙어 있었어."

"오, 할아버지가 세련되셨네."

"골몰하는 성격이야. 10년쯤 전에 도심에서 여기로 이사 왔을 때도."

제법 중요한 프로필을 들었다고 여긴 그때, 밖에서 조금 전보다 무거운 엔진 소리가 들리더니 이번에야말로 집 앞에 멈췄다. 레이스 커튼 너머로 창밖을 보자, 투박한 오토바이 위에 라이더 재킷을 입은 인물이 걸터앉아 있었다. 머리 전체를 가린 헬멧을 써서 얼굴을 모르겠다. 그래도 할아버지겠지.

상상보다 훨씬 후리후리했고 등도 곧았다.

할아버지가 집 안에 있는 우리, 정확히는 사브레를 보고 손을 들어 보이고 현관 쪽으로 걸어갔다.

나는 일어났다. 사브레가 놀란 표정으로 바라보았다.

"어? 굳이 마중 나가게? 착하네. 메메, 무슨 일이야."

"아니, 허락 없이 집에 들어왔으니까 그 정도는 하는 게 좋을 것 같아서."

동아리 활동의 하나로 다른 학교에 연습 시합을 하러 가면, 상대 학교의 고문 선생님에게 다 같이 몰려가 인사한다. 운동 동아리 인간이란 그런 법이다.

"연상에게 예의가 바르구나, 메메. 몰랐던 일면이야."

일어난 사브레는 나를 놀릴 생각이었겠지만, 나는 그런 말을 들어서 기뻤다. 나도 조금은 깊이 있는 인간 같은 기분이 든다.

복도를 걸어 현관까지 갔는데 마침 문이 열렸다.

이미 헬멧을 벗은 사브레의 할아버지는 목부터 그 위도 역시 내가 생각하는 할아버지상에서 벗어났다. 백발은 올백으로 넘겼고 하얀 수염을 가지런하게 길렀다. 서양 그림에 이런 인물이 있었던 것 같다.

"할아버지, 어서 오세요."

"실례하겠습니다."

할아버지는 헬멧을 신발장 위에 놓은 후, 사브레를 보고 나를 봤다. 대충 본 게 아니라 초점을 정확하게 맞추는 감각이었다.

"다녀왔다. 너구나, 메메가."

"엇."

공이 예상하지 못한 방향으로 튀어 얼굴을 향해 날아온 기분이었다.

"아, 재미있을 것 같아서 메메라고만 말해뒀어."

사브레가 즐겁게 웃었다. 이래도 되냐고.

"처음 뵙겠습니다. 세토 요헤이입니다."

"만나서 반갑구나. 이제야 본명을 알았네."

사브레의 할아버지는 한쪽 입술만 올려 왠지 악역처럼 보이는 미소를 우리 두 사람에게 짓고 장갑을 벗었다. 동작 하나하나 윤곽이 확실해서, 사브레가 말한 이 집의 뒤숭숭한 미래는 아주 먼일 같았다.

"현관까지 나와줘서 고맙구나. 그래도 서서 말하는 건 아니지. 너희는 거실에서 주스라도 마시고 있어라. 쓰카사, 냉장고에 이것저것 있으니까 편하게 마셔도 된다."

"오케이입니다."

쓰카사라고 불리는 사브레는 신선했다. 지금은 학교나 하숙집에서 들을 일이 아예 없다. '지금은'이란 예전에 그녀의 별명이 쓰카사브레였던 시기가 있으니까.

사브레는 할아버지의 말대로 발길을 돌려 거실로 갔다.

나도 할아버지에게 인사하고 쫓아갔다. 현관에 계속 서 있는 것도 실례다.

둘이서 냉장고를 열어 보니, 각종 식재료로 안이 꽉 차 있었다. 음료도 몇 종류나 되는 페트병이 놓여 있었다. 사브레가 주저하지 않고 유산균 음료 칼피스를 꺼내서 나도 그걸 마시기로 했다. 선반에서 꺼낸 잔 두 개도 깨끗했다.

따라주는 음료를 받으며, 지나치게 신경 쓰는 사브레의 면모가 정말 친척 상대로는 발동하지 않는다는 생각이 들어 진귀한 것을 본 기분이었다 이렇게 편하게 베풂을 받아들이는 사브레는 귀중하다.

"할아버지, 젊으시다."

의자에 마주 앉아 음료를 마시며 솔직한 감상을 말했다.

"그래? 다른 할아버지들이 어떤진 모르는데 벌써 일흔 넘으셨어."

"진짜? 전혀 그렇게 안 보이셔."

"오토바이도 타고 그 외에 낚시나 등산도 하고, 집안일을 전부 혼자 하니까 꼿꼿해 보일지도. 초식 동물 새끼가 태어나자마자 혼자 걷는 것처럼."

초식 동물 비유가 옳은지는 미뤄두고 과연, 우리 할아버지는 같이 사는 할머니가 건강하고 바지런하게 뭐든 하니까 등이 굽었는지도 모른다.

"그리고 친척한테 뜬금없이 메메라고 하지 마."

"그걸로 이해하는 우리 할아버지도 어지간하시지."

대화를 나누는데, 깃 달린 셔츠와 바지를 입은 사브레의 할아버지가 거실에 들어왔다. 할아버지는 부엌의 전기포트에 물을 받아 스위치를 누르고 그곳에 서서 말을 걸었다.

"여기까지 오느라 힘들었지? 특히 남자 친구는 쓰카사한테 끌려서 이런 곳까지 오다니."

편한 태도를 연출하려고 보는 앞에서 대놓고 말하지 않는 걸 수도 있다. 그래도 고마웠다. 또 남자 친구라는 말이 그런 의미가 아닌 걸 알면서도 순간 두근거렸다.

"아닙니다. 사브, 쓰카사 씨를 갑자기 쫓아와서 죄송합니다."

"쓰카사 씨라니."

맞은편에서 사브레가 웃음을 터뜨렸다. 나는 어른과 얘기하는 중이니까 일단 무시했다.

"나는 아내도 죽고 혼자 사니까 전혀 상관없어. 고등학생 두 명이 머물 만한 공간은 있고."

죽는다는 말을 주저하지 않는 이유는 사브레와 다르게 나이 때문이리라. 나는 그렇게 생각했는데, 이어서 들려온 말에 할아버지와 손주의 관계성을 아주 잘 이해했다.

"그나저나 뭐라고 부르는 게 좋겠니? 세토 요헤이가 본명이겠지만 메메라고 불리는 쪽에 아이덴티티를 지녔다면 나도 메메라고 부르는 편이 좋을까."

이 빙빙 에두르는 말투, 사브레는 할아버지를 닮았구나.

유전일까, 어려서부터 만나서일까, 어느 쪽이든 당연히 가능한 일이다. 그래도 왠지 사브레가 누군가에게 영향을 받지 않았으면 좋겠다는 내 마음을 깨달았다. 말하자면 사브레가 사브레 자신이길 바란다고 해야 하나.

"아, 그거 나도 신경 쓰였어. 메메의 아이덴티티."

"아이덴티티?"

"자기 인식이라고 해야 하나. 메메가 자신을 어느 쪽으로 생각하는가."

설명을 듣고 생각했다. 그런 건 상대에 따라 정해진다.

"어느 쪽이든 괜찮지만 그럼 세토로 부탁드립니다."

단순히 친구의 친척에게 별명으로 불리는 건 이상했다.

"그래, 그럼 다시 한번 잘 부탁하네, 세토 군. 쓰카사도 사브레가 좋으면 그렇게 불러줄까?"

"할아버지가 사브레라고 하는 건 부끄러우니까 하지 말아요."

"그렇게 생각하면 나를 메메라고 소개하는 것도 하지 말아 줘."

사브레가 웃었을 때 물 끓는 소리가 났다. 사브레의 할아버지가 커피를 타자 그윽한 향이 거실을 채웠다.

부엌에서 컵을 들고 이동한 할아버지가 사브레의 옆, 내게는 대각선 맞은편 의자에 앉았다. 사브레가 제안해서 각자 짐은 조금 전에 바닥으로 옮겼다.

"둘 다 공복 상태는 어떠니?"

이런 면은 여느 할아버지와 다르지 않나 보다.

"나는 약 2시간 전에 라면을 먹었으니까 아직 안 고파요."

사브레가 서슴없이 대답해서 나도 "비슷합니다"라고 동의했다. 사실은 라면 한 그릇으로는 부족해서 배가 조금 고팠다. 하지만 진짜 손주를 제치고 음식을 탐하는 건 당연히 안 될 말이다.

"말은 그렇게 해도 고등학생이 라면만 먹으면 금방 배가 꺼지지. 1시간쯤 후에 초밥 가게에 전화하마. 세토 군, 생선 좋아하나?"

"아, 네, 좋아합니다만."

사양하면 안 된다는 나의 방침에 따랐지만, 그렇게까지 고급스러운 것은 아니어도 괜찮다고 사양해야 하나 고민했다. 사브레의 할아버지는 머뭇거리는 내 말투에서 마음을 알아차렸나 보다.

"역 앞에 저렴하고 그럭저럭 맛도 좋은 초밥 가게가 있어. 미안하다만, 가격을 걱정할 고급은 아니야."

할아버지가 또 아까 보여준 악역 같은 미소를 지었다. 숙련도가 전혀 다르다고 혼날지도 모르는데, 내가 사브레의 짐을 늘리지 않으려고 조심하는 것과 비슷한 분위기를 느꼈다.

"자, 점심 먹을 때까지 푹 쉬어라. 뭐 대단한 건 없지만, 배를 채운 후에 너희 도움을 받고 싶은 일이 있어."

"네!"

"메메, 동아리 활동을 하는 것 같다."

내가 생각해도 동아리 활동 때처럼 대답했다. 내가 대충 상상하기로는 해야 할 일이 잡초 뽑기 혹은 시골이니까 논일 돕기 같은 육체노동이었으므로 몸이 반응했나 보다.

"간단한 DIY야. 그렇게 긴장하지 않아도 된다. 그보다 세토 군은 테니스를 한다던데?"

"네, 중학생 때 일단 좋은 성적을 거둬서 지금 고등학교에 추천 입학했습니다."

"메메는 여름방학인데도 매일 동아리 활동을 해요."

"그거 대단하구나. 결과도 그렇지만 특히 매진하는 게 훌륭해."

"감사합니다."

그다지 경험한 적 없는 기분이 들었다.

동아리 활동이야 다들 당연하게 하니까 평소 그걸 칭찬받고 싶은 마음은 없다. 그래도 처음 만난 어른이 진지하게 평가해 줘서 갑자기 자랑스러웠다. 결과를 내야만 의미가 생기는 그 괴로움이나 무게감이 다른 평가로 이어질 수도 있구나.

친구 사이에서 서로의 일상을 대단하다고 표현하지는 않는다. 만약 사브레도 내가 동아리 활동에 몰입하는 모습을 조금이라도 괜찮게 여겼다면 기쁘다.

사실 우리 학교는 스포츠 추천이 아닌 일반 입학 동급생의 성적이 아주 우수하다. 개인적으로 반 친구들이 나를 깔보지 않을지 은근히 불안했고, 그래서 이유 없이 욱하기도 했다. 그래서 사브레가 내 생활을 어떻게 평가하는지 괜히 신경 쓰였다. 설마 나를 무시하냐고 묻진 못한다. 그럴 리 없다고 믿고 싶고, 지금 시점에서는 믿고 있다.

참고로 반에서 사브레의 성적은 중에서 상, 그녀의 친구 에비나는 상에서 상. 친구지만 그런 나쁜 녀석에게 학력까지 따라오니 뭔가 저지를 것 같아서 무섭다.

"요즘 고등학교에서는 죽음을 연구하는 과제를 선택할 수 있다니 아주 난해하면서 재미있는 수업을 하는구나."

동아리 이야기에서 학교로 화제가 옮겨가고서 바로였다. 너는 할아버지한테도 거짓말을 했냐, 라고 눈으로 말하자 사브레가 "교풍이 자유로워서요"라고 시치미를 뚝 뗐다. 할아버지는 의심하는 것 같지 않았다.

"그거 외에는 무슨 과제가 있니?"

당연하게 나온 질문에 어떻게 대처할지 사브레의 대답을 기대하며 기다렸다. 나는 거짓말하지 않았다.

"친구는 연분 맺기를 연구했어요. 공동체에서 생활하는 내부와 외부 인간이 서로 호감을 품었을 때 연결하는 방법에 관해서. 국제결혼도 그런 측면이 있죠."

친구의 악행을 아주 그럴싸하게 꾸며내다니, 이번에는 감탄과 기막힘이 섞인 눈으로 사브레를 보자, 그녀는 어깨를 움츠렸다. 전부 다 거짓말은 아니어서인지 역시 의심을 사진 않은 듯하다.

이야기는 자연히 내일 예정으로 바뀌었다.

"세토 군, 쓰카사에게 들었을 테지만 내일 너희가 만날 사람은 내 조카와 그 딸이야. 네 얘기도 설명해 뒀고, 모녀도 견실한 사람이야. 안심해도 된다."

"알겠습니다. 말씀해 주셔서 감사합니다."

제대로 설명해 줘서 고마운 것은 진심이다. 한편으로 할아버지 말을 듣고 그 견실한 사람들에게 거짓말을 하고 가족이 자살한 이야기를 들려달라고 방문하는 꺼림직함이 더욱 깊어졌다.

사브레가 이끌어 준다는 이유로 마비되었던 죄송한 감정이 내 안에 차올랐다. 동시에 죄송함이 현저해졌기 때문일까, 그 옆에 엄연한 기대와 무서운 것을 보고 싶다는 마음이 있다는 것도 새로이 깨달았다.

역시 나는 사브레와 함께 여행하고 싶었던 마음과 별개

로 생명의 양상에 흥미가 있었나 보다. 그것도 할아버지의 말이 일깨워 주었다.

셋이 나누는 대화는 끊이지 않았다. 사브레의 할아버지가 학교나 하숙집에 관해 질문해서 대답하고, 사브레가 그러고 보니 이런 일이 있었다면서 보충하는 흐름이었다. 나도 때때로 끼어들었다. 도중에 찬장 속 피스타치오의 존재가 밝혀졌을 때, 약 한 명이 초등학생 수준으로 기뻐하며 껍데기를 척척 까 야금야금 먹었다. 그러다가 초밥을 못 먹을 것 같아서 걱정했는데 역시나, 사브레는 이윽고 도착한 초밥 배달 상자에서 연어알과 성게와 다랑어만 먹고 나머지는 내게 줬다. 야무지게 비싼 것부터 골라 먹는 게 재미있어서 놀리려고 했는데, 나도 얻어먹는 처지니까 할아버지 앞에서는 그러지 않았다.

1.6인분쯤 되는 초밥을 다 먹어 치운 내게 할아버지가 메밀국수나 카레도 있다고 권했다. 역시 그런 면은 평범한 할아버지다. 내가 생각해도 견과류와 비싼 초밥 몇 점으로 배가 차는 여자보다는 먹이는 보람이 있겠다 싶다. 잔뜩 놓인 음식 중에서 할아버지가 오토바이를 타고 자주 사러 간다는 가게의 만주를 감사히 받았다.

식사를 마친 다음, 우리는 오늘 잘 침실을 안내받았다. 이 집에서 비어 있고 잘 수 있는 방은 두 군데였다. 하나는 1층 거실 옆, 닫혔던 슬라이드 문 너머의 방. 이곳에 사브레 할머니의 제단이 있어서 선향 냄새의 근원지를 알았다.

"할머니한테 인사드리는 거 깜박했다."

실수를 고백한 사브레에게 할아버지가 "괜찮다. 살아 있는 인간이 더 중요하니까"라고 말했다. 사브레, 그리고 나도 늦었지만 제단 앞에서 합장했다.

또 다른 방은 2층으로, 원래 할머니가 개인적으로 쓰는 방이었다고 한다. 옷가지 따위를 정리하고, 책상과 침대는 아직 그대로 두었다.

"양쪽 다 충전할 콘센트는 있다."

할아버지가 에어컨보다 먼저 스마트폰 충전을 언급해서 놀랐다.

나는 어느 방이든 괜찮았다. 아니, 어느 쪽이든 거북하긴 했다. 즉 돌아가신 할머니가 남긴 방에서 자거나 돌아가신 할머니의 제단 앞에서 자는 것이다. 만약 나온다면 양쪽 다 나올 것 같다.

사브레도 어디든 괜찮다고 했다. 정말로 어디든 괜찮겠

지. 친척이니까. 유령을 믿을 것 같지도 않고.

"그럼 여자가 2층이 좋겠지."

"안전 면에서? 괜찮을 것 같은데, 그래도 내가 2층에 갈까. 양보다 비둘기가 하늘에 가까운 게 자연스러워. 그래도 돼?"

"괜찮아."

아무래도 좋은 일이 사브레다운 이유로 정해져서 좋았다.

각자 침실도 정해졌으니 우리는 곧바로 각자 방에서 DIY를 위해 옷을 갈아입기로 했다. 나는 슬라이드 문을 일단 닫고서 바지를 벗었다. 만난 적도 없는 친구 할머니의 제단 앞에서 갑자기 팬티 바람이 되는 건 좀 그래서 일단 한 번 더 합장했다.

티셔츠와 팬티 위에 입은 것은 "이러면 더 재밌겠지"라는 이유로 할아버지가 미리 준비한 작업용 멜빵바지다. 사전에 사브레 편으로 키와 몸무게를 물어봐서 뭔가 했더니 이거였다. 색은 남색. 입어 보니 피부에 닿는 느낌이 거칠거칠해서 노동하는 남자의 옷이라는 느낌이라 제법 의욕이 생겼다.

거실로 가서 두 사람을 기다렸는데 사브레가 먼저 왔다.

주황색 멜빵바지가 애교 있는 얼굴과 잘 어울렸다. 머리에는 챙겨 왔을 모자를 썼다. 팔에 꼼꼼히 펴 바르지 못한 선크림이 옅게 남았다.

"메메, 자동차 정비 잘할 것 같아."

"너는 어린이 방송에서 인형 탈 옆에 있는 사람 같다."

"노래하는 언니 말이지. 좋다."

"굳이 하얀 티셔츠로 갈아입었는데 괜찮겠어? 지저분해질걸."

"이거 버릴 거니까 괜찮아. 얼마나 지저분해지는지 바로 알 수 있을 것 같아서 흰색을 입었어."

"유튜브 기획 같네. 나도 그럴 걸 그랬다."

그러면 같이 신났을 텐데. 비교적 진심으로 한 말인데, 사브레는 진지한 얼굴로 나를 검지로 가리키더니 시야 중심에 나를 가두는 것처럼 한 바퀴 원을 그렸다.

"네 덕에 까만색이 DIY에 얼마나 어울리는지 알겠어."

사브레는 이렇게 별것 아닌 한마디로 나를 들뜨게 할 때가 있다. 특별히 의도는 없는 것 같은데, 본인은 얼마나 자각하고 있을까. 자각 못 하겠지.

자기 팔과 다리에 벌레 퇴치 스프레이를 뿌린 사브레는

끝나자마자 내게 분사구를 향했다. "내가 할게, 내가 할게" 하고 도망치며 노는데 할아버지가 돌아오셔서 까불거린 게 쑥스러웠다.

작업 전, 우리는 사브레의 제안으로 셋이 같이 사진을 찍었다. 비포 앤 애프터를 확인하고 싶은가 보다. 그렇다면 역시 똑같은 변화를 기대하고 싶어서 조금 아쉬웠다. 할아버지는 낡은 카고바지와 티셔츠를 입었다.

나와 사브레가 할아버지를 돕는 건 오늘 오후와 내일 오전 중이다. 일을 마치면 내일 점심 이후, 가족이 자살했다는 사람들의 이야기를 들으러 간다. 몇 번이고 드는 생각인데, 뭐냐고 이 용건.

포장 안 된 도로와 일체화한 것 같은 마당에 나가 장갑을 끼고, 우리는 사브레의 할아버지 앞에 운동 동아리 학생처럼 나란히 섰다.

"이제부터 우리는 차도부터 현관까지 어프로치를 만들 거다."

어프로치? 내가 의문을 품은 것을 사브레가 "어프로치요?" 하고 물었다.

"현관 앞에 벽돌로 인도를 만들려고 해. 지금 시점은 자,

저기에 로프로 표시만 해놨다."

아하. 처음 봤을 때는 시골의 묘한 풍습이라고 생각했는데 그런 의미였군.

"우선은 힘쓰는 일이야. 이 규격에 따라 기초와 벽돌을 넣을 만큼 지면을 파야 해."

설명을 듣고 건네받은 삽은, 나는 농작업에 쓸 법한 커다랗고 제대로 된 것이고 사브레는 원예에 쓰는 자그마한 것이었다. 역할 분담을 해서, 내가 먼저 대충 판 다음 사브레와 할아버지가 정돈하기로 했다. 사브레의 체력을 안다. 타당하다.

"나는 메메랑 다르게 약하니까!"

"뭘 당당하게 말하냐."

커다란 삽 끝에서부터 자로 10센티미터를 재고, 대충 여기까지는 위치를 가늠해 흙을 팠다. 딱딱하고 무겁다. 역시 이런 일을 할아버지 혼자 하는 건 힘들겠다. 대략 1시간에 걸쳐 사유지가 아닐 장소까지 짧은 거리를 팠을 때는 땀이 뻘뻘 났다.

"수고했다, 세토 군. 쉬고 있어라."

작업하면서 내내 보리차를 마셨는데 매번 맛있었다. 꿀

꺽꿀꺽 마시며 내가 판 길을 할아버지와 손주가 정돈하는 모습을 가만히 지켜보았다. 사브레를 어린이 방송의 노래하는 언니라고 표현했는데, 이렇게 보니까 유치원 선생님 같기도 했다. 땀이 조금 식어서 나도 두 사람의 작업에 참가했다. 동아리 활동을 할 때도 그런데, 나만 쉬면서 보고 있으면 불편하다.

어느 정도 정리한 다음에는 지면을 안정시키기 위해 흙을 압박하는 작업을 시작했다. 사브레의 할아버지가 말씀하시기를 전압輾壓이라는 작업이다. 이번에는 처음부터 셋이서 같은 작업을 했다.

"손주지만 여자에게는 상냥하게, 괜찮니?"

그렇게 물어서 뭔지 몰라도 고개를 끄덕였다. 그러자 사브레는 시중에서 산 창처럼 생긴 전압기, 나는 할아버지가 인터넷을 참고해 직접 만들었다는 나무 막대기나 돌 블록을 조합한 전압기를 받았다. 직접 만든 것이 두 개 있어서 할아버지도 그걸 손에 들었다.

단순히 지면을 눌러 단단하게 하는 작업이 의외로 즐거웠다. 마치 공사 현장에서 아르바이트하는 것 같았다. 사브레도 자기 입으로 약하다고 했으면서도 진지한 얼굴로 시판 변압기를 지면에 밀어붙였다.

공들여 작업한 다음에는 위에 자잘하게 부순 돌을 펼쳐서 놓고 또 전압 작업이었다. 시원해도 여름 한낮이다. 할아버지는 할아버지대로, 사브레는 사브레대로, 나는 나대로 페이스에 맞춰 종종 쉬면서 지면을 단단하게 굳혔다. 사브레가 쉬는 동안 시험 삼아 시판 기계를 썼는데, 당연히 훨씬 하기 쉬웠다. 프로가 만들었네, 대단하다.

그런 생각이 들자, 어프로치 제작 자체를 프로에게 부탁하면 되겠다는 생각이 머리를 스쳤다. 그래도 그건 우리가 아무리 테니스를 연습해도 일본 제일이 되지 못하지 않느냐는 소리를 남에게 듣는 것과 같다. 그런 소리를 들으면 당연히 열받는다. 그런 게 아니거든.

말하자면 그런 게 결과보다 매진이 대단하다는 것일까?

아무리 연습해도 나보다 잘하는 녀석이 있는 걸 아는 것처럼, 아무리 노력해도 프로가 만든 것보다 아름답게 할 수 없는 걸 알면서도 계속하는 우리의 DIY 작업은 여름 태양이 높은 나무 그늘에 숨을 때까지 이어졌다.

쉬는 시간, 둘이 나란히 서서 사브레의 할아버지가 사둔 아이스크림을 먹을 때였다. 자동차를 몰고 집 앞을 지나간 어떤 할머니가 말을 걸었다. "이 집 손주니?"라고 물었는데, 할아버지는 집 안에 계셔서 각자 "손주요" "그 친구요"라고 대답했다. 그러자 그 할머니가 조수석에 손을 뻗어 마트에서 파는 것으로 보이는 카스텔라와 다시마 과자를 줬다. 둘 다 목이 바짝 마르겠다고 생각하며 "고맙습니다" 하고 고개를 가볍게 까딱하자, 자동차가 붕붕 달려갔다. 잘 보니 핸들이 왼쪽에 달린 외제 차였다. 그다음에 바로 집 앞을 지나간 다른 차는 오픈카였다. 운전석의 피부가 탄 아저씨가 이쪽에 인사만 하고 50미터 떨어진 집에 차를 세웠다. 여긴 자동차에 관심이 많은 사람이 사는 지역인가.

집에서 나온 할아버지에게 물어보니, 외제 차 할머니도 이웃이라고 한다. 보이는 범위가 아니어도 이웃이라는 시골에 대한 감상은 그렇다 치고, 그 후로 작업하는 내내 사브레가 이 상황을 어떻게 판단할지 궁금했다.

일을 마치고 사브레의 티셔츠를 불빛 아래에서 봤는데, 우리가 자각하는 것보다 자주 몸을 만지는 것을 알았다. 그런 패턴을 남이 알아차리는 것이 이런저런 승부에서 말하는 '버릇을 읽는다'일지도 모른다.

바깥의 수돗가에서 손과 얼굴을 씻고 순서대로 옷을 갈아입었다. 내가 티셔츠와 반바지를 입고 3등으로 거실에 갔을 때, 테이블 위에는 벌써 핫플레이트가 놓여 있었다. 운동한 후의 고등학생에게 고기는 완벽하게 어울리니까 순수하게 기뻤다. 사브레는 멍하니 텔레비전을 보고 있었다. 가만히 있는데 안절부절못하겠는지 무릎이 미묘하게 떨렸다.

"사브레?"

"어?"

사브레는 마치 모르는 사람이 갑자기 말을 건 것 같은 표정을 순간적으로 지었다. 전에 본인에게 들었는데, 생각에 잠겼을 때 보이는 반응이라고 한다. 이 일시적인 표정을 불만의 표시라고 착각한 선배에게 가볍게 지적받은 적 있다고 전에 에비나에게 들었다. 그리고 누구에게 듣지 않아도 지금 사브레가 무슨 생각을 했는지 대충 알겠다.

그 이야기를 하기 전, 부엌에 계신 할아버지가 우리를 불렀다. 밥도 됐으니까 저녁을 먹기 시작할 건가 보다. 우리는 식기와 음료를 거실 테이블로 옮겼다. 달리 더 도울 일이 없는지 묻자, 사브레가 채소 썰기 담당, 내가 설거지 담당이 되었다. 평소에는 전부 사브레의 할아버지가 혼자서 한다. 재수 없는 소리지만 우리 할아버지도 혼자가 되면 집안일을 하게 될지도 모르지.

내 역할은 먹은 다음이다. 그렇다고 사브레가 채소를 썰고 할아버지가 된장국을 끓이는데 거실에 그냥 앉아 있는 것도 불편했다. 하릴없이 거실을 서성이다가 결국 사브레 옆에서 같이 새송이버섯을 갈랐다.

밑 준비를 전부 마친 다음에 할아버지가 냉장고에서 꺼낸 고기 100그램의 가격은 우리가 식당에서 고르는 ABC 정식의 합계보다 비싸지 않을까.

마음껏 먹으라는 말씀대로 먹는 동안, 할아버지가 여기에 살기까지의 경위를 들었다. 낮에 사브레가 말하려던 것이다.

사브레의 할아버지와 같이 살던 할머니는 젊었을 적에 두 분 다 도심에서 일했다. 친구 소개로 만나 결혼했고 금방 아이가 생겨서 두 분은 개인적인 시간을 거의 갖지 못했다. 세월이 흘러 할머니가 정년퇴직했을 시점에 어딘가 한적한 곳에서 살아 보자고 해서 두 분의 고향이었던 이 토지로 이사를 왔다. 처음 만났을 때도 고향 이야기로 마음이 잘 맞았다고 한다.

"그럼 사브레의 어머니 이외의 친척은 모두 이 근처에 사셔?"

자기 손으로 갈랐는지 내가 갈랐는지 모를 새송이버섯을 먹는 친구에게 묻자, 고개를 저었다.

"진학이나 취직으로 일본 전역에 퍼졌고 그대로 결혼했으니까 전혀 아니야. 내일 만날 이모님이랑 작은할머니 정도."

"10년 전에 우리가 이사 왔을 때는 내 형님과 형수님도 계셨는데 재작년에 형님이 돌아가시고 형수님은 딸 부부의 집에서 사시지."

"아, 명복을 빕니다."

내가 아는 몇 안 되는 익숙하지 않은 말에도 할아버지는 고맙다고 대답했다. 할아버지 덕분에, 또 "친척들의 분포에 뭔가 규칙성이 있을까?"라며 묘한 것에 관심을 둔 사브레 덕분에 분위기가 무거워지지 않았다. 내일 일을 생각하면 지금 무거울 게 있겠나 싶다. 참고로 분포에는 전혀 규칙성이 없었다.

고기를 실컷 먹고 마지막에 야키소바까지 먹고 잠깐 쉰

후, 나는 내 일을 시작했다.

"아까 도와줬으니까 도울게."

사브레의 제안을 받아들여 우리는 지저분한 식기와 접시를 싱크대까지 같이 옮겼다. 그렇군, 사브레는 이런 것도 평등하게 하고 싶구나.

그렇다면 당연히 내 손으로 받은 것이니까 무시해도 된다고 여기지 못할 테지.

이 예상, 아니 예상보다는 친구에 대한 이해는 설거지와 테이블 정리를 마친 뒤, 할아버지가 타 준 커피를 셋이서 마실 때 적중했다.

"카스텔라를 준 할머니를 뵈러 갈 타이밍이 있을까요?"

"걸어서 10분 거리에 부부가 사니까 찾아갈 수는 있지."

할아버지의 대답에 사브레는 매우 안심한 듯했다.

"그럼 내일 번화가에서 과자라도 사서 갈래요."

"단 걸 좋아하는 부부니까 고등학생 사이에서 유행하는 걸 좋아할 수도 있겠구나."

평범하게 흘러가는 대화를 듣고 할아버지도 사브레의 성격을 이해하는 줄 알았는데, 당연한 소리다. 나보다 훨씬 예전부터 봤으니까.

할아버지는 커피를 마신 뒤, 잔에 얼음과 함께 술을, 아마도 위스키 같은 것을 딱 한 잔만 마시고 현관 근처의 당신 방에 들어가겠다고 우리에게 말했다. 매일 자기 전에 책을 읽는 시간을 따로 두었다고 한다. 손주가 와도 계속 같이 있고 싶은 건 아닌가 보다고 생각한 나 역시 여름방학인데 본가에 안 가고 남의 집에 와 있다. 다 그런 건지도.

할아버지가 편하게 있으라고, 뭘 먹고 마시든 괜찮다고 말했다. 뭐든지 다.

"줄어들어도 양을 모르니까."

할아버지가 불량한 웃음을 지었으니까 우리는 둘만 남았을 때 일단 위스키 뚜껑을 열어 냄새를 맡아 보았다. 나는 저절로 몸이 젖혀졌고 사브레는 콜록거렸고 그대로 끝이었다.

시간을 보내는 도구로 세상에, 키보드까지 있는 태블릿을 빌려주셨다. 평소 스트리밍 서비스로 영화를 보거나 이런저런 일을 한다고 한다.

모처럼의 기회니까 둘 다 내용을 모르고 사람이 죽을 것 같은 영화를 보기로 했다. 너무 시끄러우면 죄송하니까 조용히 죽을 것 같은 영화를 골랐다. 뭐, 찾은 건 사브레다.

나는 목욕탕 이야기 같은 섬네일을 보고 그걸 보자고 했을 뿐이다.

기분을 내려고 찬장에 있던 팝콘을 뜯고 콜라를 준비했다. 태블릿을 테이블 위에 놓고 거실 불을 어둑어둑한 주황색으로 바꿨다. 사브레가 이걸 상야등이라고 한다고 알려줬다.

나란히 앉자, 사브레가 굳이 "재생해도 됩니까?"라고 묻고 화면을 터치했다. 곧바로 영화가 시작되었다.

시청각실 수업 이후 처음으로 사브레와 같이 영화를 보는 시간이어서 나는 조금 긴장했다. 어쩌면 앞으로 몇 번이나 있을지도 모르는데도.

밖에서 벌레 소리가 매우 크게 들렸다.

"아직 전혀 죽을 것 같지 않네."

줄거리나 예고 같은 정보를 모르는 서두, 별생각 없이 말했다가 애초에 영화 도중 말을 걸어도 되는지, 사브레가 생각하는 영화 예절에 어긋나지 않는지 불안해졌다.

"괜찮아, 틀림없이 죽으니까."

대답해 줬다. 그러나 앞으로도 말을 걸어도 되는지 모르겠다. 확인하고 싶어도 말을 걸어야 하니까 가만히 있기로 했다.

그래도 걱정하지 않아도 괜찮았나 보다. 왜냐하면 앞으로 영화가 끝날 때까지 몇 번이나 사브레가 내게 말을 거니까.

"미안, 다시 한번 돌려서 봐도 돼?"

"응, 괜찮아."

"대사를 못 들었거든. 면목 없어."

이런 대화를 몇 번이나 했다. 아니, 그런 건 별로 중요한 대사도 아닐 텐데 싶은 부분도 사브레는 일일이 그 장면까지 돌아가 전부 다 들으려고 했다. 그중에는 몇 번 들어도 무슨 말인지 잘 모르는 대사가 있어서 나도 같이 귀를 기울였는데 도무지 못 알아들었고, 사브레가 나중에 검색해 보겠다면서 그 장면을 적어두었다.

신경 쓰이는 것을 그냥 두지 못하는 사브레다운 면이다. 이해한다. 나는 이해해도, 에비나라면 다섯 번쯤에 역시 "나중에 혼자 다시 봐!"라고 한마디 했을지도 모른다.

그래도 후반에는 사브레도 영화에 집중했는지, 아무래도 미안하다고 여겼는지, 같이 차분하게 이야기의 행방을 지켜보았다. 그 결과, 제대로 감동했다.

"응, 좋은 영화였어."

엔딩 크레딧이 올라가는 동안 사브레가 말했다.

그래, 좋은 영화다. 분명 감동은 했다, 그런데.

"나도 그렇게 생각하는데, 어제 형씨 일이 잠깐 생각났어."

"육체노동자?"

"응."

상야등 아래에서 얼굴만 마주 보자 사브레의 얼굴이 평소보다 가깝게 보여서, 손이 닿는 거리에 있고 실제로 손이 닿을 것 같아서 신기했다. 자칫 건드릴 것 같아서 있는 힘껏 참았다.

"어제 형씨도 그랬는데, 중학생이나 고등학생한테 뭔가 맡기려는 사람이 있지."

"아하."

사브레는 그렇다고 고개를 끄덕였다.

"맞아, 나는 어른의 그런 면이 조금 기분 나빠."

사브레의 가차 없는 감상에 웃었다. 그래도 알 것 같다.

"응. 나도 졸업한 선배들한테 자기들이 못 이룬 것을 이뤄달라는 소릴 들으면 내 알 바냐 싶어."

"그러네. 운동 동아리라면 그런 거에 노출되는구나. 그래도 죽는 계열의 영화에 역시 많잖아. 변주도 다양한데. 나는 재난 영화의 '뒤를 부탁한다'라는 식으로 맡기는 건 좋아."

"구조대원이 하는 그런 말."

"응, 그거."

생각나는 장면을 꼽는데 태블릿 화면이 꺼져 새까매졌다. 상야등 안에 갇힌 듯한 공간에 사브레와 있는 건 기분 좋았다. 그렇게 느낀 건 나뿐인지 사브레가 벌떡 일어나 불을 켰다.

오랜만에 기지개를 켠 우리는 순서대로 샤워하기로 했다. 또 자기 쪽이 오래 걸린다는 이유로 먼저 하라고 해서 사양하지 않았다. 사브레 다음으로 욕실에 들어가는 건 좀 아닌 것 같았고.

수건 두는 장소 등은 미리 들었으니까 빌려서, 몸을 씻는 것도 머리를 말리는 것도 금방 마무리하고 거실로 돌아왔다. 사브레는 태블릿으로 소리를 낮춰 음악을 듣고 있었다. 갈아입은 옷을 침실에 둔 가방에 넣은 뒤, 태블릿을 들여다보니 사브레는 뭔가 뮤직비디오를 보고 있었다.

"이것도 더스트의 추천."

내가 묻기 전에 사브레가 대답했다.

더스트는 우리와 같은 반 친구다. 남자이고 대중음악 동아리 소속이며 키가 크고 마른 녀석. 나랑도 사브레랑도 친하다. 사브레는 오늘 낮에 열차에서, 플레이리스트에 담은 곡 중 몇 개는 더스트가 알려줬다고 말했다. 첫 곡이었던 그 주카라데루도 그렇다. 참고로 더스트라는 별명은 '먼지'에서 가지고 온 것은 아니고, 그 녀석이 입학 초기 교복 아래에 종종 입었던 티셔츠의 밴드 이름을 줄여서 부르는 것뿐이다. 부모님의 영향으로 어려서부터 노래를 들은 밴드라고 한다. 나는 아직 제대로 들은 적 없다.

더스트는 기본적으로 차분한 녀석이고, 요즘 추천할 만한 걸 알려달라고 하면 곧바로 상대방이 좋아할 만한 곡과 아티스트를 몇 개쯤 골라주는 녀석이다. 또 괴롭힘 같은 건 없다는 전제로 조금 위험한 녀석이기도 하다.

"나, 더스트가 추천하는 게 연애 관련한 곡이면 되게 긴장되더라."

사브레가 목소리를 평소보다 한 단계 낮춰서 말했다. 비밀 같은데 비밀이 아닌 이야기를 하기에 딱 좋은 목소리 크기다.

"그러니까. 나도 전에 그 녀석 밴드 연습을 보러 갔을 때 그랬어. 아, 집주인의 손주님, 보리차 마셔도 됩니까."

"마음대로."

나는 냉장고에서 보리차를 꺼내 컵에 따라 마셨다. 거실로 돌아와 아까 사브레의 성량에 맞춰 마음에 걸리는 점을 물었다.

"에비나랑 더스트 얘기, 하곤 해?"

"하긴 하는데, 평범하게 화제로 나올 뿐이지 딱히 그런 느낌의 이야기는 아니야. 메메, 더스트랑 에비나 얘기를 해?"

"어어."

말해도 되는 것과 말해선 안 되는 것을 골랐다. 말해선 안 되는 것은, 전에 몰래 반 여자들의 인기투표를 했던 것이라든가. 나도 더스트도 다른 남자들도 사브레에게 물어뜯길 테고 에비나에게 살해당할지도 모른다. 참고로 투표는 내 이름을 쓰지 않고 진행했지만 나는 사브레에게 표를 주지 않았다.

"하긴 하는데. 우리는 그 일을 대놓고 말하고, 더스트도 그냥 괴롭힘을 당하는 느낌."

"으아, 그건 그것대로 걔가 알면 또 열받을 것 같다."

듣고 보니. 그러니 괜한 일까지 들키면 더스트는 다른 남자보다 더욱더 살해당할지도 모른다.

"최종 보스에 도전하는 용사 취급하는 건 비밀로 해주라."

"말은 안 할 건데, 그럴 거면 나한테 말하지 마."

비밀 공유자를 억지로 늘린 시점에서 나는 테이블에 컵을 내려놓고 스마트폰을 쥐었다. 이상한 기린 이후 무시했던 에비나에게서 새로운 메시지가 왔다.

'어떻게 됐어?'

'초밥이랑 소고기 먹었어.'

'그걸 물은 게 아니야. 그거 사브레한테서도 들었고.'

다시 기린이 '죽인다'라고 말하는 영상이 왔다. 왜 이걸 좋아하는 거지.

에비나 본인도 이 기린 같은 말을 자주 한다. 그러니 기본적으로 입이 험할 뿐이지 지금도 화가 난 것은 아니다. 애초에 머리가 좋으니까 가성비가 나쁘다고 생각하는지, 에비나가 진짜로 화를 내는 모습은 거의 보지 못한다.

그런 에비나를 친구이면서 열받게 한 사람이 조금 전 이름이 나온 더스트다.

그 자리에 나도 있었다. 사브레도 있었다.

몇 명이 모여서 잡담하는데 더스트가 갑자기 오더니 에비나의 이름을 불렀고, 눈을 똑바로 바라보며 갑자기 고백했다.

나나 사브레나 다른 사람도 "엥?" 하고 더스트를 보고 에비나를 보고 주변을 둘러봤다. 우리 이외의 인간에게도 더스트의 고백이 들렸고, 우리가 이룬 원 밖에 있는 놈들은 적당하게 거리가 벌어졌기 때문일까, 반응이 빨랐고 거셌다.

그런 와중에 에비나는 더스트의 눈을 빤히 바라보았다. 아니, 노려봤다. 그리고 웃어넘기거나 매몰차게 차는 것이 아니라 상대방의 마음에 도달하도록 천천히 대답했다.

"내 죄책감을 이용하려고 들지 마."

그 후로 며칠간 에비나는 사나웠다. 그렇다고 한다. 사브레가 "그 마음은 알겠는데 좀 봐달라고!"라며 한탄했다. 평생 분의 "자자, 진정해"를 말했다나 뭐라나.

나는 에비나가 하고 싶은 말을 이해하지 못했다. 여러 사람 앞에서 고백을 들어 부끄러웠거나 고백 자체가 싫었다면, 에비나는 분명 더스트에게 그대로 말했을 것이다. 그런데 죄책감을 이용하려고 들지 말라니 구체적으로 어떤 의미일까. 더스트도 나와 같은 기분이었는지, 그게 어떤 의미일지 내게 상의하기도 했다.

도와주려는 마음 절반, 단순히 궁금한 마음 절반으로 나중에 사브레에게 넌지시 물어보았다. 에비나와 특별히 사이가 좋은 친구니까 본인에게 들었거나, 혹은 알지도 모른다고 생각했다.

"그건 말이지, 그렇게 보이지도 않고 또 본인이 이 소리를 들으면 나한테 화낼지도 모르는데, 에비나는 아마 상처받았을 거야."

나는 말을 들어도 모르겠다. 에비나가 고백 하나 들었다고 상처받기나 할까. 게다가 찬 쪽이 상처받는다니 무슨 소리지. 어쩌면 여자들끼리만 이해하는 무언가가 있을지도 모른다. 그러니 남자인 나는 상관할 바가 아니다, 이런 식으로 넘어갈 순 없다. 사브레도 에비나가 화내는 마음을 조금은 안다면, 에비나만의 역린이 아니라는 의미다.

더스트에게는 미안하지만 나는 뭐가 안 되는지 잘 배우고 싶었다.

"그러고 보니 아까 나, 영화 끝나고 어른이 떠맡기는 거

기분 나쁘다고 했잖아."

"응."

"말이 조금 심했다고 반성하고 있어. 다시 말해도 돼?"

나는 물론 고개를 끄덕였다.

"실제로는 어쩐지 별로인 정도."

"오, 듣고 보니 나도 선배들의 그거, 그 정도일지도."

"뉘앙스가 통해서 다행이다. 씻을게."

사브레는 음악을 멈추고 일어나서 거실을 나가 2층 계단을 올라갔다. 발소리로 알았다.

나는 혼자 조용한 거실에서 벌레 소리를 들으며 에비나에게 지금 상황에 대해 어떻게 답변하면 좋을지 고민했다. 행동도 기분도, 어차피 그 녀석이 하숙집에 돌아와서 만나면 전부 털어놓게 될 것 같기도 했다. 동기가 뭐든 내 편이 되어준다면 든든하기도 하다.

그래도 역시 내 쪽에서 확실하게 말하는 건 내키지 않아 질문형을 선택했다. 그저 다른 사람에게 밝히려고 할 뿐인데 굉장한 긴장감과 묘한 흥분감이 있었다. 시합에서 서브를 맞받아쳤을 때처럼.

'참고로 삼고 싶은데, 죄책감이 뭐야?'

보내자마자 바로 읽었는데 한동안 답이 없었다. 어쩌면 장난친다고 생각해서 나한테 열받았나? 그러면 또 사브레가 "자자, 진정해"를 소비하게 된다.

약간 초조해지기 시작했을 때, 답이 왔다.

'나쁜 건 나이지 않을까 하는 기분이야.'

에비나의 대답은 너무도 뻔해서, 그때 무슨 말을 하고 싶었던 건지는 잘 모르겠다. 스마트폰에서 시선을 떼고 생각하는 동안 예의 기린이 이번에는 연속으로 두 번 왔다.

사브레의 할아버지가 대충 이때쯤 일어나라고 한 아침 8시, 알람이 정확하게 울렸다.

이부자리에 앉아 내가 처한 상황을 떠올리고, 일단 제단에 합장하고 인사했다. 해두지 않으면 좀 무섭다. 일어나서 슬라이드 문을 열자, 거실에서 나는 수많은 냄새가 내 온몸을 감쌌다. 제일 강렬한 냄새는 된장국이다. 배가 꼬르륵거렸다.

"안녕히 주무셨습니까."

부엌에서 달걀을 부치는 할아버지에게 인사했다.

"오, 잘 잤니?"

"네, 신경 써주신 덕분입니다. 아침밥, 죄송합니다. 저도 돕겠습니다."

"아니, 아니다. 내가 일찍 일어났을 뿐이야. 세토 군, 세수하고 쓰카사 깨우는 걸 맡겨도 될까?"

"네, 노크하고 오겠습니다."

먼저 세수하고 엉망인 머리를 좀 고친 다음 계단을 올라갔다. 두 개 있는 문 중 어디가 사브레의 방인지 안다. 노크하자 조금 사이를 두고 평소보다 낮은 목소리가 들렸다.

"요즘 고등학생은 이렇게 일찍 안 일어나요."

"할아버지가 아침 차리고 계셨어."

"메메구나."

거짓말이 간파된 사브레가 문을 열기 전에 나는 1층으로 돌아왔다. 손주가 내려오는 동안 도울 생각으로 밥그릇에 세 명의 밥을 펐다.

"근육통이 장난 아니야."

목소리를 듣고 돌아보자, 로봇 같은 게 있었다. 팔이 L자로 굳은 사브레가 삐걱삐걱 움직이며 거실로 들어와 직선거리로 제일 가까운 의자에 천천히 앉았다. 사브레가 제대로 앉을 때까지 기다렸다가 웃음을 터트렸다.

"아프다."

"젊다는 증거야. 쓰카사, 잘 잤니?"

"안녕히 주무셨어요?"

할아버지가 테이블에 내놓은 접시에 각각 예쁘장한 달걀 프라이가 올라갔다. 하나만 달걀이 두 개인데 아마 내 것이겠지. 사브레가 몸을 움찔움찔 흔들며 계속 신음하니까 왠지 달걀 프라이까지 흔들리는 것 같다.

"메메는 이거 괜찮아?"

"음, 뭐, 조금 아프지만 원래 이러니까."

"강하다, 역시."

사브레가 너무 약한 것도 크게 한몫한다. 한쪽이 약해서 강하다는 말을 듣는 건 기쁘지 않다.

"근육통은 성장하는 통증이지?"

"나도 그런 줄 알았는데 저번에 트레이너가 된 여자 선배가 와서 물어봤더니 그게 아니라더라."

"무의미한 통증이란 말인가!"

"아픈데 왜 이렇게 기운이 넘치냐."

"근육통이 생긴 게 너무 오랜만이라 평소 흐릿한 전신이 제대로 존재하는 느낌이야."

여전히 L자로 고정된 두 팔을 벌렸다 오므리며 사브레는 오로지 내게만 이 아침 최고의 웃음을 보여주었다. 그러자 갑자기 심장 부근이 울렁, 설명하기 어려운데 침대 시트를 쫙 펼칠 때 같은 나부낌을 느꼈다.

이거 사브레와 있으면 종종 느끼는 거다. 뭔지 생각해봤는데, 아마도 다른 녀석들이 말하는 심쿵한다거나 뭉클한다거나 하는 것과 같을지도. 나에게는 그게 울렁이다. 세찬 바람이 불어서 무성한 잎이 바스스 소리 내는 이미지와도 비슷하다.

"메메, 그 얼굴은 뭐야?"

"아니, 동아리 안 하는 자의 특권이다 싶어서."

울렁을 숨기려고 할 때 나는 뭐라 표현하기 어려운 표정이 되는 모양인지 전에도 사브레에게 한 소리 들은 적 있다.

움직이지 못하는 사브레를 대기하게 두고, 연어구이를 꺼내는 할아버지 옆에서 내가 된장국을 폈다. 우리 집과도, 하숙집 식당과도, 학교 식당과도 다른 냄새가 난다.

가만히 있는 동안 차려진 요리 앞에서 사브레가 L자 팔을 움직여 손을 모았다. 자기가 먼저 먹겠다는 건 아니다.

"저녁때는 일할 테니까."

"언젠가 내가 혹시 다쳤을 때 뭐 좀 사주면 돼."

"시합 중에 힘들어 보이면 레드불을 던지는 건 어때?"

"그건 괴롭힘이잖아."

"제대로 따서 던질 건데? 윽."

자기가 말하고 손뼉을 치며 웃다가 근육이 울렸나 보다. 사브레가 눈을 둥그렇게 뜬 채 원래 자세로 돌아갔다. 미안한데 그런 장난감 같아서 재미있다.

"어깨도 안 되고 팔도 안 되고. 오늘 나 괜찮나."

"익숙해질 거야."

내 말대로 할아버지가 준비한 샐러드와 장아찌와 푸딩까지 있는 호화로운 아침을 다 먹을 무렵에는 사브레도 통증에 제법 익숙해졌다. 어색하긴 해도 제대로 움직일 정도로는. 식기도 직접 싱크대로 가지고 갔다

아무리 그래도 무리해서 DIY를 하지 않아도 된다는 할아버지의 따뜻한 제안을 사브레는 걷어찼다.

"내가 하겠다고 했으니까 하고 싶어요."

할아버지는 "네게 딱 맞는 일을 시켜주마"라며 어딘가 즐거워 보이는 미소를 지었다.

설거지하고 잠깐 쉰 뒤, 우리는 또 어제의 작업복을 입었다.

마른 흙을 집에 뿌리고 다닐 수 없으니까 멜빵바지는 밖에 널어두었다. 나는 집 그늘에서, 사브레는 현관에서 갈아입고 처마 밑에 집합했다.

"그러고 보니, 메메."

"응."

"에비나가 자기 대신 메메를 한 대 걷어차라는 메시지를 보냈는데 무슨 일 있었어?"

주황색 사브레가 근육통인 몸을 쭉쭉 펴며 갑자기 무서운 소리를 했다. 뭐야 그게.

"무슨 일이냐면, 아, 대화하다가 더스트 얘기를 조금."

"그렇구나."

"어, 나 너한테 맞는 거야?"

"아니, 누굴 대신 차준다고 했는데 필요 없으니까 거절했어."

"너한테 그런 선택지가 있어서 다행이다."

"단순히 에비나가 직접 걷어차게 된 거 아니야?"

확실히 그 녀석은 친구를 때리고 걷어차는 일에 죄책감이 없다. 그러니 사브레의 말에 현실감이 있었다. 뭐, 마음의 준비를 해두면 도망칠 수 있다. 말해준 사브레에게 감사해야지.

폭력적인 대화를 나누는데 사브레의 할아버지도 어제와 같은 차림으로 마당에 나왔다.

우선 오늘 할 작업의 설명을 들었다. 나는 여전히 공사 현장 아르바이트를 온 것처럼 조금 두근거렸다.

이제부터 어제 벽돌 넣을 틀을 짠 곳에 우선 모래를 평평하게 깔고 다음으로 안에 벽돌을 놓을 거라고 한다.

창고의 짐차에 담긴 대량의 벽돌은 내가 운반했다. 이게 상당히 무거웠다. 사브레의 박수를 받으며 설마 이걸 할아버지가 운반했나 싶어 물어보자, 그건 역시 업자를 불렀다고 한다. 그러는 편이 당연히 좋다. 노인이 할 일이 아니다.

근육통인 사브레에게는 앉아서 할 수 있는 작업으로 어중간한 공간에 들어가게 벽돌을 깨트리는 역할을 맡겼다.

사브레는 즐거워 보였다. 신경이 예민한 사브레에게는 공들여서 해야 하는 작업이 잘 맞을 것이다.

틈새가 차례차례 메꿔지는 모습을 보니까 기분 좋았다. 초등학생 때 친구 집에서 한 테트리스가 생각났다. 나는 꽤 잘했는데 사브레도 그런 게임을 잘할 것 같다.

"음, 테트리스는 괜찮았는데 뿌요뿌요처럼 연쇄 작용으

로 터지는 게임은 어떻게 쌓을지 고민하다가 졌어."

확실히 듣고 보니 그쪽이 사브레의 성격에 잘 맞았다. 그렇구나, 생각 깊은 사람이 잽싸게 움직이는 건 아니군. 운동과 같다.

아마 내가 운동을 잘하는 건 테트리스나 DIY를 할 때와 비슷하게 직각으로 움직이기 때문이리라. 사브레보다 결단을 빨리 내린다. 바보 같아서 좀 싫지만, 쓸데없는 생각 없이 벽돌을 놓을 수 있다.

그러니 나 자신도 '왜 그런 타이밍에?' 하고 의문이었다.

가지런히 초보자다운 모습으로 놓인 벽돌을 보며 이제 오후에 할아버지가 틈새에 소재와 모래를 채워 넣으면 완성이겠다고 생각한 단계에 갑자기 긴장감이 몰려왔다.

왜 이 시점인지 진짜 모르겠다.

"메메, 왜 그래?"

사브레에게 금방 들켰다. 할아버지는 이왕이면 멋진 사진을 찍자면서 평소 잘 쓰지 않는 카메라를 가지러 갔다.

"왜 지금인지 모르겠는데 갑자기 긴장되네. 사브레 친척 집에 가는 거."

솔직히 말하자 사브레가 눈썹을 팔자로 만들며 웃었다.

"나도 그래."

자기 의견과 생각에서 기반했으니까 사브레는 긴장이라곤 전혀 안 했는데 나만 겁먹은 줄 알았다. 그래서 안심했다.

"너도 그렇구나."

"내 입으로 말했으면서 긴장한다 싶어?"

"아니, 그게 아니라. 단순히 사브레도 그렇구나 싶어서."

"나는 지금, 내가 내 입으로 말했으면서 뭐 하자는 건가 싶어."

뭐, 사브레의 사고방식이라면 그럴 수 있다.

"왜 지금이지? 사브레라면 나한테 가자고 하기 전부터 생각했을 텐데."

사브레는 벽돌 위에 얹힌 잎을 발로 치우고 "흐음" 하고 명백하게 생각에 잠긴 소리를 냈다. 그러면서 제일 첫 마디는 "원래 알고는 있거든"이었다.

"내 경우, 하나는 확실해. 다양한 이유 중 하나는 알고 있어."

"뭔데?"

"미안, 일부러 물어보게 유도하는 말투여서."

"물어보게 하는? 아, 그런 의미구나. 사과 안 해도 돼. 내가 그냥 물어본 거니까."

사브레는 언제나 사브레답게 지나치게 신경 쓰니까 좋다.

"그래서 뭘 알고 있는데?"

"그 하나는, 가족의 자살 이야기를 들으러 가면서 내가 그에 대해 뭘 해줄 수 있는지 아직 확신이 없다는 거야. 이렇게 하면 괜찮으려니 싶은 건 있는데, 예상에서 벗어나면 어쩌나 싶어서 불안해. 직전에 와서 갑자기 불리해진 기분이야."

"참고로 지금 시점에서 그 후보는?"

"이야기를 들어주는 것."

그러고 보니 사브레는 상대가 그걸 바랄지도 모른다고 말했었다.

"조금 도박 같네."

"그러니까."

"멀더라도 일단 친척이니까 그거면 되지 않아?"

"만나보지 않으면 모르지. 느낌은 때와 상황에 따라 다르니까."

"그건 뭐든지 다 그렇지."

사브레의 기분뿐 아니라 느끼는 방식도 매일매일 시간마

다 달라진다. 그건 당연하다. 좀처럼 바뀌지 않는 것은 내 안에서 바꾸지 않으려고 정해둔 것 정도다.

"내 긴장감은 너랑은 다른 것 같아."

"뭔데?"

"미안, 나도 일부러 물어보게 하는 말투였네."

사브레가 놀란 다음 히죽 웃는 얼굴을 보고 싶었을 뿐이었다.

"으악, 바로 장난치다니! 그래도 고마워."

스마트폰보다 훨씬 투박한 카메라와 삼각대까지 들고 할아버지가 돌아와서 내 긴장감 이야기는 나중에 하기로 했다. 꼭 물어봐 주길 바란 건 아니니까 괜찮다. 사브레는 내게 고맙다고 말할 때의 함박웃음을 짓고 카메라를 보며 브이 사인을 했다. 나도 옆에 섰다.

사진은 할아버지가 데이터로 사브레에게 보내주기로 했다. 사브레의 하얀 티셔츠 기획은 그럭저럭 성과가 있어서 본인은 기뻐했다.

작업복은 하숙집으로 보내거나 두고 가도 된다고 선택지를 줘서 나는 여기 두는 것을 선택했다. "언제 또 세토 군의 힘을 빌릴 날이 올지도 모르지"라고 할아버지가 불량한 미소로 말해주었는데, 사브레를 포함한 약속 같아서 기뻤기 때문이다.

어제와 마찬가지로 각자 옷을 갈아입고 손을 씻고, 우리는 또 거실에 집합했다. 아직 이틀째인데 이미 수수께끼 거점이란 느낌이 있다.

그래서는 아닌데, 오늘 점심은 사브레와 내가 만들기로 했다.

이것은 사브레의 제안이 발단이다. 어제 "한 끼 정도는 할아버지 대신에 요리할래요"라고 손주가 발언했다. 사브레가 하겠다는데 나만 태평하게 있을 수도 없다. "그럼 나도 도울게"하고 자원했다. 그래서 오늘은 둘이 나란히 부엌에 섰다.

"어디 보자."

사브레가 의욕적으로 냉장고를 열었다. 안에 있는 건 뭐든 써도 된다고 했다. 할아버지는 우리에게 완전히 맡기고 거실에서 태블릿으로 뭘 하는 중이다. 주식이라도 하시나? 내 마음대로 상상했다.

"참고로 메메는 잘하는 요리 있어?"

"없어. 전자레인지랑 전기포트랑 밥솥이랑, 또 가끔 봉지라면을 끓이려고 냄비를 쓰는 정도."

우리 하숙집에는 층별로 공용 부엌이 있다. 프라이팬과 도마가 있는 건 아는 데 쓴 적은 거의 없다. 가끔 식당이 열지 않는 날도 마트에서 반찬이나 냉동식품을 파니까 불편하지 않다.

"그러면 반대로 네가 만든 요리를 먹고 싶어지네. 끔찍하게 맛없어도 재미있고 기적이 일어날지도 모르고."

"너만 먹는다면 만들어도 되는데, 꼭 전부 다 먹어라."

"그만두자, 앞으로 중요한 일이 있으니까. 아, 혹시 할 마음이 있으면 말해줘."

"전혀 없어."

사브레가 올바른 판단을 해줘서, 점심은 사브레 주도로 만드는 파스타가 되었다. 면과 홀 토마토와 콩소메와 마늘이 있으니까 어떻게든 할 수 있나 보다. "나도 요리는 잘 안 하는데"라지만.

"안 한다고 해도 여자들은 기본적인 요리 기준이 남자보다 훨씬 높을 것 같아."

"영어를 할 수 있는 기준이 사람마다 다른 거랑 비슷하네. 그래도 성별이 관계있을까?"

"있을 것 같아. 우리 층에 있는 부엌, 한라이도 면을 삶아서 달걀 넣는 것 말고는 본 적 없어."

"오, 그때도 밥 반 공기? 한라이스?"

"거짓말 같겠지만 그 녀석, 전자레인지에 돌린 밥을 종종 절반만 냉동해 둔다."

"그거 재미있네. 그래도 성별이 관계있나."

뭔가 걸리는 게 있는지 사브레는 요리와 성별 관계를 생각하며 큼지막한 냄비로 물을 끓이기 시작했다. 나는 어제 새송이버섯을 가른 능력을 인정받아 브로콜리와 콜리플라워를 써는 담당이다. 전자레인지에 돌려 따뜻한 채소 샐러드를 만들겠다고 한다. 이것도 사브레의 제안이다. 적어도 우리 하숙집 남자 중에 점심 메뉴로 따뜻한 채소 샐러드를 고르는 녀석은 없다.

"나는 오히려 생활환경이나 가족구성일 것 같아."

"형제자매가 있거나 부모님이 맞벌이거나?"

"응. 게다가 나는 요리 전혀 안 하지만 엄마가 하는 걸 봤으니까 대충 알아서 만드는 수준이야."

"보기만 하고 기억하다니 요리에 재능이 있네."

"그야말로 평범한 맛의 파스타를 만들 테니 어디 맛보시

게."

 나는 브로콜리와 콜리플라워에 추가로 베이컨을 썰어 전부 투명한 볼에 담았다. 랩을 씌워 사브레의 지시대로 전자레인지로 5분 가열할 것이다. 3분쯤 지나면 일단 꺼내 꼬치를 꽂아 보라는 지시를 받았다. 쑥 들어가면 그 시점에서 완성이다.

 식칼과 도마를 비워주자, 사브레가 물을 끓이는 동안 소스 만들기를 시작했다. 나는 전자레인지를 신경 쓰면서도 사브레가 요리하는 모습에 흥미를 느꼈다. 사브레가 양파를 정성 들여 다지는 사이, 약속한 3분이 지났다. 뜨거우니까 조심하며 브로콜리 친구들을 꺼내 꼬치를 꽂자 아직 약간 딱딱해서 다시 전자레인지에 넣었다.

 사브레가 달군 프라이팬에 올리브기름과 양파와 손으로 찢은 소시지, 튜브에 든 마늘을 넣고 볶았다. 손으로 찢는 건 사브레 엄마의 방식이라고 한다. 맛있는 냄새가 솔솔 날 때 전자레인지가 울렸다. 다시 채소 친구들을 꺼내 적당한 접시에 담았다. 이쪽은 당연히 채소 냄새가 났다. 또 지시한 대로 키친타올로 물기를 제거했다.

 사브레는 볶은 마늘이 투명해진 시점에 콩소메와 홀 토

마토를 프라이팬에 투입하고, 토마토를 짓이기며 끓였다. 이제부터 대충 10분이라고 한다. 파스타 봉지에 적힌 삶은 시간을 확인해 시간에 맞춰 뜨거운 물에 마치 펼치는 것처럼 넣었다. "깜박했다!"라며 소금도.

타이머가 울리자 사브레는 면의 물기를 제거하지 않고 소스에 넣어 요리용 젓가락으로 뒤섞었다. 어느 정도 섞였을 때 맛보기. 하나만 집어 후루룩 먹는 모습을 나는 멍하니 지켜보았다.

"음, 심심한 것 같아. 메메, 먹어 봐."

젓가락을 빌려 나도 하나만 집어 입에 넣었다.

"그러네, 조금 진한 게 좋겠어. 소금?"

"우리 엄마가 짠 거랑 진한 건 다르다고 했으니까 콩소메를 넣어볼까."

"과연, 그럼 그렇게 하자."

사브레에게 젓가락을 돌려주며 아무렇지 않다는 표정을 지었다.

목욕한 모습은 벌써 여러 번 봤으니까 별로 특별하지 않다거나, 잠에서 깬 모습도 아침을 먹을 때 만나면 보니까 드물지 않은 건 사실이지만, 지금처럼 같은 요리를 맛보는 행동에는 근래 없이 몰래 두근거리고 말았다. 예의 그 울렁과는 또 달랐다.

미래를 이미지화했는지도 모른다. 동아리에서 비전과 상상력이 중요하다는 말을 자주 듣는다. 굳이 이런 상황에서 발휘하지 않아도 되는데.

맛보는 이벤트를 한 번 더 거쳐 드디어 점심이 완성되었다. 사브레는 대·중·소처럼 세 종류의 양으로 파스타를 나눠 담고 자기는 소 접시를, 내게는 대를 줬다.

따뜻한 채소에 참깨 드레싱을 뿌려 할아버지가 앉은 곳에 가지고 갔다. 여느 할아버지들과 마찬가지겠지, 할아버지는 손주가 직접 만든 요리에 기뻐했다.

맛은 아주 평범하게 맛있었다.

그나저나 사브레의 근육통이 완전히 나은 것 같네.

"아니, 아파! 그래도 익숙해졌어. 사람이 둔감해지는 과정을 지금 실로 맛보는 중."

독특하게 즐기는 법을 발견했다. 사브레답다.

사브레답다고 하면, 점심 먹기 전에 갈아입은 복장도.

그 무지개 같은 스커트에서 바뀌어 지금 사브레가 입은 옷은 다양한 풍경의 엽서를 수십 종류 연결해서 만든 것 같은 패치워크 롱스커트였다. 저녁놀이나 별하늘이 있어서 색은 어제보다 약한데 이건 이것대로 몹시 화려했다.

"혹시 메메, 상복을 입으려는 의미로 까만 옷을 골랐어?"

"아니, 전혀."

그래도 말을 듣고 보니 그렇게 보일지도 모르겠다. 그러면 사브레만 분위기 파악 못 하는 인간으로 보일 것이다. 점심을 먹고 가지고 온 청바지로 갈아입었다. 조금은 밝아 보인다.

그쪽 가족과 약속은 오후 3시. 간식이라도 먹으며 대화하자고 했다고 한다. 갈 때는 할아버지가 차로 데려다주고 올 때는 그쪽 아주머니가 차로 바래다준다. 혹시 분위기가 험악해지면 어떻게 될지 잠깐 생각했다.

출발까지 아직 시간이 남은 것이 관계있는지 모르겠는데, 사브레는 피스타치오 껍데기를 벗기기 시작했다. 나도 한 알 받았는데 스마트폰이 울렸다.

"어?"

사브레가 이쪽으로 시선을 줘서 묻기 전에 "한라이 전화"라고 대답했다.

"오오, 무슨 일이지?"

"뭘까. 죄송합니다. 잠깐 나갔다 오겠습니다."

할아버지는 집 안에서 통화해도 괜찮다고 생각했을지도 모른다. 사브레는 이해하고 손을 흔들었다. 나는 현관으로 가 신발을 신고 밖으로 나가서 전화를 받았다.

"수고. 뭐야?"

'메메, 너 어디 있냐? 나 너무 한가해!'

"알 게 뭐야."

한라이의 느닷없는 기세에 웃으며 모처럼 깐 벽돌을 밟지 않게 마당으로 내려가 집에서 조금 멀어졌다.

"할아버지 댁에 왔어."

거짓말이면서 거짓말이 아니다.

'진짜? 간다는 말 했었나? 모처럼 한가하니까 좋아하는 AV 여배우 타선을 만들어서 너한테 말하려고 했는데.'

"너 뭐 하는 거냐."

'프로 야구 선수로 비유해서 말해보고 싶어. 좀 더 버텨도 되는데 너무 일찍 벗는 여배우는 볼로 오는 공에 곧바로 손을 대는 선수라든가.'

"너 한가하구나."

"한가하다고! 메메, 나를 위해 빨리 돌아와."

에비나도 한라이도 말하자면 자기 캐릭터를 절대 굽히지 않는 점이 웃겼고 조금 감탄스럽다.

한라이는 나와 사브레와 같은 반이며 친구이며 하숙집 동료. 내게는 동아리 동료이기도 하다. 보다시피 까불거리는 녀석이고, 나는 아마도 한라이와 제일 친할 것이다. 그제 점심에도 식당에서 평범하게 만났고 같이 아이스크림을 사러 갔으면서 여행 이야기를 안 한 건 사브레와 멀리 외출하는 게 켕겼기 때문이다. 나한테 물어보지도 않았고.

"빨리는 돌아가지 못하지만 돌아가면 들을게."

'너도 생각해 놔라.'

사브레와 같은 집에서 생활하면서 그게 되겠냐.

나도 모르게 제법 거리가 벌어진 집을 돌아보았다. 우리가 이런 대화를 나누는 걸 알면 어떻게 생각할까.

'생각하기 시작하면 야구 보는 눈도 조금 달라지니까 재밌어.'

"나는 평소에 야구 별로 안 보니까."

한라이는 내용물은 이런 주제에 얼굴이 꽤 상큼한 놈인데, 그래서 여자에게 나쁜 평가를 받는 일도 많다고 본인이 말하곤 한다. 그 점을 낄낄거리는 면이나 알면서 고치지 않는 게 굉장히 한라이답다. 교실이나 하숙집에서도 완전히 그 캐릭터가 침투했다. 별명도 식당에서 주문할 때 반드시 밥 반 공기를 추가하는 멍청한 에피소드, 또 늘 반쯤 웃는 것처럼 보이는 맹한 표정이 어우러져서 정착했다.* 본인은 좀 더 늠름하고 멋진 게 좋다고 한다. 나도 그렇다.

"4번까지는 대충 나눌 수 있겠는데 8번쯤 되면 뭐지?"

'수비 중점으로 기용하는 선수잖아. 나라면 무드 메이커인 배우를 넣겠어.'

멍청한 이야기에 어울리는데, 한라이가 "아" 하는 소리를 냈다. 무슨 일이 생겼나.

'지금 생각났는데, 내가 전에 했던 부탁해요 치킨 레이스 있잖아?'

"부탁해요? 아아, 그게 그런 이름이었냐."

내 안에는, 남한테 말하면 한라이의 까불까불한 성격을 단박에 알려줄 수 있는 대신에 틀림없이 이 녀석 이미지는 하락할 테고, 아주 조금이라도 내가 연관 있다고 여겨지는 게 싫으니까 남에게 말하지 않는 종류의 에피소드가 수두

---

* 일본어로 밥 반 공기는 한라이스(半ライス), 반쯤 웃는 것은 한와라이(半笑い)다.

룩하게 있다.

그중 하나가 부탁해요 치킨 레이스. 그런 이름인 건 처음 들었다.

어느 날 동아리 활동을 마친 후, 한라이와 함께 공용 세탁기에 옷을 쑤셔 넣는데 녀석이 뜬금없이 의미 모를 소리를 했다.

"어디까지라면 오케이일까?"

내가 묻기도 전에 한라이가 의기양양하게 말했다.

"여자애한테 가슴 만지게 해달라거나 끌어안는 건 범죄지만, 지인이라면 손 정도는 건드려도 되잖아? 그렇다면 진지하게 부탁했을 때 괜찮은 범위가 실제로 어디까지일까? 여자애가 생각하는 괜찮은 선과 안 되는 선을 알면 앞으로 연애할 때 유리할 것 같으니까 나 되게 고민 중이야."

팬티 한 장 입은 상태로 무슨 소리야. 그래도 솔직히 궁금하지 않은 건 아니다. 생각하지 않은 것도 아니다. 그런데 그걸 느닷없이 같은 반이나 하숙집의 여자를 상대로 실험하기 시작한 점에서 한라이가 얼마나 까부는 녀석인지 알 수 있다. 최고는 팔뚝까지, 최저는 선배에게 설교를 들었다고 알려주었다. 그쯤에서 그만뒀으면 무사했을 텐데, 뭐든 웃으며 봐주는 상대에 질린 한라이는 에비나에게 뭐라고 말했는지 앞발 차기로 복부를 맞으면서 스스로 기획의 막을 내렸다. 참고로 사브레는 악수는 오케이, 손을 꼭 잡는 건 목적을 모르니까 무서워서 거절. 한라이는 거절당했으면서도 "그럼 배는?"이라고 밑져야 본전으로 물었다는데, 친한 친구지만 걷어차면 좋았을 거다.

'그거 말인데.'

"설마 학교에 들켰어? 퇴학 아니냐, 너?"

'그때는 메메가 전력으로 감싸줘. 아니, 그 결과를 팔라고 어젯밤에 에비나가 말하더라고.'

무심코 "뭐라고?" 하고 큰 소리를 냈다. 산이 많아서 조금 메아리쳐서 당황했다.

"결과? 팔라니 뭐야?"

'그러니까 내가 부탁했던 여자의 반응을 기억하는 것만큼 상세하게 알려달래. 나는 당연히 말 안 하면 고자질한다고 협박할 줄 알고 겁먹었어. 그런데 돈을 내겠대. 그건 그것대로 좀 무서우니까 의논하려고 너를 찾았는데, 왜 없는 건데!'

"타순 전에 이걸 말해라."

'둘 다 말하고 싶었으니까, 알잖아!'

한라이의 정열은 아무래도 좋다. 에비나는 뭐가 목적일까. 어젯밤이라면 내가 죄책감 이야기를 묻고 그 녀석이 나를 걷어차달라는 의뢰를 사브레에게 한 그다음일까.

'나는 잘 모르는데 시세가 어느 정도일까?'

"팔 생각이냐!"

'역시 안 되나? 악용 안 하겠다고 했고, 딱히 닳는 것도 아니잖아.'

악용 안 할 녀석이 그런 걸 돈까지 내면서 원할 리 없다. 다만 내겐 에비나의 머리가 없으니까 악용할 방법이 상상 안 된다. 타이밍으로 보아 나와 관계가 없지 않을 것 같아서 두렵다.

"그걸로 나쁜 짓에 끌어들일지도 모른다. 조심해라."

'그런가, 공범으로 잡히는 게 제일 별로지.'

"주범이라고 좋은 것도 아니잖아."

에비나와 한라이라면 누가 주범인지 주변에서 보면 명확하니까 만에 하나 붙잡히면 한라이의 바람은 이루어지지 않을 것이다.

한가한 친구에게는 미안하지만, 전화로 계속 멍청한 이

야기를 하고 있을 수 없다.

"지금부터 갈 데가 있으니까 어떻게 됐는지 또 알려줘."

'어? 어디 가는데? 수영장?'

그쪽이 훨씬 재밌겠다. 보통은.

"자살한 사람 집에 갈 거야."

'으엑, 자살? 저주받는다.'

"하지 마라!"

한라이가 불경한 소리를 해서 말린 게 아니라, 어째서인지 지금까지 생각도 못 했던 위험이 갑자기 들이밀어져서 쳐내는 느낌이었다.

설마 저주받을 리 없다고 생각하는데, 없겠지? 그러고 보니 누가 죽은 집에서는 자살한 영혼이 나온다고 한다. 왜 어제 할머니 유령은 생각했으면서 좀 더 원한이 있을 법한 유령을 생각하지 못했지.

말을 듣자 조금 무서워졌다. 우리가 하려는 일은 심령 장소에 반쯤 놀러 가는 기분으로 가는 것과 별반 차이가 없잖아.

까먹지 않으면 선물을 사다 주겠다고 약속하고 한라이와의 전화를 끊었다. 그 김에 타선도 생각해야 하나 보다. 야구보다 축구를 잘 아니까 그걸로 해주면 좋았을 것이다.

집에 들어가며 에비나에게 라인 메시지를 보냈다.

'한라이한테 들었어. 그런 걸 사서 어쩌려고.'

설마 나하고 관련한 건 아니지라는 의미다.

바로 확인하지 않아서 일단 이 일은 미루고, 나는 사브레와 할아버지가 기다리는 집으로 갔다. 두 사람은 거실에서 자동차 부품을 만드는 공정 같은 방송을 보는 중이었다.

"한라이 뭐였어?"

"내가 하숙집에 있는 줄 알았는지 무지 한가하다고 전화했어."

"그런 애면서 외로움을 타니까 재미있어. 그런 애니까 그러나."

어느 쪽일까, 애초에 외로움을 타는지도 모르겠지만, 사브레가 모처럼 재미있어하니까 역시 무슨 대화를 했는지는 자세히 말할 수 없다.

나도 의자에 앉아 텔레비전을 보며 에비나와 한라이, 그리고 더스트, 여기 없는 친구들을 생각했다.

에비나와 한라이는 폭력 사태까지 벌였는데도 식당이나 학교에서 평범하게 대화하는 걸 목격하고 라인도 평범하게 주고받는다. 한라이가 복부에 데미지를 받은 전후에도 에비나는 딱히 거칠어지지 않았다. 그런데 더스트와 에비나가 둘이 대화하는 모습은 그 후로 보지 못했다.

종류는 달라도 부탁인 것은 같고, 아무리 생각해도 한라이 쪽이 진지하지 않은데 왜 더스트 때는 그렇게 열받았을까.

에비나가 메시지를 읽기 전에 우리는 출발할 시간을 맞이했다.

승용차 뒷좌석에 고등학생 둘이 나란히 앉아 운반되었다. 구름 한 점 없는 하늘도, 탁 트인 경치도, 갑자기 나타난 바다도 볼만해서 그런 걸 즐기는 척했더니 아무렇지 않은 척할 수 있었다. 사실은 시합 직전 같은 기분이었다. 말투도 표정도 어색하고 딱딱하다. 원래는 생명 에너지 같은 것에 접촉하는 즐거운 긴장감뿐이었는데, 한라이 때문에 괜한 공포까지 생겼다.

사브레는 옆에서 창문을 내리고 눈을 감고서 얼굴에 바람을 맞고 있었다. 머리카락을 날리며 저 머릿속으로 무슨 생각을 할까.

햇살을 밝게 받아 하얘지거나 그림자로 가려지는 옆얼굴

을 지그시 지켜보고 말았다.

그러자 어느 순간 사브레가 번쩍 소리라도 난 것처럼 갑자기 눈을 뜨더니 전체적으로 하얀 얼굴로 나를 봤다. 눈이 마주쳤으니까 지켜본 게 들켰을지도 모른다. 그래도 그걸 두고 뭐라고 말하지 않았다.

"메메, 장례식에 간 적 있어?"

"있어. 어렸을 때 딱 한 번. 장례식이 뭔지도 잘 몰랐으니까 무슨 이벤트 같아서 두근거렸던 거 기억해. 나이가 비슷한 사촌이랑 뛰어다녔어."

"아, 있지, 있지. 그런 애들."

"너는 언제?"

"나는 우리 할머니가 돌아가셨을 때. 벌써 초등학교 고학년이었는데, 그래도 마지막까지는 뭐가 뭔지 몰랐고, 화장터에서 갑자기 엉엉 울었어."

화장터라는 단어를 아무렇지 않게 말한 사브레에 놀랐다. 그 할머니의 남편인 할아버지가 코앞에 있는 지금 여기에서. 그래도 그건 내 감각의 문제다. 사브레 내면에서는 굳이 피할 말은 아닐 것이다. 저주받는다는 소리가 더 심하다. 한라이 그 자식.

"그럼 지금부터 인사하러 가는 아저씨 때는 안 간 거네."

"응. 두 가지 의미로 먼 관계니까 그냥 소식만 전해 들었어. 그러니까 향을 올릴 겸이라고 꾸며내기 쉬웠지."

"꾸며낸다고?"

운전석에서 들린 목소리에 사브레의 표정이 한 번 움찔 흔들린 것을 나는 똑똑히 봤다. 사브레의 실수에 나도 침묵했다. 앞으로 고개를 돌리자, 커다란 선글라스를 낀 할아버지가 백미러 너머로 이쪽을 확인하더니 그 불량한 미소를 지었다.

"뭐냐, 쓰카사. 나쁜 짓이라도 꾸몄니?"

"전혀요. 아무리 수업에 필요하다곤 해도 갑자기 자살 이야기를 들려달라고 하면 좀 죄송하니까 향을 올리고 싶다는 말로 시작했다는 거죠."

침착하게 거짓말을 하는 사브레. 내 주변 여자들은 배짱이 두둑하다. 그렇다고 진짜 목적이 나쁜 짓인가 하면 그것도 아닌 것 같다. 그러니 사브레의 "전혀요" 부분은 틀리지 않았다. 생명에 관한 이야기를 듣고 싶다는 호기심이나 흥미는 딱히 나쁜 건 아니니까. 만약 사브레의 말처럼 상대편에서 말하고 싶어 한다면, 심지어 원원일 테니 좋은 일일 수도 있다.

할아버지가 생각한 나쁜 짓이란 뭘까.

젊어서 위험한 일을 했을 듯한 분위기도 있으니까 궁금하다. 그러나 친구 할아버지에게 "젊었을 때 나쁜 짓 하셨나요?"라고 물어볼 수 있겠나. 나중에 사브레에게 물어봐야지.

"장례식은 독특한 분위기가 있지."

거짓말을 거짓말이라고 들키지 않기 위해서인지 사브레가 하던 이야기로 돌아왔다.

"꼬마 메메가 마구 뛰어다닌 것처럼 다들 흥분한 느낌도 있고."

"반에서는 큰 편이었어."

"그래도 아직 새끼 양이지."

"그때는 메메라고 불리지 않았거든."

할아버지와 대화한 흔적으로 앞을 본 채 피식 웃은 사브레를 보며 나는 "응"하고 고개를 끄덕였다.

"장례식장 전체가 반짝반짝했고 다들 모여 있고, 초밥이나 튀김이 나오니까 어린아이한테는 이벤트 느낌이 장난 아니었어."

"그렇지. 눈에 보이는 그런 것 플러스, 나는 장례식장의 그 느낌도 역시 생명이 응축되었다고 생각해."

"뭐, 사람의 마지막을 보내주는 장소니까."

"지금부터 우리가 볼 방에도 그런 분위기가 있을까?"

"비슷한 느낌일 것 같긴 한데."

또 한라이의 적당한 충고가 생각나 오싹했다. 언젠가 내가 유령이 되어도 머무는 곳에 낯선 고등학생이 들어오면 내쫓으려고 할 것 같다.

이렇게 만약 유령이 존재한다고 전제한다면, 지금 시점에서 사브레 할머니에게서는 아무것도 당하지 않았다. 나를 받아주셨나. 무시하시나. 양쪽 다 복잡한 기분이다. 역시 없는 쪽이 좋다.

그럴 수도 있고 아닐 수도 있는 생각을 계속하는데, 사브레 옆에 놓인 종이봉투가 곡선 도로를 지날 때 이쪽으로 넘어졌다. 내가 일으켜 세운 그것은 학교 근처 화과자 가게에서 파는 조금 고급스러운 쿠키였다. 사브레가 남모르게 챙겨왔다. 지금부터 갈 집의 딸, 중학생 여자아이에게 주는 선물인가 보다. 야무지다.

"곧 도착한다."

할아버지의 예고에 나는 침묵했다.

그전까지도 일정 시간은 말하지 않았는데, 그보다도 한 단계 더 제대로 침묵한 감각이 있었다. 실눈과 눈을 감은 것의 차이와 비슷하다. 사브레는 어떨까, 그냥 말하지 않는 걸까 나처럼 침묵한 걸까.

이윽고 차가 평범한 단층집 앞에 섰다. 할아버지가 재촉해서 우리는 뒷좌석에서 내렸다. 사브레는 종이봉투와 무릎에 앉고 있던 작은 토트백을 들었다. 안에 노트와 필통이 들었나 보다.

운전석 쪽으로 돌아가 할아버지에게 고맙다고 인사했다. 불량해 보이는 드라이버는 "무슨 일이 있으면 연락해라"라며 선글라스를 번쩍였다.

그런 다음에.

"쓰카사, 그리고 세토 군."

다정하게 웃으며 우리 이름을 불렀다.

"이 나이까지 살면서 새삼 느낀 것이다만, 죽음은 어디에나 있는데 본질적으로 이해할 수 없어. 생각해 보는 건 좋은 일이야. 하지만 너무 끌려가지 않게 어느 지점에서 선을 긋도록 주의하는 것도 필요하단다."

격려인 건 알겠다. 그러나 끌려간다는 말은 심령 방송에서 듣는 단어여서 할아버지도 저주 같은 소리로 겁을 주려는 줄 알았다.

사브레를 보자 상상보다 환하게 웃으며 거기 서 있었다.

"끌려갈 정도로 느끼고 싶어서 왔어요."

사브레의 선언이 제대로 된 대답인지 나로서는 알 수 없었고, 할아버지는 또 불량한 미소를 짓더니 차를 몰고 떠났다.

"가자, 메메."

우리는 이번 여행의 메인 이벤트를 위해 집으로 접근했다.

사실 마음 어딘가에서 이미 쓸쓸함을 느끼기 시작했다. 지금이 이 여행의 최고 정점이라고 생각하면 그렇다. 시합 날, 내 차례가 일찍 끝나서 이후로 느슨해지는 시간을 상상한다. 의욕 넘치는 사브레는 이런 생각을 전혀 하지 않겠지.

사브레와 둘이 있는 것도 앞으로 겨우 이틀. 그건 내 여름방학의 마지막 날이나 마찬가지다. 이후로는 동아리 활동만 하는 날들이 기다린다. 그게 끔찍하게 싫은 건 아니다. 그래도 사브레는 없다.

그러니 나도 이 시간을 마음껏 느껴야겠다고 생각했다.

충고를 무시해서 할아버지에게는 죄송하지만.

사브레가 문 앞에서 한 번 고개를 끄덕이고 초인종을 눌렀다. 바로 대답이 들렸다. 생각보다 발랄해서 의외였다. 연인, 남편, 가족, 그들을 잃은 사람이 얼마 만에 회복하는지 모르면서 나 혼자 암울한 상상을 하고 대비했다. 그래도 이건 기쁜 오산이다. 이쪽도 심각한 표정을 지을 필요가 없어진다. 이를테면 선배가 중요한 시합에서 졌을 때, 이쪽까지 어쩐지 심각한 표정을 짓고 있는 건 솔직히 별로다.

문이 열리기를 기다리는데 사브레가 옆에서 "아" 하고 뭔가 발견한 듯한 소리를 냈다. 봤더니 사브레도 나를 보고 있었다.

"아까 끌려갈 정도라고 한 거, 딱히 죽은 자의 세계에 가고 싶다는 거 아니니까."

"대충, 이야기를 듣고 제대로 공감하기 위해서 아슬아슬하게 파고 들어가는 느낌이라고 생각했는데."

"뭐 그런 느낌이야. 메메는 이해했구나, 다행이다."

큼지막한 입이 어린아이가 그린 웃는 얼굴 그림처럼 미소 짓는 걸 본 순간, 문이 열렸다. 사브레에게는 외종이모님에 해당하겠지? 아무튼 아주머니가 현관에서 나왔다.

"어서 오렴."

아까 들은 목소리대로 상상보다 훨씬 활기차 보였다.

"그간 잘 지내셨어요?"

"안녕하세요."

우리가 제각각 인사하자, 아주머니는 친절한 태도로 환영해 주었다. 그 얼굴에는 우리가 품은 긴장감이 없었다.

안으로 들어가자 여기에서도 선향 냄새가 났다. 그 향이 아슬아슬하게 내 뇌가 여기에서 사람이 죽었다는 사실을 떠올리게 해주었다. 현관은 넓고, 복도를 지나 거실에 가기까지 욕실과 화장실 이외에 문이 세 개 있었다. 어느 방일까.

깔끔한 거실의 옆방이 사브레 할아버지 댁처럼 다다미였다. 거기에 자그마한 제단이 설치되었고 실시간으로 선향에서 연기가 올라왔다.

"먼저 향만이라도 올려도 될까요?"

사브레의 제안은 거부당하지 않았다. 나는 이런 예법을 모르니까 사브레 할머니에게 했던 때처럼 그냥 흐름을 쫓아갔다. 제단 앞에 놓인 방석에 사브레가 똑바로 앉아 선향을 들고 합장하는 모습을 보고 교대해서 똑같이 했다.

우리는 거실 테이블에 앉으라는 말을 들었다. 앉자마자

사브레가 아주머니에게 쿠키를 건넸다. 곧바로 뚜껑 열린 쿠키 캔이 세 사람의 중심에 놓였다.

"사실 간식으로 아이스크림을 준비했는데 딸이 온 후에 먹어도 될까?"

싫다고 할 고등학생이 있을 리 없다. 그 한라이라도 말 안 한다. 아주머니는 그 대신이라며 냉장고에 넣어둔 아이스 커피를 대접해 주었다. 더치커피인가 보다. 일반적인 커피와 차이는 모르겠다. 나는 시럽과 우유를 둘 다, 사브레는 시럽만 넣었다.

제각각 맛이 다른 커피를 마시며 우선 자기소개를 했다. 사브레는 당연히 아는 사이니까 내게 아주머니와의 관계성을 알려주었다. 몇 년 만에 만났다는 이야기다. 나는 당연히 메메라고 이름을 대지 않았다. 세토 요헤이라는 이름, 구시로 쓰카사의 친구로 같은 반이면서 하숙집 동료, 이번에는 과제 때문에 동행했다. 나도 사브레처럼 거짓말을 했다.

"친구니? 커플이 아니라?"

사브레의 할아버지가 당연하다는 듯이 무시했던 탓에 나는 이런 화제가 나올 것에 대비해 마음 준비를 안 했다. 사브레는 하고 있었는지 즉시 아하하 웃었다.

"친구고 하숙집에서 바로 옆 건물에 사니까 그냥 가족 같은 감각이에요."

실제로 그렇다. 그 말과 사브레 내면의 마음이 어느 정도 포개어지는지 궁금해하며 고개를 끄덕였다.

"어머, 그거 신선하네. 내가 다닌 중고등학교는 기숙사도 없었거든. 10대 시절부터 친구들과 공동생활이라니 너희는 멋진 청춘을 보내는구나."

"아니요, 저는 전혀 아니고요, 메, 음, 세토는 동아리에서 매일 운동하니까 청춘이에요."

어떻게 부를지 미리 정했다. 우리가 할 말은 아니나, 사브레와 메메라는 별명은 되게 바보 같다. 아이덴티티나 자기 인식이 어쨌든 심각한 이야기를 나눌 때 부를 이름이 아니다. 오면서 역시 쓰카사 씨라고 불러야 할지 묻자, "쓰카사 씨라고 불리는 것도 내가 요헤이 씨라고 부르는 것도 웃기니까 하지 마"라고 했다. 결국 선생님들에게 불리는 세토와 구시로로 합의했다. 사브레, 실수할 뻔했네.

"그래서 볕에 탔구나. 무슨 운동을 하니?"

아주머니가 자연스럽게 물어서 나는 할아버지에게 한 것과 똑같은 설명을 했다. 이번에는 매진보다 결과를 칭찬받

앉다.

내 동아리 이야기에서 사브레가 왜 굳이 하숙까지 하며 지금 고등학교에 다니느냐는 이야기로 흘러갔다. 나는 알고 있지만, 묵묵히 사브레의 설명에 귀를 기울였다. 별로 진기한 이유가 있는 것도 아니고, 성적에 맞는 고등학교가 자기 집에서 매일 다니기 너무 멀었을 뿐이다. 에비나도 그렇다. 참고로 에비나는 여유롭게 특별 진학반에 들어갈 학력이면서 우리와 같은 보통반이다. 이유는 "길기만 한 보강이나 양만 잔뜩인 숙제는 스스로 공부하지 못하는 놈이 하는 거니까 됐어"라나. 말투가 별로다.

하숙집 이야기가 마무리될 무렵, 식칼로 공기를 자른 것처럼 대화가 뚝 끊긴 순간이 있었다. 나는 잔에 꽂은 빨대에 입을 대 대화할 권리를 다른 사람에게 건넸다. 받아 간 사브레의 쓰읍 공기를 마시는 소리가 들렸다.

"새삼스러우나 오늘은 이런 발칙한 부탁을 들어주셔서 고맙습니다."

'발칙한'이라는 단어를 친구가 쓰는 건 처음 들었다. 문맥과 발음으로 보아 좋은 의미는 아닐 것 같다. 아주머니는 정중하게 말한 사브레에게 쓸쓸하게 웃으며 고개를 저었다.

"아니야, 괜찮아. 쓰카사와 친구의 공부에 조금이라도 협력할 수 있다면 그이에게도 좋은 일일 테니까."

아주머니의 시선이 우리 등 뒤의 제단으로 향하는 걸 느꼈다.

동아리에서 우리는 종종 시합 상대의 시선을 보고 행동 의도를 감지하라는 말을 듣는다. 물론 잘하는 상대는 그것까지 이용하니까 너무 신용해서는 안 된다.

그러니 이 순간 아주머니의 시선이 제단으로 향한 이유도 내 상상이어서 신용해도 좋을지 모르겠다.

적어도 나는 아주머니가 애정이나 애도의 의미로 제단을 본 건 아닐 것 같았다.

단, 그게 정답이어도 당연할지 모른다. 가족을 남겨두고 죽었으니까 조금은 원망하는 마음도 있겠지.

사브레가 가방에서 노트와 필통을 꺼냈다. 나는 스마트폰에 메모하겠다고 말했다.

"어떻게 할까, 먼저 방을 볼래?"

양자 선택을 하게 되어 나는 사브레의 안색을 살폈다. 사브레는 아주머니를 바라본 채 고개를 끄덕였다.

"확실히 이야기를 듣고 선입견이 생기기 전에 볼 수 있으면 기쁘겠어요."

선입견도 동아리에서 자주 듣는 말이다. 대부분은 지금 사브레의 말처럼 가지지 말라는 의미로.

내가 찬성하자, 아주머니는 끄덕이며 의자에서 일어났다. 나도 사브레도 쫓아 일어났다.

"별로 특별한 건 없지만."

아주머니가 웃으며 조금 미안한 듯이 말했다. 나는 진심으로 받아들이지 않았다. 왜냐하면 사람이 자살한 곳이니까. 옆에서 사브레가 "그것도 전부 고려했으니까 괜찮습니다"라고 대답했다.

아쉽지만 나보다 훨씬 근성 있는 사브레의 뒤를 쫓으며 한라이가 한 말, 또 어째서인지 유튜브에서 본 심령사진이 떠올라 두근거렸다. 괜히 두리번거리게 된다. 사브레는 당당하게 앞을 보며 아주머니를 쫓아갔다. 멋있다, 너.

우리는 현관에서 제일 가까운 닫힌 문 앞에 섰다. L자형 문손잡이를 잡으려는 아주머니의 손을 보고 나는 침을 삼켰고, 사브레는 이렇게 말했다.

"죄송합니다만 저희가 열어도 될까요?"

"어? 그래, 괜찮긴 한데."

아주머니가 한 걸음 옆으로 물러나 문 앞을 양보했다. 나도 그런데, 아주머니도 사브레가 왜 그런 요구를 했는지 모르는 것 같았다. 포장된 선물도 아니고 직접 여는 데 무슨 의미라도 있나?

어차피 사브레다운 이유는 나중에 들어야지. 그때 사브레가 나를 봤다.

"같이 열까?"

솔직히 열고 싶은 생각은 별로 없었다. 그러나 사브레가 L자형 문손잡이에 얹은 오른손을 옆으로 비켜줬으니까 나는 소극적으로 끄덕이며 왼손으로 문손잡이 앞쪽을 잡았다. 문손잡이는 그리 길지 않아서 손의 끝과 끝이 닿았다. 말로 표현할 정도는 아닌 기쁨이 눈치도 없이 차올라서 조금 웃을 뻔했다.

"그럼 열게요."

뒤에서 지켜보는 아주머니에게 이 괴상한 두 사람의 행동은 어떻게 보일까. 승낙하는 대답이 들렸다. 그걸 신호 삼아 사브레가 문손잡이를 아래로 내리고 미는 동작을 해서 나도 똑같이 했다.

열린 문 안에서 미약한 바람이 불어 우리 얼굴을 만졌다.

선향과는 냄새가 달랐는데, 창문이 열려 있었다.

텅 빈 책장과 책상과 의자, 텅 빈 수납 상자가 놓인 조용한 방을 나는 한 바퀴 쭉 둘러보았다. 벽에도 바닥에도 겁먹고 멋대로 상상한 혈흔은 없었고, 역시 겁먹었던 생물이 썩는 냄새도 없다.

창밖에서 근처를 달려가는 차 소리가 났다.

"……아무것도 없네."

내가 작게 중얼거린 줄 알았다. 완벽하게 똑같은 생각을 했다.

"그래, 이미 유품도 거의 다 처분했거든."

아주머니가 보충해서 설명해 주었다. 그러나 사브레가 중얼거린 말은 그런 의미가 아닐 것이다. 적어도 나는 그런 의미에서 사브레와 같은 생각을 하지 않았다.

나는 이곳에 올 때까지 마음을 단단하게 잡아주는, 죽음에 얽힌 눈에 보이지 않는 무언가가 있으리라 예상했다.

장례식장이나, 조금 종류는 다르나 어렸을 때 갔던 전쟁 자료관 같은 분위기를 혼자 상상했다.

그런 이유로 겁먹었고 기대했다.

그런데 여기 있는 것은 마치 누가 살다가 최근 이사한 듯한 청결한 분위기와 바람뿐이다.

사람이 죽었다고 말해주지 않으면 틀림없이 모를 것이다.

"방이 깔끔하네요."

사브레의 질문에 맞춰 아주머니 쪽을 보자, 아주머니가 고개를 끄덕였다.

"목을 맸다지만 방이 지저분해지지 않게 자기 손으로 시트를 깔았어. 이상하게 성실하지, 이제부터 죽을 거면서."

아주머니에게서 농담으로 우리를 진정시키려는 의도가 느껴졌다. 아쉽게도 방의 진실보다 그 사실이 나를 더 섬뜩하게 했다. 죽으려는 인간이 바지런하게 시트를 깐 현장이라니 호러잖아.

"또 발견했을 때는 아직 의식 불명인 상태였어. 여기에서 죽은 건 아니니까 사고 현장 같은 분위기는 아마 없을 거야."

"아하, 과연."

내 입에서 무심코 흘러나온 납득하는 말은 본심이었다. 그렇다면 생사가 얽힌 분위기나 공기를 느끼지 못하는 것도 이해할 수 있다. 죽은 현장이 아니다. 저주받을 일도 없겠지, 다행이다.

나는 왠지 막혔던 마음이 풀린 기분이었다. 사브레는 조금 전보다 더 복잡한 표정이었다.

"그런 걸까."

무슨 말일까. 잘 모르겠고, 뭔가 골몰해서 생각하는 느낌이니까 방해하지 않기로 했다. 다만 내가 말을 걸지 않아도 사브레의 생각은 일시 중지되었다.

현관 쪽에서 문이 열리는 소리가 났다.

인기척을 듣고 아주머니가 방에서 나가 "어서 오렴"이라고 말했다. 그에 대해 "다녀왔습니다"라고 대답한 목소리가 방까지 와서 "안녕하세요"라는 인사만 남기고 떠났다. 안경을 쓴 여자였다.

여학생이 집에 온 것을 계기로 우리는 자살한 방 견학을 마쳤다. 아주머니가 간식을 준비하겠다고 해서 거실 테이블에 앉아 간식과 조금 전 안경 쓴 여학생이 오기를 기다렸다.

무심코 사브레를 봤는데 그쪽도 나를 보고 있었다.

"장례식은 살아 있는 인간이 장식 같은 걸로 유난스럽게 꾸민 분위기였네. 생명의 힘인 줄 알고 기대했는데."

사브레가 목소리를 낮춘 건 정답이었다. 기대라는 말은, 머리로 생각하는 거면 몰라도 말로 하기에는 안 좋을 것 같다.

"방에서 돌아가셨으면 달랐을까?"

나도 목소리를 낮췄다.

"그래도 죽으려는 의지를 굳히고 실행한 건 저기잖아. 사념 같은 게 남는다면 병원 말고 저기일 것 같아. 아까 기대라는 단어는 안 좋았어. 다시 말해도 돼?"

"응, 뭐야?"

"상상했던 거."

나만 듣는 공간에서 사브레의 작은 실수와 반성은 선향 냄새에 녹았다. 정말로 그런 느낌이었다. 이 방에 융합되는 것 같았다. 창문이 열려 있었다면 인상이 또 달랐을 수도 있다.

아주머니가 쟁반과 네 명분의 스푼을 들고 와서 배스킨라빈스 상자를 테이블 위에 놓았다. 오전에 일부러 사 왔나 보다.

잠시 후, 안경 쓴 그 아이가 거실로 왔다. 티셔츠에 반바지 차림이다. 외모가 고등학생이 아니라 딱 중학생으로 보였다. 미리 들어서 그럴 수도 있으니까 이것도 예의 선입견이다.

그 아이는 "안녕하세요"라고 한 번 더 인사하고 사브레 맞은편에 앉았다. 우리도 인사하자, 그 아이는 정색한 표정으로 스마트폰을 들여다보았다. 굳이 생글거릴 필요는 없다. 다만 어떤 기분일지 모르겠다. 본가에 있을 적에 부모님 친구분이 집에 오면 어땠는지 떠올렸다. '뭔데, 저 인간은'이었나. 그랬지.

세 사람의 어색함을 감지했는지 아주머니도 곧 내 앞, 여자아이의 옆에 앉았다.

"우선 녹기 전에 고르자꾸나."

상자를 열자 각각 컵에 담긴 아이스크림 여섯 종류가 놓여 있었다. 뭐가 뭔지 모르겠다. 딸기나 초콜릿이나 바닐라, 또 민트초코가 있다는 것만 알겠다. 나는 오로지 이것만 고집하는 아이스크림은 없고, 컵 하나가 맥도날드 햄버거보다 비싼 배스킨라빈스는 어렸을 때 이후로 간 기억이 없다.

"손님부터 먼저 고르렴."

모처럼 권유를 받았으나 우리 둘 다 사양하고 우선 중학생 여자에게 고르라고 했다. 연상 세 사람에게 선택하라는 압박을 받은 그녀는 "그럼"이라는 말만 하고 딸기 맛으로 보이는 아이스크림을 골라 스푼으로 바로 먹기 시작했다.

다음으로 사브레가 골랐다. 나는 맛있으면 비교적 뭐든 괜찮고, 아이스크림을 여자보다 먼저 고르기는 부끄러웠다. 사브레는 제일 화려하고 그냥 봐서는 무슨 맛인지 모르는 아이스크림을 골랐다. 파란색과 하얀색이 기본이고 빨간 알갱이가 들었다.

"그거 색이 대단하다."

무심코 말하자 아주머니도 동의했다. 중학생은 스마트폰을 보며 아이스크림을 먹고 있다.

"안에 톡톡 터지는 사탕이 들었어요."

설명을 듣고 나와 아주머니는 고개를 끄덕였고, 이번에는 내 차례가 와서 잠깐 고민하는데 사브레가 옆에서 조언했다.

"포만감 있는 건 이거랑 이거일 거야. 록키로드랑 러브포션 서티원."

"잘 아네. 역시 여자다."

이름을 말해줘서 다행이다. 러브가 들어간 아이스크림은 누구 앞에서든 선택하기 어렵다. 나는 딱 봐도 초콜릿 같은 록키로드를 골랐다. 나중에 들어보니 사브레는 에비나와 둘이 게임 대결을 할 때 배스킨라빈스로 종종 내기를 건다고 한다. 사브레가 등쳐 먹히지 않으면 좋겠는데.

아주머니는 심플한 바닐라를 골랐고, 상자는 일단 냉동실에 넣었다.

앞으로 할 이야기는 잠깐 미루고 다 같이 일단 아이스크림을 한 입씩 먹었다. 고등학생 두 사람의 "잘 먹겠습니다" 이외에는 조용했는데, 옆에 앉은 사브레에게서 정말 톡톡 터지는 소리가 들려서 웃음이 터질 뻔했다. 록키로드는 안에 견과류와 마시멜로 같은 게 들어서 맛있었다.

우리가 두세 입 정도 먹었을 때, 벌써 절반 이상 먹은 안경 낀 중학생은 어머니에게 자기소개하라고 재촉받았다. 귀찮아서 안 할 줄 알았는데, 내 착각이었다.

중학생은 스마트폰과 스푼을 내려놓고 이쪽을 봤다.

"이로하라고 합니다. 안녕하세요."

아주머니가 이로하의 한자彩羽를 설명해서 비로소 머릿속에 문자로 쓸 수 있었다. 얘도 새와 관련한 한자가 들어갔네, 아니지, 사브레는 구시로鳩代라는 성씨에 새가 들었다. 그렇다면 자기 인식이 아니라 타인의 인식인가. 사브레는 사브레니까 아무래도 비둘기가 그녀의 이미지에 따라온다.

"나는 구시로 쓰카사. 이로하 양, 아마 기억 못 하겠지만 어려서 한 번 만난 적 있어."

"앗, 기억이 안 나요."

정색한 표정이 조금 미안한 듯한 표정으로 바뀌었다. 그다지 기분이 나쁜 건 아닌가 보다.

"아니야, 나도 어렴풋하니까. 또 존댓말 안 써도 돼. 겨우 세 살 차이잖아."

만약 이로하가, 아니 낯선 여자의 이름을 함부로 부를 생각은 없는데 사브레처럼 '양'을 붙이는 것도 좀 아니니까 일단 이로하라고 하겠다. 아무튼 이로하가 만약 운동 동아리 소속이라면 세 살은 상당히 큰 차이로 느껴질 것이다.

"나는 구시로와 같은 고등학교에 다니는 친구로 세토 요헤이야. 반가워."

이로하가 당혹스러운 표정을 지은 것 같아서, 이야기를 일단락하려는 기분으로 자기소개를 마쳤다. 이번에는 의아해하는 것처럼 보여서 나는 또 하숙집 동료이자 학교 수업 때문에 왔다고 설명했다. 이로하가 몇 번인가 고개를 끄덕였다.

솔직히 말하면서, 돌아가신 아버지 일을 물어보러 온 놈들에게 서비스 정신이 대단하다고 생각했다. 애초에 여기 얌전히 앉아 있는 것부터 그렇다. 나였다면 이 시간에 틀림없이 밖에 나갔을 것이다.

"이로하, 고마워. 갑작스러운 일인데."

사브레도 같은 인상을 품었나 보다. 이로하는 표정이 별로 드러나지 않는 눈으로 "아니요"라고 말한 후, 자기 엄마를 한 번 보고 아이스크림을 한 입 먹었다. 아주머니가 자랑스럽게 "얘는 강하니까"라고 설명했다.

아이스크림을 다 먹기까지 기다리기도 그러니 우리는 곧바로 아주머니에게 남편분이 죽은 날의 상황을 물어보기로 했다. 사브레는 노트를 펼쳤고 나는 스마트폰 앱을 켜 수업을 위해 메모할 준비를 했다. 거짓말이지만.

이야기를 자세히 들어보니 역시 이로하는 동아리 소속이었다.

아저씨는 딸이 본인 사체를 발견하는 걸 원하지 않았는지 몇 달 전 휴일, 딸이 동아리 활동을 하러 간 사이에 목을 맸다.

당연히 첫 발견자는 아주머니였다. 아주머니는 어떤 예감이었을지도 모른다고 말했다. 평소 방에 틀어박힌 남편에게 말을 거는 일이 잘 없는데, 그때는 이로하의 진학 상담을 해야겠다는 생각이 들었다고 한다. 발견이 아주 일렀으나, 아저씨는 의식 불명 상태인 채 병원에서 숨을 거뒀다.

"뭐든 말씀하실 수 있는 한도에서 괜찮습니다만."

방을 보고 맥이 빠졌으면서 아주머니 이야기를 듣고 완전히 마음이 무거워진 나를 두고 사브레가 몇 가지 질문을 던졌다. 구급차나 병원에서의 자세한 이야기나.

사브레의 입에서 특히 직설적인 질문이 튀어나왔을 때, 아주머니는 곧바로 대답하지 못했다.

"자살한 이유를 아시나요?"

그걸 잘도 묻네.

대단하고 역시 이 녀석, 조금 이상하다.

아주머니는 옆에 앉은 이로하를 한 번 봤다. 딸의 등을 쓰다듬으면서 전제를 두었다.

"우리 딸도 다 알고 있는 일인데."

이로하는 아이스크림을 다 먹고 스마트폰을 보고 있었다.

"우리 남편, 불륜을 저질렀는데 그게 우리는 물론이고 주변에 전부 알려졌어. 워낙 성실한 사람이니까 고통스러워했고 자책도 심했겠지."

전혀 예상도 못 했던 엄청난 대답에 놀랐다.

그 순간, 내가 숨을 들이쉬는 소리가 유난히 크게 들린 것 같았다.

우선 멋대로라고 해도 할 말 없지만 이로하를 걱정했다. 알고 있는 사실이어도 딸 앞에서 지금 굳이 말할 것은 아니지 않나. 이어서 무심코 사브레 쪽을 보았다. 사브레는 노트에 적은 '성실하다'라는 단어를 빤히 보고 있었다.

나는 다음으로 나 자신을 의아하게 여겼다. 사브레의 말처럼 처음부터 가능성은 다양했을 것이다. 그런데 나는 자살한 사람을 완전한 피해자라고 믿었다. 왜지.

아마 죽음 자체나 자살에 품은 마이너스 이미지가 너무 강했나 보다.

아니, 하지만 불륜을 저질러서 고통스러워하다가 가족을 두고 자살이라니, 그건.

너무나도 이기적이지 않은가.

입을 다문 나를, 사브레는 또 내버려뒀다.

"징후는 있었나요?"

침착함을 잃지 않고 질문을 던지는 사브레. 그러지 못하는 내가 조금, 한심하기도 했다. 남자면서 이렇게까지 강하게 나서지 못한다. 가족도 친척도 아니어서 그런 면도 당연히 있겠지만.

"징후라, 어땠을까. 나중에 생각하면 짐작 가는 정도일까. 갑자기 헌신적으로 대하거나 우리에게 선물을 주거나 했는데, 그래도 죄책감을 씻어내진 못했나 봐."

이때의 죄책감은 에비나와 다르게 의미를 잘 알겠다. 또 단순히 그렇게 후회할 거면 불륜하지 말라는 생각이 들었다.

고개를 숙이자, 남은 록키로드가 녹아 하얀 마시멜로가 삐죽 보였다. 이야기를 듣느라 먹는 것도 메모하는 것도 잊었다.

"그렇다면 정말로 마가 낀 건가요?"

"그렇지. 불륜도 자살도. 너무 좋은 사람이었어."

좋은 사람이 불륜을 하나? 아주머니가 말하는 좋고 나쁨을 모르겠다.

복잡한 머릿속을 조금이라도 해결하고 싶어서 맛이 연해진 커피를 마셨다. 뭐가 딱히 바뀌는 것이 없어서 잔을 얌전히 코스터 위에 내려놓았다.

"너희는 좋은 사람이 불륜을 저지르느냐고 생각할 수도 있겠지."

입에 머금은 커피를 삼킨 후여서 다행이었다. 자칫 뿜을 뻔했다. 생각을 읽혔나, 아니면 역시 다들 그렇게 생각할까. 나는 생각했다. 사브레는 모르지만 생각했으면 좋겠다. 그냥 왠지.

"그래도 어른한테는 복잡한 고민이 많거든. 가족에게 여파가 미치지 않게 하려고 밖에서 균형을 잡으려고 할 때도 있어. 그러니까 그이가 불륜을 저질렀어도 좋은 사람이었다는 거, 내 안에서는 위화감이 없어."

아주머니가 상냥한 표정으로 말하는 들어본 적 없는 종류의 이야기를 자칫 납득할 뻔했는데, 나는 고개를 끄덕이지 않았다. 왜냐하면 결과적으로 자살해서 가족에게 큰 피해를 줬다. 무엇 하나 균형을 잡지 못했다. 게다가 복잡한 고민이 아무리 많아도 불륜을 저지르지 않는 어른도 있을 것이다. 아주머니야말로 어떤가.

기분이 개운치 않았지만, 나는 상대의 마음을 상하지 않게 안배해서 말하는 능력이 없다. 그래서 침묵했다.

지금 이 자리에서 나와 이로하는 계속 침묵했다.

"그건 저는 해본 적 없는 생각이에요. 참고되었습니다. 물론 과제에서는 불륜에 관해 자세하게 적진 않을게요."

"그래, 이제 끝난 일이니까. 말은 이렇게 해도 사실은 나도 아직 실감이 없어. 지금이라도 훌쩍 돌아올 것 같아."

"맞아요, 저도 어렸을 때 할머니가 돌아가시고 한동안은 또 언제든 통화할 수 있을 것 같았어요."

"할머니 때도 그렇구나. 그러니까 이로하도 아직은 현실감이 없을 거야."

"나는 있어. 마음대로 말하지 마."

그건 마치 애타게 기다린 공을 되받아친 한 방이 완벽하게 맞아떨어진 때 만들어지는, 순간적인 정적과도 같았다.

나는 이런 공기를 느낀 적 있다. 나 이외에는 시간이 멈춘 것 같은 그런 느낌.

이로하가 모두의 시선과 말을 빼앗았다.

"나는 아빠가 죽은 거 실감하고 있어."

갑작스러운 참여와 반론에 아주머니는 놀란 듯했으나 금세 딸의 말을 받아들였다.

"이로하가 엄마보다 훨씬 더 어른인가 봐."

아주머니는 웃었고, 이유는 모르나 이로하가 아니라 우리를 보며 말했다.

이어서 조금 전에 한 것처럼 딸의 등에 대려고 한 아주머니의 손을 이로하가 뿌리쳤다.

나는 깜짝 놀랐다.

이로하는 아까부터 계속 스마트폰만 보고 있다.

"하여간 엄마는 듣기 좋게 만들기 좋아하네."

"어? 뭐라고?"

아주머니가 눈에 띄게 곤혹스러워했다. 엄마가 모른다면 우리도 의미를 알 리 없다. "무슨 뜻이야?"라고 물을 수도 없다. 그러니 이럴 때는 역시 화살을 쏜 본인에게 설명을 들어야 한다.

"이로하, 그게 무슨."

"아까부터 한 말, 전부 다 거짓말이잖아."

이로하는 그제야 비로소 자기 엄마의 얼굴을 봤다.

"아빠는 우리가 죽였잖아."

그 말을 한 이로하는 여전히 정색한 표정이었다.

"죽였다고?"

무심결에 말이 튀어나왔다. 오랜만에 한 말이 너무 뒤숭숭하나 어쩔 수 없다. 뭐가 어떻게 된 건지 조금이라도 알고 싶어서 나는 이로하를 보고 아주머니를 보고 사브레를 봤다. 누구 하나 나를 보지 않았다.

"목을 매달아 자살했다는 이야기는?"

사브레는 지금까지와 달리 명확하게 의지가 담긴 음색을 사용하지 않았다. 나와 마찬가지로 머릿속의 생각이 단순히 나온 것 같았다.

아주머니는 처음으로 우리의 두 가지 질문을 무시했다.

"무슨 소리니!"

호통일까 비명일까, 아무튼 움찔했다. 옆에 앉은 사브레의 의자가 덜컹 소리를 냈다.

이번에는 이로하가 아주머니를 무시했다.

"목맨 건 맞아요."

이로하는 사브레를 봤다. 이어서 나를 봤다.

"하지만 죽인 거나 마찬가지예요."

"이로하!"

아주머니가 팔을 붙잡아도 이로하는 계속 이쪽을 봤다. 대체 무슨 일이 벌어진 거지, 지금? 생각을 정리하기도 전에 이로하가 천천히 말했다.

"아빠가 아직 10대인 애와 불륜을 저지른 후, 우리는 매일 같이 아빠를 괴롭혔어요. 나는 진짜 기분이 나빴고 엄마도 그렇다고 했어요. 친구나 동네 사람들도 알았으니까 진짜 끔찍했어요. 그러니까 죽어버리면 좋겠다고 생각했고, 시체나 병균처럼 취급했어요. 그걸 견디지 못하고 스스로 목숨을 끊은 거죠."

동영상 소리가 어긋날 때 같았다. 이로하의 동작이나 표정은 느긋했는데, 목소리와 말은 빠르게 들려 더욱더 혼란스러웠다.

"이로하, 유서에 그런 말은 없었잖니?"

"더는 버티지 못하겠습니다, 이 말을 도대체 얼마나 편하게 받아들인 거야?"

딸이 힐끔 자기 엄마를 보았는데, 다시 우리에게 시선이 돌아왔다.

"유서에 더는 버티지 못하겠습니다, 죄송합니다 라고 적었어요. 나는 엄마처럼 그 편지 하나만 보고 사과했으니까 좋은 아빠라고는 전혀 생각 안 해요. 주변에 이상한 소문이 퍼진 것도, 멀어진 친구가 있는 것도, 범인이 죽었으니까 전부 용서해야 한다고 생각 안 한다고요. 그러니까 우리가 죽인 거예요."

실감이 담긴 말이다.

"죽어버리면 좋겠다고 나는 계속 생각했어요."

단호하게 말하는 이로하를 냉정하고 잔혹하고 못된 인간이라고 생각하지 않았고, 사브레도 생각할 리 없다. 말하면서 이로하는 몇 번이나 손등으로 눈을 훔쳤다. 괜찮을 리 없다. 그래도 뭔가 정한 바가 있으니까 말하는 것이다.

이 말을 하려고 오늘 여기에 앉았을까.

그렇다면 말을 들은 우리는 뭘 하면 좋을까, 무슨 말을 하면 좋을까.

생각해봤자 그런 걸 알 리 없다. 처음 만난 중학생 여자아이가 눈앞에서, 자기가 아버지를 죽였고 여전히 증오한다고 말한다. 왜 그걸 말했는지도 모르겠고, 이로하의 심정을 무시하고 내 의견을 말하고자 해도, 그런 건 상상한 적도 없으니 해줄 말이 지금은 없었다.

사실 이런 건 어른에게 맡기고 싶은데, 아주머니는 망연자실 이로하를 바라본 채 기운이 쭉 빠졌다. 어떤 기분일지는 모르겠으나 그러고도 남는다고 이해했다.

이로하가 코를 훌쩍이는 소리만 들리는 거실에서, 나는 문득 왜 이런 곳에 왔는지 너무도 늦은 의문을 품었다.

근본적인 부분을 놓친 시점에 옆에서 목소리가 들렸다.

오늘로 몇 번째인지, 처음 만난 후로 몇 번째인지 모르나 이 친구를 대단하다고 생각했다.

"제대로 정리는 안 됐지만 내 의견을 말해도 될까?"

사브레의 용기에 이로하가 고개를 끄덕였다.

"고마워. 이로하의 아버지는 다정한 분이셨을 수도 있어. 어머니 말씀도 전부 다 틀리진 않았을 테고, 너도 분명 아버지를 좋아했을 때가 있겠지."

이로하는 고개를 끄덕이지 않았다. 그저 또 코를 훌쩍였다.

사브레가 잠깐 사이를 두고 말을 이었다.

"그래도 그 사실은 네가 아버지를 용서해야만 하는 이유가 되진 않아."

밖으로 나온 강렬한 말에 나는 말없이 긴장했다.

"이모님의 생각과는 다른데, 나는 죽음이 뭐든지 다 용서받을 면죄부라고 생각하지 않아. 이로하, 네가 아버지에게 죄책감을 품는 자유와 마찬가지로 아버지를 용서하지 못하는 마음을 품은 것도 분명 자유야."

무지개 이야기가 생각났다. 사브레는 자유를 원한다.

"그러니까 솔직하게 화를 내도 된다고 봐."

사브레는 또 이런 말도 했다. 자유는 취급하기 어렵다고.

이로하는 사브레의 이야기를 듣고 다시 손등으로 두 눈을 훔쳤다.

이어서 지금까지의 정색한 얼굴이나 변화 없는 표정에서는 상상도 못 할, 더없이 강렬한 눈으로 사브레를 노려보았다.

"그렇다면 우리 아빠가 죽은 걸 여름방학 추억으로 삼으려고 들지 마."

이로하는 곧바로 일어나더니 나도 똑같이 노려보고 잰걸음으로 거실에서 나갔다. 나는 무심코 그 뒷모습을 시선으로 따라갔다. 그녀가 사라진 후, 다른 두 사람을 봤다. 아주머니는 여전히 기운이 없었다.

사브레는 눈을 크게 뜬 채 이로하가 앉았던 곳을 바라보고 있었다.

일단, 당연한 말이지만 나는 기본적으로 사브레의 편이다.

사브레를 좋아하는 마음이 있어서라기보다 친구로서, 동료로서 같은 편이 되어주고 싶다는 뜻이다.

따라서 이로하에게도 그렇게까지 말할 건 없지 않냐고 한마디쯤 하고 싶은 마음이 생겼다.

그래도 사실 동시에 사브레의 기분보다 이로하의 기분을 알 것 같기도 했다.

이로하는 화를 내고 있었다. 처음부터. 우리에게도, 자기 엄마에게도. 그러니 싸우려고, 한마디 해주려고 오늘 이 테이블에 앉았다. 표정이 없었던 것도 긴장했기 때문이겠지.

운동 시합 직전과 비슷한 기분이었을까. 나는 맛이 더 연해진 커피를 한 모금 마셨다.

"미안하다."

아주머니가 힘없이 사과해서 나는 의미도 제대로 생각하지 않고 "우리야말로요"라고 대답했다.

"우리 딸, 평소에는 저런 말을 하는 아이는 아니야. 아마 오랜만에 여러모로 생각났나 봐. 착한 아이니까 화내지 말아 주겠니?"

"그야 물론이죠."

아니다.

나는 고개를 끄덕이면서 아주머니가 틀린 말을 하고 있다고 분명 생각했다. 처음 만난 주제에 이분이 틀렸다는 걸 어떻게 이해하나 싶은데, 그래도 아마 이 상황만큼은 내가 옳을 것이다.

오랜만에 생각난 게 아니다. 이로하는 전혀 잊지 않았다.

사브레를 한 번 더 봤다.

일이 이렇게 되면 우리 과제는 어떻게 되는 거지.

거짓말이었는데 나는 진심으로 걱정했다. 사브레의 노트에는 '성실하다' 이후에 아무것도 적히지 않았다.

"이사를 할 생각이야."

아주머니가 우리 두 사람 앞에 새로운 커피와 남은 아이스크림 두 개를 놓아주고, 의자에 다시 앉으며 말했다. 아이스크림은 사브레가 민트를 싫어하는 걸 아니까 내가 그걸 골랐다. 어느 쪽이든 사브레는 먹지 않을지도 모르지만.

"우리 딸 얘기처럼 여기 살기 어려워진 면은 있어. 간토 지방* 쪽에 언니가 사는데, 일자리를 소개해 준다고 했으니까 그쪽으로 가려고. 그러니까 너희가 사는 곳하고 훨씬 가까워져."

가까워져봤자 우리는 이로하를 화나게 했으니까 만날 일은 없을 것이다. 적어도 나는 없을 것 같다. 그런데 아주머니는 생각이 다른지, 혹은 확신범이 될 의도인지 뜻밖의 말을 했다.

"둘 다 괜찮다면 언젠가 또 우리 딸이랑 대화해주지 않을래?"

---

* 일본을 이룬 섬 중 제일 큰 본섬에서 수도 도쿄가 포함된 동쪽 지역.

왜지? 내가 말하기 전에 아주머니가 먼저 말을 덧붙였다.

"아빠가 떠나고 저렇게 감정적으로 구는 이로하는 처음 봤거든."

덧붙인 설명에도 이해하지 못하겠다. 그래도 왜냐고 묻진 않았다. 어차피 물어봤자 이해하지 못할 것 같았다. "그래요"하고 어중간하게 대답했다.

딸이 감정적으로 굴길 바라는 건 어제 사브레가 말한 것처럼 어른의 강요여서 왠지 별로다. 물론 이로하가 한 번 더 대화하고 싶다고 하고 내가 한가하면 거절할 이유는 없다. 그러나 다른 인간의 부탁으로 내게 한 번 화를 낸 상대와 만날 필요는 없겠지.

내 마음은 그렇다. 사브레는?

옆을 보자, 사브레는 역시 아이스크림을 건드리지 않고 커피를 빤히 보고 있었다. 생각에 잠긴 얼굴이다. 친구를 도와주려는 생각에 나는 아이스크림을 먹으며 아주머니와 대화를 시도했다.

"박력이 대단했어요."

"그렇지? 미안하다. 나도 깜짝 놀랐어."

"갑자기 온 우리가 잘못했으니까요. 죄송해요."

"아니야, 괜찮아. 이로하도 쓰카사 이야기를 처음 했을 때는 아무렇지 않았어. 이래저래 생각이 많았나 봐."

"똑똑해 보였고요."

나의 멍청한 감상에 아주머니는 고개를 끄덕였다. 들어보니 정말 학교 성적이 좋아서 딸의 진학을 고려해서도 간토 쪽에 사는 언니, 이로하에게는 이모가 이사를 권유했다고 한다.

지금 2학년이니까 만에 하나 우리 고등학교에 와도 우리는 졸업한 후겠다는 적당한 소리를 하는데 옆에서 사브레가 커피에 손을 내밀었다. 생각을 정리했나보다 싶어 입을 다물자, 사브레는 몇 턴 전의 대화를 가지고 왔다.

"언젠가 이로하와 또 대화할 수 있다면 기쁠 거예요."

평소라면 전제를 잔뜩 깔았을 텐데 없다는 것은 아마도 꼭 하고 싶었던 말이리라. 분명 고민한 결과이겠지.

아주머니는 거절하지 않고 "그래. 이사하고 차분해지면 또 연락하마"라고 웃어 보였다. 내가 이로하였다면 웃을 일이냐고 생각했을 것이다.

사브레는 머릿속이 복잡할 텐데도 역시 대단해서, 이후로 제법 과제 발표에 필요해 보이는 질문을 아주머니에게 몇 개쯤 물었다. 아주머니는 친절하게 대답했지만, 이로하의 이야기를 들은 이상 나는 뭐가 진짜고 거짓인지 알 수 없었다. 사브레는 대답을 전부 메모했다.

잡담도 포함해 이런저런 이야기를 나누자 시간이 상당히 흘렀다. 이로하는 도중에 아무 말 없이 밖으로 나간 것 같다. 가출이 아니라 친구와 약속이 있다고 아주머니는 미리 들었다고 한다. 나는 이로하에게 친구가 있어서 안심했다.

한여름이어서 언제까지나 한낮 같았다. 현실 시간은 벌써 5시를 넘었다. 슬슬 돌아갈까, 사브레와 시선을 한 번 교환한 타이밍에 아주머니가 손뼉을 쳤다.

"그렇지, 둘 다 이후에 예정 있니?"

"아니, 특별히는요."

내가 대답했다.

"그럼 서두르지 않아도 되지? 지금 생각났는데 오늘 근처에서 축제가 있어. 괜찮다면 둘이 가보면 어떠니? 올 때는 연락하면 내가 바래다줄 테고, 할아버지께도 말씀드릴게."

"축제요?"

그거야말로 매우 여름방학의 추억처럼 들렸다. 다만 그런 일이 있었으니까 특히 사브레는 그럴 기분이 아니지 않을까. 그렇게 생각하며 사브레를 봤다. 사브레도 나를 봤다.

"메메가 좋다면."

세토라고 부르는 약속은 어디 갔어? 사브레도 곧바로 알아차린 표정이었다.

아주머니가 사소한 실수를 당연히 물어봐서, 우리는 서로 사브레와 메메라고 부른다고 밝혔다. 둘 다 귀여운 별명이라는 말을 들어서 굉장히 부끄러웠다.

우리 둘 다 찬성하자 아주머니가 얼른 나갈 준비를 시작했다. 식기를 싱크대로 가져갈 때, 사브레는 먹지 않아서 아이스크림이 녹았다고 사과했다.

마지막으로 한 번 더 제단 앞에 합장했다. 이로하와 사브레의 이야기를 들은 탓에 왔을 때보다 명복을 빌 마음이 들지 않았다.

아주머니와 함께 밖으로 나가 노란 자동차의 뒷좌석에 앉았다. 청결한 냄새가 났다.

우리는 5분 정도, 이 정도면 걸어도 될 거리인 공원 앞에서 내렸다. 제법 큼지막한 정사각형의 중심에 축제용 무대가 짜여있고, 그 주변을 둘러싸고 노점상이 섰다. 아이들이 뛰어다녔고, 축제 실행위원의 텐트도 있어서 우리 집 근처의 지역 축제가 생각났다.

"그럼 지루해지면 전화하렴. 데리러 올게."

아주머니가 그 말을 남기고 상쾌하게 차를 몰고 떠났다. 도중에 1초쯤 눈이 마주쳐서 왠지 아주머니가 우리 관계를 마음대로 상상한 것 같다는 생각이 들었다. 사브레 입장에서는 착각이고 내 입장에서는 착각은 아닌 그런 관계로.

우리는 오랜만에 단둘이 되었다.

옆에 선 사브레를 보자 크게 기지개를 켜고 있었다.

"돈마이*."

테니스부 고문 선생님이나 선배에게 혼난 동료를 대하는 감각으로 말하자, 사브레가 나를 보더니 눈썹을 늘어뜨리며 입을 크게 벌려 웃었다.

"돈마이가 아니지."

사브레에게도 이로하에게도 미안한데, 겨우 긴장이 풀려서 좋아하는 얼굴이 평소보다 훨씬 더 애교 있어 보였다. 간단히 말해서 귀여워 보였다.

"신경 쓰는 것 같아서."

뭐 사브레라면 당연히 신경 쓰겠지.

---

* Don't minde의 줄임말. 걱정하지 마라, 괜찮다는 뜻으로 쓴다.

"그게, 음, 표현하기 어려운데 지금 신경 쓰는 방법을 신경 쓰는 중이야. 정리되면 말할게."

"접수했어."

"메메도 신경 쓰여?"

"나는 너 정도로 신경 쓰지는 않을걸. 그래도 자살한 이유나 그 아이의 박력에는 진짜 겁먹었어."

"너도 겁먹었구나."

사실 우리에게는 이로하의 박력이나 말한 내용 이외에도 공통으로 겁먹을 이유가 있었다.

우리는 그런 눈을 함께 본 적이 있다. 설마 그 눈빛을 우리가 받는 날이 오리라고 상상 못 했으니까 그렇게 강렬할 줄 몰랐다.

"우선 모처럼 왔으니까 노점에서 뭔가 살까?"

"나도 사과 사탕 있으면 살래."

"그거 한 번도 먹어 본 적 없는데 맛있어?"

"그렇게까지 맛있진 않은데 나한테는 동경심이 보완해 주는 것 같아."

"동경심에는 맛이 없잖아."

"매번 그걸 확인하려고 먹는지도 모르겠다."

"으억."

공원에 발을 들이자마자 옆에서 달려온 어린아이와 부딪쳤다. 내 정강이에 부딪힌 남자인지 여자인지 모를 어린아이는 울지도 않았고, 아이 대신 사과한 엄마에게 안겨 어디론가 갔다.

"장례식 때 메메도 저랬으려나."

"그럴지도. 축제 같다고 생각했으니까."

참 불경하게 굴었다고 둘이 같이 웃었다. 억지로 웃는 느낌도 있었다. 공원 중앙의 무대에서 본오도리* 음악이 아니라 어째선지 우리가 초등학생일 적에 유행했던 가요가 들려서, 그야말로 기억 속 장례식장과 비슷한 별세계 같은 느낌이었다.

사브레와 함께 노점 앞을 천천히 걸었다. 아직 날이 저물지 않아 손님도 많지 않았고, 점원이 없는 노점도 드문드문 있었다. 그래도 다코야키나 닌교야키**는 운영해서 그 냄새에는 축제 분위기가 분명 가득했다.

조금 전 우리가 놓였던 상황은 일단 잊어보기로 했다.

그러면 좋아하는 동급생과 둘이 축제를 구경하러 온 거

---

* 양력 8월 15일에 지내는 일본의 명절 오본 때 단체로 추는 춤.
** 팥소를 넣고 사람 모양으로 구운 붕어빵 같은 것.

니까 대박이다. 누가 봐도 청춘이고 여름방학의 추억이다.

여기가 고향이었다면 여자가 유카타* 차림을 보여주는 이벤트가 있어도 좋겠고, 좋은 분위기를 타고 고백하는 녀석, 고백에 성공해서 손을 잡는 녀석들도 있을지 모른다.

전부 너무 그럴싸하면서도 정당한 이유가 없어서 사브레와 어울리지 않았다.

그러니 꼭 이로하의 말 때문은 아니지만, 사브레가 여름방학의 추억으로 삼는다면 이런 뻔한 행사보다는 사람이 죽은 이야기를 들어 생명 에너지를 느끼는 쪽이 어울린다. 유카타보다 화려한 스커트가 어울린다.

사브레는 그 집에서 생명 에너지를 느꼈을까. 물어보는 건 신경 쓰는 방법을 들은 다음에 해야지. 참고로 나는 느꼈다. 원래 목적이었던 방이나 이야기에서가 아니라 이로하의 분노에서.

사과 사탕을 파는 노점은 다행히 영업했다. 점포로 한 걸음 다가갔을 뿐인데 두건을 두른 화려한 누님이 큰 소리로 환영했다. 사브레는 나무젓가락에 꽂힌 것 중 작은 사탕을 하나 샀다.

---

* 목욕한 뒤나 여름철 축제 등에 입는 일본의 전통 홑옷.

나는 사과 사탕에는 그다지 흥미가 없다. 두 집 옆의 노점에서 오징어구이를 샀다. 오징어 몸통을 원형 그대로 유지하며 구운 것이다. 철판에서 구운 오징어를 불량해 보이는 아저씨가 발포스티롤 접시에 담아줬다.

야간 버스의 형씨, 이런 장사를 할 가능성도 있겠다. 이런 이야기를 나누며 사브레와 함께 공원 구석의 복근 운동용 기구가 달린 벤치에 나란히 앉았다.

사브레가 사과 사탕을 들고 스마트폰을 준비했다. 사진을 찍는 순간, 장난으로 오징어를 들이밀었다.

"어이, 오징어 유령 같은 게 찍혔잖아."

"제대로 죽었으니까 다행이다."

심령사진 같아도 괜찮은지 사브레는 사진을 다시 찍지 않고 스마트폰을 넣은 다음, 큼지막한 입을 벌려 사과 사탕을 깨물었다. 바삭과 아삭이 뒤섞인 폭력적인 소리가 났다. 나도 오징어를 먹었으나 물컹한 소리만 났다.

고백하기나 손잡기나, 또 음식을 나누며 간접 키스하는 상황을 전부 무시하고 우리는 각자 사과와 오징어를 먹었다.

"그러고 보니 사브레."

"응?"

"보답은 이야기를 나누는 걸로 괜찮았어?"

사브레가 절반쯤 남은 사과 사탕을 흔들며 고개를 끄덕였다.

"그러게. 그리고 이로하랑 또 이야기를 나눠달라는 부탁을 받아들이기도 했고."

"그거 그래서였구나."

"그래서만은 아니지만. 그러니까 아마도, 응, 역시 이모님은 말하고 싶었던 것 같아. 남편이 자살한 이야기를. 불륜의 옳고 그름과는 무관하게."

"푸념하고 싶은 것과는 또 다르겠지."

"아마. 역시 사람이 죽는 것 자체가 엄청난 이벤트라는 걸 강렬하게 느꼈어."

사브레가 또 듣기에 따라 매우 불경한 소리를 했다. 유난히 귀여운 음식을 흔들면서.

"물론 슬플 테고 화내고 싶은 마음도 있을 테니까 '와, 신난다, 죽었다'라는 이벤트는 아니거든?"

"그랬다면 네 혈통 너무 무서워."

"그렇더라도 혈통과는 상관없을 것 같지만."

사브레는 사과 사탕을 작게 한 입 깨물었다. 마침 엿을 입힌 부분이 피 같다.

"슬픔도 분노도 포함해서 아는 사람의 죽음은 역시 일상을 변화시키는 추진력 같은 게 있어서 그 변화를 다른 사람에게 말하고 싶어지는 거야. 사람이 죽는 영화가 다양하게 만들어지는 것도 이거랑 관련 있는 것 같아. 영화를 보면서 알게 된 등장인물이 죽어서 내 마음에 생긴 어떤 변화를 다른 사람에게 말하고 싶어지지. 그게 리뷰가 되면서 죽는 영화가 인기를 끌고 또 만들어져."

"죽는단 소리를 몇 번이나 하는 거야."

내 손에는 나무젓가락과 발포스티롤 접시만 남았다. 사브레의 손에도 사과 심이 꽂힌 나무젓가락만 남아서 이제 먹을 부분이 없는데도 우리는 허물을 들고 한동안 축제 풍경을 멍하니 바라보았다.

해가 저물어 사람들이 조금씩 모였다. 무대 위에 큰북도 있으니까 밤이 되면 다 같이 춤출지도 모른다.

"메메가 같이 와줘서 정말 다행이었어. 고마워."

"갑자기 뭐냐."

"아니, 사실은 말이지, 상당히 한 방 먹은 기분이야."

옆을 보자 사브레가 끝에 심이 남은 사과 사탕을 다케톤

보*처럼 빙글빙글 돌리고 있었다. 옆얼굴은 평소의 사브레로 보였다.

"나도 한 방 먹은 기분이야."

"너도 그렇구나. 불륜 얘기가 나왔을 때 조금 화냈었지."

"응. 그런데 사브레가 알았으면 이로하한테도 들켰겠네. 그건 좀 안 좋은데."

"들켰어도 솔직하다고 여기지 않을까?"

사브레는 반동을 주어 일어나 내게 손바닥을 내밀었다. 우정과 감사의 악수라고 착각해서 손을 잡기 직전, "쓰레기 버리고 올게"라는 소리가 들려서 다행이었다. 어울리지 않는다느니 이유가 없다느니 생각했으면서 자칫 잡을 뻔했다. 솔직한 건 괜찮다고 쳐도 너무 단순하다.

사브레가 근처의 쓰레기 모으는 텐트에 나무젓가락과 접시를 들고 가 분별해서 버리는 모습이 보였다. 사브레는 저런 식으로 기분을 분별하지는 못하려나, 하는 썩 좋지 않은 생각이 들었다.

좋지 않은 생각이지만 정말 그러지 못하더라도 그게 사브레다움이고, 사브레의 성격을 만들어 주니까 분별하지

---

* T자형 길쭉한 막대 장난감. 손바닥으로 비벼 회전시켜서 하늘로 날아 올리며 논다.

못하는 사브레도 당연히 좋다. 분별할 수 있으면 사브레가 아니게 될지도 모른다.

친구에게 이런 소리를 진지하게 하기에는 너무 쑥스럽고 거의 고백이나 마찬가지라고 할 수 있다. 그러니까 최소한 사브레를 최대한 이해하려는 마음 정도로 붙들어 둔다. 옆에서 오징어를 먹으면서.

"고마워. 아주머니에게 연락할까?"

"아니, 그 전에 나, 요요 낚시 하고 싶어."

저런 건 어린아이나 갖고 싶어 하는 줄 알았는데, 대놓고 하겠다고 하니까 자신 있는 줄 알았다. 그러나 예상은 금세 어긋나서, 도전하고 몇 초 만에 사브레가 든 낚시도구의 끈이 물에 녹았다. 가게 형씨가 동정심으로 준 비싼 물풍선을 통통 치면서 사브레가 즐거워했으니 괜찮겠지. 그 후, 노점을 쭉 돌아보고 나는 사격을 하다가 비싼 캐러멜을 동정심으로 받았다.

계속 물풍선을 통통 치는 어린아이 같은 면을 보여준 사브레의 제안으로 우리는 아주머니에게 걸어서 돌아가겠다고 말했다. 그러자 길을 잃을지도 모른다고 걱정했다. 혹시 스마트폰을 잘 쓰지 못하시나.

발밑에서 자박자박 땅을 밟는 소리가 나고, 옆에서는 통통 물풍선 소리가 나는 시골길, 한 방 먹었다는 것 이상의 나약한 소리는 전혀 들리지 않았다.

"사과 사탕, 맛있었어?"

"언제나 상상보다 아주 조금 맛없는 것 같아."

아무래도 동경심에는 맛이 없었나 보다.

"그래도 나, 다음에 먹을 때는 그걸 잊고 또 먹겠지."

"그러다가 조리법이 진화해서 상상보다 맛있어지면 좋겠다."

"호오."

"안 되려나. 처음 만들고 수십 년이나 그대로였을 테니까."

"아니야, 가능할지도. 진화나 통달이나, 또 좋아하게 되는 건 완만한 경사가 아니라 계단이라고 생각하니까 내일 극적으로 맛있어질 수도 있고, 내 취향에 딱 맞는 맛이 될 수도 있지. 그때를 맞이하기 위해서 역시 다음에도 먹어야 할 의미가 있겠다."

"그래도 매번 맛을 잊어버리잖아?"

"메메, 좋은 말 하네."

검지가 나를 가리켜서 웃음이 나왔다. 얼굴 움직임이 기분에도 영향을 미쳐서 내 안의 떨떠름하게 뭉친 덩어리 색이 조금 옅어졌다.

내 검지에도 그런 힘이 있으면 좋겠다고 생각해 사브레를 한 번 가리켰더니, 어리둥절한 표정을 지었다.

그나저나 할아버지는 당연히 그 집 사정을 알았겠지.

저녁으로 할아버지가 만든 대량의 닭튀김 중 하나를 처음 먹은 순간 생각했다.

"정말 맛있습니다."

그래도 배가 너무 고파서 일단은 닭튀김 맛이 더 중요했다. 이상한 소리인데 오징어구이 때문에 괜히 더 배가 고팠다.

"영광이구나."

사브레는 먹어 본 적 있는 맛이라는 이 닭튀김, 돌아가신 할머니 특제 비법을 흉내 내 만들었다고 한다. 흰쌀밥과 잘 어울려서 정말 맛있다.

테이블에는 닭튀김뿐 아니라 할아버지가 오토바이를 타고 가서 사 왔다는 호화로운 회와 유명한 가게의 달걀말이도 있었다. 또 거의 5인분 가까이 밥을 지었다고 한다. 사브레나 할아버지가 1인분 이상 먹을 것 같지 않다. 기합을 넣어야겠다.

고봉밥 한 그릇을 해치워 내 배가 어느 정도 진정된 후, 우리는 할아버지에게 오늘 있었던 일을 말했다. 집에 오자마자 바로 저녁을 먹기 시작해서 아직 아무런 보고도 안 했다.

이로하의 말까지 포함해 전부 설명을 마치자, 나 이외에는 이미 젓가락을 내려놓았다. 할아버지는 뭔가 말하기 전에 일단 일어나 전기포트로 끓인 물을 담은 찻주전자와 찻잔 세 개, 또 원통형 용기에 든 찻잎을 가지고 와 차를 우렸다. 나만 아직 닭튀김과 밥을 먹고 있다.

삼킨 시점을 노린 것은 아니겠지만, 옆에 앉은 사브레가 딱 좋은 타이밍에 손을 살짝 들었다.

"지금 물어볼 건 아닌 것 같은데요."

사브레는 일단 문이 활짝 열린 제단 있는 방, 지금은 내 침실이기도 한 곳을 바라보았다.

"할아버지, 유령을 믿으세요?"

뿜을 뻔한 것을 차가 뜨거운 척하며 참았다. 솔직히 나도 궁금은 하다. 그래도 본인 말대로 그걸 지금 시점에서 물어

보나? 나는 못 물어본다. 아마 사브레 내면에서는 뭔가와 연결되어서 필요한 질문이겠지만. 믿는다고 하면 오늘 밤부터 나는 괜히 점점 더 조심해야 한다.

"믿기는 해."

아, 그러시구나.

"다만 아마 네가 지금 상상할 죽은 장소나 미련 남은 장소에 머무르는 종류의 유령을 믿는 건 아니다. 죽은 인간의 잔재가 시간이나 장소와 무관하게 어중간한 형태로 존재한다고 생각해. 때때로 살아 있는 인간의 의식이 그걸 자극해서 심령현상이라는 걸 일으키지 않을까."

"잔재는 영혼이라고 바꿔 말할 수 있나요?"

잔재라는 단어가 죽는 거랑 관련이 있나?

"아니, 내 생각은 조금 다르다. 생명이 남긴 향 같은 걸지도 모르겠구나."

"그렇군요. 메메, 너는 유령을 믿어?"

갑자기 이쪽으로 패스가 와서, 나는 한 번에 받지 못하고 허둥거리며 어떤지 생각했다. 일단 젓가락도 내려놓았다.

"있다고 생각했어. 그런데 오늘 아저씨가 자살했다는 방을 보고 여기에는 정말 아무것도 없다고 느꼈으니까, 그런 건 없을지도 모른다고 생각합니다."

질문한 사람이 아니라 할아버지를 보면서 말을 마무리했으니까 존댓말을 썼다. 할아버지는 아무 말 없이 고개를 한 번 끄덕였다. 사브레를 보자 팔짱을 끼고 생각에 잠겼다.

"너는 어때?"

"나는."

착각일지 모르는데 어깨가 살짝 떨린 것 같다. 혹시 이로하가 생각나서 한 방 먹은 기분을 느꼈나.

"원래 유령은 있어도 좋고 없어도 좋다고 생각했어. 있어도 평범하게 사는 데 전혀 상관없다고. 그래도 메메 말처럼 오늘 아무것도 없는 그 공간을 보고 생각했어. 죽으면 아무것도 없을지도 모르겠다고."

역시 그때 사브레의 말은 방이 잘 정리되었다는 의미가 아니었나 보다.

그래, 그 방에서는 천국이나 지옥이나 환생 같은 것을 전혀 느끼지 못했다. 생물은 죽으면 끝이라는 소리를 들은 기분이었다. 자살한 방을 보고 싶다거나, 생명 에너지나, 죽었으면 좋겠다고 바랐다거나, 나나 사브레 또 이로하나 아주머니처럼 살아 있는 쪽에서 멋대로 우왕좌왕했다. 죽은 자는 말이 없다.

"할아버지, 살아 있는 쪽이 더 중요하다고 했잖아요. 나는 그 의미를 그 방을 보면서 안 것 같았어요."

할아버지는 그저 고개만 끄덕였다. 의외로 이 이야기는 이렇게 끝났다. 사브레가 할아버지를 더 쿡쿡 쪼아댈 줄 알았다.

저녁 식사를 마치고 정리하는데, 할아버지가 밖에 나가 보라고 제안했다.

어디에 있는지 벌레와 개구리 소리가 크게 들렸다. 집에 왔을 때는 태양 빛이 아직 다 저물지 않았는데, 이제는 달에 반사된 빛 이외에는 어디에도 없었다. 집이 없는 방향을 보자 놀랄 정도로 새까맸다.

뻔한 소리인데, 우리가 사는 동네보다 몇 배나 별이 보였다.

"조금 쌀쌀하네."

내가 두리번거리는 동안 사브레는 안으로 들어가 카디건을 입고 나왔다. 준비성이 좋다. 여자들은 다 저런 법인가. 내 가방에 긴소매 옷은 없다.

"메메, 근육이 있으니까 춥지 않은 거야."

"근육을 키우지?"

"방한을 위해 매일 운동하는 건 싫다. 아, 그렇다고 메메가 하는 동아리가 그런 의미라는 건 아니야. 다시 말해도 돼?"

"뭔 뜻인지 알겠는데, 응."

"겨울을 위해 다른 계절에도 운동할 정도의 기합이 나한테는 없어."

"뭘 당당하게 말하냐."

사브레가 웃으며 하늘을 올려다보았다. 나도 또 올려다보았다.

별 가득한 하늘 아래에 섰다는 의미에서도 너무 여름방학다워서, 상황에 이끌려 고백하고 싶어진다거나 하진 않았다. 사브레가 금방 뭔가 말할 거라고 짐작했다. 사람이 죽으면 별이 된다는 이야기는 이런 현상과 관련 있다거나, 뭐 이런 것 말이다.

그런데 사브레는 말이 없었다. 만약 여기 있는 사람이 사브레가 아니거나 내가 좋아하는 사람이 사브레가 아니었다면, 지금 좋아하는 상대가 있는지 따위를 물어볼 정도로 시간이 있었다. 무지무지 신경 쓰이는데, 있어도 없어도 내 마음이 달라지지 않을 테니까 본인에게 물어볼 필요는 없다. 신경은 쓰이지만.

둘 다 말이 없는데, 등 뒤의 거실 창문이 열렸다. 돌아보자 할아버지가 컵 세 개를 담은 쟁반을 들고 있었다. 우리는 고맙다고 하고 하나씩 받았다. 그윽한 커피 향이 났다. 그다음 바로 할아버지가 피운 모기향 냄새도.

거실 끝에 책상다리하고 앉은 할아버지와 기온이나 벌레나 별 이야기를 했다. 사브레가 별자리 위치와 유래를 설명해 주었다.

잠시 그러고 있다가 집으로 들어왔다. 할아버지는 어젯밤처럼 방에서 책을 읽겠다고 하고, 술은 마시지 않고 거실에서 나갔다. 오늘 밤은 사브레도.

"그럼 나는 오늘 리포트를 정리하겠습니다."

"나중에 베끼게 해줘."

축제 현장에서 아주머니의 집까지 돌아가는 길에 들었다. 학교 수업에 필요하다는 건 거짓말이지만, 일단 제대로 된 글로 정리해서 아주머니에게 제출할 생각이라고 한다. 공부는 잘하는 녀석에게 맡기는 게 좋으니까 나는 안 한다.

거실에 혼자 남자 한가했다. 사브레의 작업이 일찍 끝나면 또 둘이 영화를 볼 수 있을지 기대한 마음도 사실 있지만, 그 녀석이니까 꼼꼼하고 진지하게 할 것도 알고 있다. 어쩔 수 없이 오늘도 빌린 태블릿으로 개그 방송을 보기로 했다. 스트리밍 서비스에서 해준다.

화면을 30분쯤 보다가 나도 할 일이 있는데 깜박한 게 생각났다.

에비나가 보낸 메시지를 쭉 무시했다. 라인에 들어온 메시지는 세 건.

'정보전이다만' '사브레를 설득하기 위한 것도 있고 개인적으로 여자들의 지뢰가 궁금했어' '너는 사브레랑 뭔가 있었냐'

역시 나와 상관있었고, 입은 험하지만 도와주려고 하는 믿음직한 친구였다.

'미안. 닭튀김 먹었어.'

그쪽에서 답변은 바로 왔다. 기린 동영상이 또 도착해서 나는 너야말로 낮에 대답이 없지 않았냐는 방향으로 에비나에게 응전했다. 그랬더니 몇 분 후, 문장 3분의 1이 욕지거리인 바람직하지 않은 장문의 메시지가 도착했다.

그래도 욕 대부분은 나를 향한 게 아니다. 필요 없는 부분을 잘라 요점을 읽고 놀랐다.

그 더스트가 어쩌다 보니 에비나 동네에 놀러 갔다면서 굳이 차를 마시자고 했다나 보다. 좋아하는 걸 사준다고 해서 나간 에비나는 또 고백받았고, "내 말을 전혀 못 알아들었구나"라고 쏘아붙였다고 한다.

그 이상의 설명은 없었다. 더스트가 왜 그런 결심을 했는지도, 에비나가 한 말의 의미도 궁금하긴 했다. 그러나 귀찮아지는 건 싫으니까 캐묻지 않았다. 나는 사브레와 달리 "자자, 진정해"를 소비하는 데 서툴다.

화제가 바뀌어 에비나가 다시 오늘 우리가 뭘 했는지 물었다. 대략적인 흐름과 가장 중요한 에피소드를 말했다.

'더스트를 노려보던 너랑 똑같은 눈빛으로 중학생이 노려봐서 무서웠어.'

에비나에게 짓궂게 장난칠 생각이었을 뿐인데.

'하숙집의 네 방도 사고 물건으로 만들어 줄까.'

확실히 진짜로 나쁜 녀석은 다르다. 불경하다는 말 자체를 모를 것 같다. 뭐, 에비나의 죽이겠다는 말이나 죽으라는 말은 코미디언이 파트너와 만담하며 쓰는 "너 죽는다" 같은 상투어와 비슷한 의미니까 괜찮다. 직접 공격을 받더라도 불의의 습격으로 한라이를 처리한 앞발 차기 정도다.

그것도 마음 준비를 해두면 피할 수 있다.

그런데 마음 준비를 아직 못 한 내게 앞발 차기와 같은 메시지가 왔다.

'사브레랑 사귀고 싶다면 어떤 스케줄로 갈 생각이냐.'

"엇."

무심코 목소리가 나왔다. 확인했으나 곧바로 답변할 수 없다. 타이밍이란 올 때가 되면 오는 거라는 어렴풋한 생각만 있었다. 그래도 에비나라면 분명 정보를 모으고 스케줄을 짜고, 아마도 죄책감을 이용하지 않는 방법을 생각하겠지. 마지막은 잘 모르겠다. 더스트 역시 아무래도 아직 모르는 것 같다.

'그 녀석, 1학년 때부터 가고 싶어 하는 대학, 너한테는 되게 멀어. 거리도 성적도.'

몰랐다. 그래도 사브레라면 내 손이 닿지 않는 대학에 갈 거라고 상상은 했다. 그나저나 말투 좀 어떻게 안 되냐.

'같은 집에서 지내는 동안 복선쯤은 깔아둬야지.'

테이블에 엎어져 에비나의 추가 공격을 보며 한참 생각해도 복선을 까는 법을 모르겠다. 언젠가 고백하겠다는 분위기를 풍겨두나? 어떻게?

"오, 세토 군 혼자니?"

뒤에서 목소리가 들려 허둥지둥 돌아보았다. 할아버지는 당연히 내가 놀란 줄 모르고 부엌으로 이동했다. 발소리를 못 들을 정도로 사브레를 생각했다니 조금 부끄러웠다.

"쓰카사는 방에서 오늘 일을 정리하고 있습니다."

"그렇구나. 사브레라고 해도 된다."

할아버지가 찻잔을 들고 거실로 돌아와 웃으며 말했다.

"아, 저는 돌아가서 할 생각입니다."

땡땡이로 보이지 않으려고, 아니 땡땡이고 뭐고 그런 건 있지도 않지만 일단 변명하자, 할아버지가 고개를 끄덕였다.

"사람마다 자기 페이스가 있지. 세토 군은 네 페이스로 하면 된다."

지금까지 나눈 메시지가 생각나서 고백에 관한 이야기인 줄 알았다. 그럴 리 없다고 단호하게 말할 수 있나? 할아버지, 내가 사브레를 좋아한다고 짐작쯤은 할지도.

괜히 혼자 경계하는데, 할아버지가 테이블에 찻잔을 내려놓았다. 앉을 줄 알았는데 먼저 다른 말이 들렸다.

"그나저나 세토 군."

점잖은 말투에서 내게 여기 가자고 했을 때의 사브레가

떠올랐다.

"배가 고프지 않니?"

나는 무심코 배에 손을 댔다. 그럴 필요도 없이 사실은 조금 배가 고팠다. 어제는 이 시간에 영화를 보며 이것저것 먹었으니까 괜찮았다.

"조금 고픕니다."

뭔가 주신다면 사양하지 않고 받겠다는 의미를 담아 웃은 내게 할아버지가 한 제안은 예상한 것과 전혀 달랐다.

"그럼 괜찮다면 드라이브하러 가자꾸나."

또 그 불량한 얼굴로 할아버지가 벽에 걸린 열쇠를 쥐었다.

정신을 차리자 나는 달리는 자동차의 조수석에 앉아 있었다.

옆에는 할아버지, 뒤에는 아무도 없다. 사브레에게도 일단 말을 걸려고 문을 두드렸는데 안에서 대답이 없었다. 이어폰을 끼고 집중하나 보다. 벌써 잔다면 웃기겠지. 방해하지 않으려고 메시지만 보냈다. 차를 탔을 때는 아직 확인하지 않았다.

창밖은 어두컴컴했다. 경치를 보지도 못하고, 그렇다고 스마트폰을 보는 것도 실례일 것이다. 낮에는 틀지 않았던 라디오 방송에서 흘러나오는 옛날 노래에 몸을 맡기는 것처럼 앞을 보고 가만히 앉아 있었다.

"평소 라디오를 듣니?"

"거의 듣지 않습니다. 심야 라디오를 맨날 듣는 친구는 있어요."

더스트다. 재미있다고 하는데, 아침 연습에 지각하면 안 되니까 2, 3시까지 깨어 있을 순 없다. 그러고 보니 사브레를 생각하느라 일단 미뤄두었었다. 두 번이나 차인 더스트는 괜찮을까?

"아침부터 밤까지 운동이라니, 좋아서 하는 거겠지만 힘들지?"

"그건 그렇습니다. 아침 7시부터 훈련하고 수업을 듣고 오후 훈련을 마치면 저녁을 먹고 친구랑 대화하거나 텔레비전이나 스마트폰으로 영상을 보다 보면 하루가 끝나요."

"친구와 놀러 나갈 시간은 있니?"

"가끔은요. 또 주말에 훈련이 일찍 끝나기도 해서, 그런 날은 하숙생이나 학교 근처에 사는 애들과 볼링을 치러 갑니다."

이것 역시 더스트나 한라이다. 에비나나 사브레도. 더스트는 비쩍 마른 주제에 코어가 튼튼한지 의외로 평소 운동만 하는 나보다도 볼링을 잘 친다.

할아버지는 "놀 시간이 있는 건 좋지"라고 말했다. 역시 나이를 먹어도 올백을 하고 오토바이를 타고 다니는 사람은 고등학생 시절부터 놀았을까. 친구 할아버지에게 물어볼 수 없으니까 그만뒀다.

라디오에서 노래가 끝나고 교통방송이 나왔다. 운전하는 사람에게 필요할지도 모르니까 일단 입을 다물었다. 그러나 그런 세심한 배려는 필요 없었나 보다.

잠깐 사이를 두고 할아버지가 나보다 훨씬 큰 배려를 했다.

"낮에는 미안했다, 세토 군."

"네?"

야간 버스에서의 사브레는 아닌데, 왜 사과를 들었는지 몰라 무심코 소리가 나왔다.

"이로하가 분노를 너희에게 쏟아붓게 했구나."

"아하."

무슨 말인지는 알았다. 그러나 설명을 들어도 왜 할아버지가 사과하는지 모르겠다.

"그건, 아닙니다, 저희가 이로하 양을 열받, 화나게 했던 거니까요."

놀랐고 동요도 했다. 다만 나는 그걸 사브레처럼 진지하게 받아들이지 않았다. 어쩌면 동아리 활동을 하면서 혼나는 일에 익숙하다는, 내키지 않는 어드밴티지가 활약했을지도 모른다.

그러니 나는 괜찮았다. 오히려 이로하에게 사브레를 변호해달라고 할아버지에게 부탁하고 싶었다. 나는 앞으로 만날 일이 없을지도 모르나 사브레는 친척이다. 어쩌면 또 장례식 같은 일로 만날 가능성이 있다.

"아니다, 나나 내 조카가 이로하 눈에 쓰카사와 너를 그렇게 보이게 한 거야. 미안했다."

사브레의 할아버지가 너무도 진지하게 말해서 나는 사과받을 이유가 있는지 한 번 더 곰곰이 생각했다. 아마도 할아버지의 말은 우리에 대해 충분히 설명하지 못했거나 이로하를 제대로 이해시키지 못했다는 의미일 것이다.

그곳에서 보낸 시간을 충분히 회상한 나는 역시 사과받는 것은 아니라고 생각했다.

"아닙니다. 표현이 이상할 수 있는데, 저도 당연히 사브레도, 또 그 애도 원해서 거기 있었고, 또 그 애가 제일 단단히 각오했다고 생각합니다."

사브레처럼 말로 잘 표현하지 못하겠다. 멍청한 놈이라고 생각하시면 어쩌지.

"그러니까 할아버지가 사과할 이유는, 저도 사브레도, 아마 이로하 양한테도 없었으니까 괜찮다고, 어, 해야 할까요."

무심코 혈연관계인 것처럼 편하게 말해버려서 옆을 봤다. 그러나 카 내비게이션의 빛을 받은 할아버지는 전혀 불쾌한 표정이 아니었다.

"그렇군."

이해하셨나 보다.

"세토 군, 너는 사람의 의견을 받아들이고 스스로 생각할 줄 아는 인간이구나."

처음 듣는 평가에 어떻게 반응하면 좋을지 곤란했다. 그런 말은 보통 사브레가 듣는 것이다.

할아버지는 앞을 본 채 이로하의 집 앞에서 충고했던 때의 미소를 보여주었다.

"쓰카사가 널 왜 신뢰하는지 알겠어."

사브레가?

친구 이상의 감정이라고 짐작할 요소는 없지만, 하긴 자기 친척이 사는 시골에 가자고 했으니까 어느 정도 믿어주기는 할 것이다. 그러나 신뢰라는 말로 표현할 정도일까. 기분이 울렁거렸는데, 그게 우쭐한 감정으로 바뀌는 건 싫어서 나도 모르게 적당한 대답을 했다.

"어떨까요, 들은 적은 없습니다."

"진정한 친구란 원래 그런 것 아닐까."

"진정한 친구요."

"사실 이건 비밀로 해주면 좋겠는데, 너희가 여기 온다는 연락을 받았을 때 쓰카사는 네가 어떤 사람인지 발표했었단다."

뭐지, 그건 들은 적 없는데. 아, 그렇지, 비밀이랬지. 무슨 이야기를 했을지 긴장하며 기다렸다. 할아버지는 작게 두 번 기침하고 알려주었다.

"남자 친구인 메메를 데리고 간다, 하여간 좋은 녀석이어서 할아버지를 불쾌하게 할 일은 전혀 없을 테니까 안심해 달라, 그런 내용이었어. 나는 처음부터 그런 걱정은 안 했다만."

"그, 그렇습니까."

할아버지와 나를 배려하고 저 혼자 신경 써서 일부러 설명한 건가. 사브레답다. 굉장히 사브레답다. 대단하다. 내가 좋아하는 사브레답다. 사브레가 나를 그런 식으로 믿어주고 좋은 녀석이라고 해줬다니, 정말 기뻤다.

"부끄럽지만 기쁩니다."

정말이다. 그러나 진심으로 기뻐하면 안 된다는 마음도 스멀스멀 차올랐다.

친구로서 신뢰, 안심하고 할아버지 집에 머물게 할 수 있다는 평가는 즉, 손톱만큼도 남자로 보지 않는 것으로 이어지지 않나? 언젠가 연애로 발전할지 모른다고 여기는 녀석을 할아버지에게 그런 식으로 소개할까. 만약 조금이라도 그런 기분이 있다면, 어떻게 표현하면 좋을지는 모르겠지만 들썩들썩한다거나 따끔따끔한다거나 어떤 긴장감이나, 위험까지는 아니어도 위기감 같은 것을 조금 더 품지 않을까.

나는 있다. 나도 모르게 사브레를 만질 뻔할 때가 있다. 친구로서 그럴 이유가 없으니까 참는다.

그러니 사브레에게 그런 안심을 주었다면 우리는 엇갈린 것 같다.

어쩌면 사브레는 내가 한라이와 야한 동영상이나 같은 반 여자들의 몸을 두고 이러쿵저러쿵 말한다는 상상 자체를 안 할지도.

흑심을 들키는 건 싫지만 완전히 공격성 없는 초식동물로 여겨지는 것도 복잡한 기분이다. 나는 진짜 양이 아니라고.

"그런 세토 군이 보기에 쓰카사는 어떤 녀석이니?"

"사브레 말인가요?"

표현할 말을 몇 가지 찾았으나 만약을 위해 말하기 적절한지 생각한 후에 괜찮은 것을 거론했다.

"남들과 다른 사고방식을 지녔고, 배짱이 있는 대단한 친구라고 생각합니다."

괜찮지 않아서 접어둔 것은, 이상한 녀석이라거나 옷차림이 화려하다거나, 외모가 마음에 든다거나, 사실 지나치게 신경 쓰는 성격을 주변에서 귀찮게 여긴다거나 등이다. 또 그 녀석 거짓말을 했습니다도.

"그렇게 생각해 주는 친구가 있다니 쓰카사 녀석은 행복하겠구나. 서로에게 직접 말해주는 건 어렵겠지만."

"……그렇죠."

나도 말 안 하고 사브레도 말 안 할 것이다. 너 대단하다

같은 식으로는 할 수 있고, 소소한 포인트를 칭찬할 수는 있다. 다만 역시 그럴 때는 늘 조금씩 장난기가 포함된다. 그렇다면 솔직한 기분을 있는 그대로 전할 수 있는 관계는 뭐지. 연인일까? 가족일까? 언젠가 사브레와 그렇게 되면, 나는 얼굴을 맞대고 진지하게 귀엽다고 말할 수 있을까?

단순히 앉아 있는 것처럼 보일 내가 사브레와 함께하는 다양한 미래를 상상하느라 허둥거리는 동안, 자동차가 세븐일레븐 주차장에 멈췄다. 같이 내려 안으로 들어가자, 할아버지가 먹고 싶은 것을 사라고 했다. 집과 비교도 안 되게 밝은 형광등에 눈을 끔벅이며 중국식 냉면과 봉지에 든 칠리새우, 제로 콜라를 골랐다. 또 사브레에게 줄 선물로 피스타치오. 할아버지는 그 전부와 당신 것인 담배의 돈을 냈다.

"정말 감사합니다."

"아니, 신경 쓰지 마라. 그러고 보니 세토 군은 고맙다고 할 때 한 음 한 음을 정확하게 발음하는구나."

또 다른 데서 들어본 적 없는 소리를 들었다. 착안점이 독특한 점이 역시 사브레와 연결되는 것 같다. 그 녀석은 관계없다고 말했지만 혈통도 조금쯤은 관계가 있지 않을까.

"그렇습니까?"

"그래. 사소한 점이지만 다들 괜찮은 남자라고 여길 거야."

할아버지가 웃으며 말해서 나도 웃어 두었다. 지금까지 여자에게 그 점을 칭찬받은 데이터가 없으니까 신용해도 되는지 모르겠다. 어쩌면 속을 떠보려는 것일지도 모른다고 의심했는데, 할아버지는 사브레와의 사이를 추궁하진 않았다.

할아버지가 편의점 앞에서 담배를 피우는 동안, 나는 연기가 오지 않는 곳에서 콜라를 마셨다. 주머니에서 스마트폰을 꺼내 힐끔 봤다. 에비나에게서 추가 공격은 없다.

할아버지가 담배를 피우며 몇 번인가 기침했는데, 나는 저런 어른을 볼 때마다 하는 생각을 그대로 했다. 안 피우면 될 텐데.

돌아오는 길에 할아버지는 하숙집과 학교에서 사브레가 어떻게 지내는지 물어보았다. 할아버지와 가끔만 만난다고 들었으니까 할아버지 쪽에서는 손주가 걱정되나 보다. 뭐, 집에 거의 가지 않는 나는 내 사정은 미뤄두고 생각했다.

여자 기숙사 안에서 벌어지는 일은 몰라도 식당에서 보는 바로 동급생이나 선배들과 사이좋게 지낸다고 말했다. 반에서도 여자들의 진짜 관계성까진 몰라도 즐겁게 지낸다. 나쁜 녀석이지만 절친도 있다. 멍청한 남자 친구들에게 배를 만지게 하지 않는 방어력도 충분히 갖췄다. 마지막은 말하지 않았다.

그리고 보니 그 두 사람, 에비나와 한라이는 사브레의 성격을 놓고 본인에게 직접 반론이나 의문을 던지곤 한다. "너랑 작업하면 시간 대비 효율이 꽝이야"나 "왜 아무래도 상관없는 걸 신경 쓰냐?" 같은 소리를. 전자는 당연히 에비나, 말투 좀 고쳐라.

나는 말하지 않는다. 사브레는 사브레 그대로여도 당연히 괜찮고, 성격이나 사고방식을 바꾸라고 할 것은 아니다.

그 두 사람이 손주를 어떤 식으로 보느냐는 질문을 받으면 어떻게 대답할까.

반 친구 중에 또 어떤 별명이 있는지 말하다가 집에 도착했다. 음식이 든 봉지를 들고 차에서 내렸다. 주변을 둘러보는데 왠지 갑자기 버려진 듯한, 갇힌 듯한 기분이 들었다.

할아버지가 목욕하는 동안 사 온 음식을 먹어 치웠다. 잔해를 쓰레기통에 버리고 할아버지 다음으로 욕실을 썼다. 머리를 드라이어로 말리고 거실로 돌아오자 이미 할아버지는 없었다.

냉장고에서 알아서 차를 꺼내 마시고, 침실 불을 켜고 거실 불을 껐다. 침실인 다다미방으로 이동해 제일 먼저 제단에 꾸벅 인사했다. 씻는 동안 충전해 둔 스마트폰을 들고 개켜놓은 이불을 베개로 삼아 몸을 내던져 눕자, 합숙 때가 생각났다.

2층에 있는 사브레에게서 알아차리지 못했다고 사과하는 짧은 메시지가 와 있었다.

또 자기 집에 있는 에비나에게서는, 바로 그 사브레에 관한 안 좋은 메시지가 와 있었다.

'사브레는 연애관도 빌어먹게 귀찮으니까 각오해 둬라. 이것도 아는지 모르겠는데, 그 녀석이 중학생 때 동급생과 사귀다가 금방 헤어진 이유, 상대방을 소중하게 여기고 싶어서였으니까.'

나도 모르게 얼굴 위로 스마트폰을 떨어뜨려서 간발의 차로 피했다.

귀 옆에서 퐁 하고 한심한 소리가 났다. 부드러운 이불에 스마트폰이 가라앉았다. 서둘러 집어 들었으나 에비나가 보낸 말에 어떻게 반응하면 좋을지 전혀 생각나지 않았다. 절친을 빌어먹게 귀찮다고 생각하더라도 보통 그걸 말하냐는 지적이 떠올랐으나, 그런 건 딱히 중요하지 않고.

사브레에게 사귀던 녀석이 있다는 것 자체를 처음 알았다.

나도 모르게 천장을 봤다. 천장이 있을 뿐이지 사브레의 모습도 과거 경험도 투영해서 보일 리 없다.

아니, 그야 딱히 괜찮은데.

만나기 전의 일 따위 알 리도 없고. 그런 이야기를 할 기회도 지금까지 없었다. 아니, 거짓말이다. 잠깐 있어 봐, 사브레에게는 좋아하는 녀석이 있었고 그 녀석이 고백했거나 사브레 쪽에서 고백해서 사귀게 된 녀석이 있었다는 건가. 뭐야 그거, 좀 많이 싫은데. 아무리 금방 헤어졌다고 해도.

사브레는 그런 상황이라면 의미가 있으니까 손도 제대로 잡았겠지.

그 광경을 상상했다. 그랬더니 누군가 목을 두 손으로 만져서 혈액 흐름이 살짝 안 좋아지는 듯한 감각이 덮쳐왔다. 정말로 덮쳐왔다는 느낌이었다.

낮에 문손잡이를 같이 잡은 사브레의 손가락, 그 관절의 단단함을 생각했다.

이번 여행에서 처음이었다.

사브레를 좋아하는 마음과 현실에서의 관계성 사이에 생긴 틈에 품은 초조함이 내 안에서 또렷해졌다.

에비나, 이걸 노렸나? 그럴 수 있다. 만약 그렇다면 진짜로 나쁜 녀석이다. 이 초조함을 해소할 방법이 없는 상황에서. 시간을 생각하란 말이다. 나는 한라이가 아니니까 대낮이라도 만지게 해달라고 말은 못 하지만. 너한테는 사실 죄책감이란 게 없지?

'역시 여자끼리는 그런 얘기도 하는구나.'

동요를 들키기 싫어 적당히 대꾸했는데 바로 들켰다.

'적당한 소리 하지 마, 이 문어야!'

'나 오늘 오징어 먹었어.'

그것만 보내고 일단 초조한 기분을 진정시키려고 잘 생각해 보았다. 모처럼 사브레의 할아버지에게도 칭찬받았으니까, 말을 받아들이고 내 의견으로 표현하려고 시도했다.

사브레한테 그런 일이 있는 것도 당연하다. 애초에 이 불쾌감은 내 과거를 무시한 것이다. 나도 중학교 3학년 때, 확실한 약속을 나눈 건 아니나 그런 아이가 있었다. 그러면서 상대방에게만 사귄 녀석이 없었기를 바라는 건 너무 이기적이다.

아, 그래도 역시 싫은데.

머리로는 괜찮다고 생각할 수 있지만.

에비나에게 조금 화가 나서 가볍게 앙갚음하고 싶었다. 그러나 어차피 받아칠 테니까 그만두었다. 몹시도 사소한 괴롭힘으로, 에비나와 시시한 메시지를 주고받으며 이어폰을 끼고 더스트의 별명이 처음으로 지어진 유래가 된 dustbox라는 밴드의 노래를 스트리밍 서비스로 들었다. 예상보다 더 빠르고 격렬했고 보컬의 음색이 아름다웠다.

내일모레에는 이제 돌아간다.

에비나 때문이겠지, 아마도, 아니, 틀림없이. 알람이 울릴 시간보다 훨씬 일찍 잠이 깼다. 목이 말라서 거실로 나갔는데 아직 아무도 없었다. 커튼 틈으로 아침 햇살이 들어와요 며칠간 사브레의 정위치가 된 자리에 빛 길을 만들었다.

밖에서 새소리, 그리고 기침 소리가 들렸다. 커튼으로 다가가 살짝 젖히자, 할아버지가 밖에서 담배를 피우고 있었다. 이쪽에 등을 보이고 서서 들키지 않았다.

냉장고에서 알아서 차가운 차를 꺼내 마셨다. 화장실에 가서 손을 씻는 동안, 할아버지가 거실에서 물을 끓였다.

"잘 잤니, 세토 군. 오늘은 일찍 일어났구나."

"안녕히 주무셨어요. 어쩌다 보니 깼습니다."

인사까지 했는데 다시 자는 것도 이상하겠다. 몇 초쯤 말없이 서 있자, 할아버지가 내 생각을 꿰뚫어 본 것처럼 조언해 주었다.

"괜찮다면 이 근처에 신사가 있단다. 산책이나 조깅하러 다녀오기 딱 좋은 거리지. 평소 꾸준히 운동했으니까 몸도 조금은 움직이고 싶지 않니?"

그 말대로 요 며칠간 한 운동이라곤 DIY 정도였다. 몸이 무거워지면 어쩌나 조금 걱정이었다. 돌아간 후를 위해서 뭔가 조금쯤은 해둬도 괜찮겠다. 나는 할아버지의 제안을 받아들였다. 가볍게 달리면 에비나가 남긴 꾸물꾸물한 응어리도 조금은 가시겠지. 그 자식. 어차피 못된 얼굴로 아직 자고 있겠지.

이부자리를 개키고 세수하고 옷을 갈아입었다. 신사 이름을 듣고 스마트폰으로 검색했다. 표시된 지도에는 초록빛만 가득했다.

"그러면 잠깐 다녀오겠습니다."

"아아, 조심해서 다녀오너라."

할아버지 목소리를 등으로 들으며 거실로 나갔는데, 마침 내가 향한 방향의 복도 중간에 있는 계단을 사브레가 내려오는 중이었다. 불필요하게 놀랐다.

"으악."

"어, 왜 그래? 아, 굿모닝, 메메."

"아, 응, 잘 잤냐. 딱 마주쳐서 놀랐어."

"그건 미안해. 하지만 이 거린데?"

의아한 표정을 짓는 사브레의 말은 옳다. 우리 사이에는 아직 세 사람은 들어갈 거리가 있었다. 이때 '딱'이 내려온 타이밍이 아닌 걸 설마 알아차리진 않겠지.

"어디 가? 너무 이르지 않아?"

"아침 훈련할 시간이니까 달리려고."

"동아리 인간은 성실하네."

"너도 갈래?"

물어보고서 꾸물꾸물함을 해소하려는 목적은 어디 갔냐고 자문했다.

"너랑 다르게 약해서 아침에 뛰는 건 좀. 산책이라면."

"어, 괜찮아, 그거라도."

이렇게 내 몸을 움직이겠다는 목적 달성은 금세 방해받고 말았다. 사브레에게 받은 게 아니다. 의지가 약한 나에게다. 운동보다 둘이 보내는 시간을 우선하고 말았다. 그렇지만 하루 내내 같이 있을 수 있는 건 오늘이 마지막이니까.

온 길을 바보처럼 되돌아가 거실에서 사브레가 준비하기를 기다렸다. 사실은 물을 마시러 왔을 뿐인 사브레도 다시 잘 예정을 내게 방해받은 것이다. 사브레는 세수하고 삐친 머리를 정리한 후, 어제와 같은 패치워크 스커트를 입고 나타났다.

"어쩔 수 없네. 인생에 한 번쯤은 동아리 인간의 기분을 체감해 볼까."

"무호흡 언덕길 달리기 어때?"

"그런 걸 하면 죽을 거야, 메메."

정말로 걱정스러운 표정인 사브레를 보고 웃었다. 나는 운 좋게 아직 살아 있으니까 그런 얼굴 안 해도 된다.

우리는 할아버지에게 다시 출발한다고 보고하고 집을 나섰다.

우리 둘 다 냉장고에서 꺼낸 500밀리리터짜리 물병을 오른손에 쥐었다. 같은 손에 들었으니까 당연히 손을 맞잡지 않았다. 왠지 그것에 안심하는 내가 있어서, 에비나를 욕하는 주제에 근성 부족한 내가 한심했다.

포장된 길로 나오자 아스팔트에 내리쬐는 햇빛에 눈이 부셨다. 그래도 살랑살랑 부는 바람이나 커다란 나무들이 만든 그늘 덕분에 그렇게 덥지 않았다.

걷는 동안 당연히 리포트 이야기가 나오리라 예상했다. 어제 노력한 결과를 보고받겠지.

그런데 사브레는 이유는 모르겠으나 내 아침 훈련 메뉴에 흥미를 보였다. 이왕이면 놀라게 하려고 특히 혹독한 날로 설명했다.

다만 말하는 도중에 불안해졌다.

아까 사브레의 걱정은 진심이었던 걸까? 왜냐하면 사브레는 맞장구를 치거나 경악하는 소리도 내지 않고 계속 진지한 얼굴로 듣고 있었다.

"죽지 마, 메메."

심지어 이런 말까지 했다. 그것도 농담 같지 않은 톤으로. 어떻게 대답할지 몰라 나도 모르게 다른 쪽으로 이야기를 돌렸다.

"한라이도 걱정해 줘."

"한라이도 물론."

"덤 취급하는 것 같네."

"덤처럼 들렸어? 어디가?"

아스팔트 위에서 사브레의 목소리가 갑자기 강하게 튀어올랐다.

강하다고 해도 싸우자는 태도는 아니다. 말하자면 뭐가 좋을까, 예를 들어 드라마에서 가족이 입원한 병실로 달려간 주인공이 의사에게 "살 수 있나요?"라고 묻는 것이라든가. 그런 필사적인 감정을 대수롭지 않은 의문에 담아 던진 것처럼 느껴졌다. 다른 녀석이라면 신경 쓰지 않을 말에 연연하는 점은 사브레답다. 그래도 지금까지와 다른 압박을 느껴 조금 놀랐다.

앞에서 차가 와서 우리는 도로 한쪽으로 물러섰다. 옆을 달려가는 바람에 잎이 날아올라 내 얼굴에 부딪혀서 마침 다행이었다. 대답하기 전에 이에 대한 리액션을 한 번 끼워 넣었다.

"아니, 사브레의 말투보다 한라이의 캐릭터가 그러니까. 정말로 덤이라고 생각한 게 아니라."

"그렇구나, 미안. 착각해서."

"사과 안 해도 되는데."

뭔가 생각하기 시작한 듯한 사브레는 아스팔트를 빤히 바라보거나 하늘을 올려다보기를 반복하며 입을 다물었다. 나도 침묵했다. 지금 막 진지한 사브레를 봤으니까 방해하고 싶지 않았다. 입을 다물어도 딱히 괜찮다. 원래 혼자 묵묵히 다녀올 생각이었으니까.

내가 사브레의 지나치게 신경 쓰는 면을 귀찮다고 생각하지 않아서 다행이다.

우리는 여전히 오른손에 페트병을 쥐었다. 그러니까 그게 뭐 어쨌다는 건가 싶다.

"메메, 타나토포비아라는 말 알아?"

갑작스러운 질문은 그 발음부터 전혀 기억에 없어서 제대로 알아듣지 못했다.

"모르는데."

"모르는구나."

"무슨 뜻이야?"

"음. 타나토포비아의 의미를 모르는 사람이 의미를 듣고 타나토포비아가 될 가능성이 있을까? 이걸 조사한 다음에 말하는 게 좋을지도."

"그거 그렇게 최면술 같은 말이야?"

"아니, 아니야. 증상이랑 비슷한 건데."

"병명이구나. 듣는다고 걸릴 섬세한 인간이 아니고 어차피 궁금해서 조사할 것 같으니까 사브레, 네가 말해줘."

말하고 싶으니까 이야기를 꺼냈을 테고.

"응, 그럼 메메가 최대한 남의 일이라고 여길 수 있게 말할게. 괜찮아?"

어떤 방식인지 모르나 사브레가 말하고 싶은 것에 흥미는 있으므로 고개를 끄덕였다.

"간단히 말하면 죽음을 상상하면 굉장히 두려워지는 거야."

"……다들 그렇잖아."

"그건 그런데, 그렇다고 밥을 먹거나 목욕하거나 친구랑 놀거나, 너라면 동아리 훈련하는 중에 죽는 게 무섭다고 생각하지 않겠지."

"그건 생각 안 하지. 이를테면 죽는 영화를 볼 때, 너무 끔찍하게 죽은 캐릭터가 있으면 죽는 게 싫다고 생각하는 정도."

"그거랑 조금 달라. 죽는 게 싫고 무섭다는 감정이 다른 일을 하다가도 갑자기 생각나서 불안에 짓눌릴 것 같아 아무것도 손에 안 잡히는 게 타나토포비아. 우리말로 하면 죽음 공포증."

"그거 살아가기 되게 힘들겠다."

고소공포증과 달리 도망칠 수 없을 테니까.

"나는 초등학생 때 타나토포비아였어."

노렸다면 대단한데 어떨까. 마치 영화 속 장면이 바뀌는 것처럼 우리 눈앞에 긴 계단이 딱 나타났다. 제일 위에 붉은 도리이 두 개의 기둥과 가로대로 이루어진 문으로, 주로 신사 입구에 세운다. 신성한 곳이 시작된다고 알리는 역할을 한다.

도 보였다. 타나토포비아는 일단 잊었는지 옆에서 "으아악" 하고 질색하는 소리가 들렸다.

"기다릴래? 사브레."

"음, 좋아, 올라가자!"

"각오할 정도의 계단 수도 아닌데."

웃으며 한 발을 디뎠다. 운동화 바닥이 돌과 모래 위에서 미끄러지는 소리가 났다.

"그래서 타나토포비아라고?"

"다 올라간 다음에 하자."

"오케이."

계단을 오르는데 남들보다 훨씬 더 힘내는 사브레를 방해하지 않으려고 일단 혼자 생각해 보았다.

죽음, 공포증. 죽는 것이 두려운 불안과 언제나 함께 생활한다.

지나치게 신경 쓰는 사브레의 본질처럼 들리는 이야기다. 어린 시절부터 그랬을까. 본인에게 트라우마일지 모르니까 말하진 않았는데, 나는 사브레의 예전 성격을 알아서 아주 조금 기뻤다. 어제 에비나에게 과거 일을 듣고 생긴 꾸물꾸물함의 한 구석이 깎여나가는 것 같았다.

내게 타나토포비아 같은 증상이 나타난 것은 어느 정도 자란 후로 지금까지의 기억을 더듬어도 일절 없다. 무서운 영화를 보고 울거나 지구가 멸망하는 영화를 보고 불안해진 적은 있었을 것이다. 별로 인상 깊지 않은 걸로 보아 아마 금방 잊었겠지.

그런 부정적인 감정은 잊고 삶이나 죽음을 거친 생명이 지닌 에너지에 대한 흥미만 남은 것이 나다. 그러니 이번 제안도 승낙한 거고, 나까지 지나치게 신경 쓰는 성격이 아니어서 다행이었다.

둘 다 신경 쓰는 인간이었으면 어려웠을 것 같다. 여러모로.

별생각 없이 사브레 주변의 사람들을 떠올렸는데, 의외로 이런 건 자연스럽게 조합이 이루어지는지도 모른다. 자잘한 것에 신경 쓰는 인간이 생각나지 않았다.

이윽고 계단 마지막 단을 밟고 돌아보았다. 가볍게 숨을 헐떡이는 사브레는 아직 세 단이 남았고, 그녀의 머리 저 뒤로 좁은 강이 찬란히 반짝거렸다. 머리 위의 붉은 도리이는 사방의 도장이 벗겨지고 녹슨 못이 튀어나왔다.

"이얏, 생각보다 잘 해냈다!"

"잘했어, 잘했어. 수고했어."

살살 박수를 보내는 내게 사브레는 "고맙습니다, 고맙습니다" 하고 정식 마라톤을 뛴 선수처럼 대답했다. 사브레는 페트병의 물을 마시고 주변을 한 바퀴 빙그르르 돌아보았다. 나도 그렇게 했다.

다 올라오면 필시 아름다운 풍경이라도 기다릴 줄 알았다.

그런데 나무에 뒤덮인 낡고 작은 신사만 있고, 전체적으로 우중충했다.

"이렇게 열심히 올라왔는데 아무것도 없네."

"어제 방보다 사람이 죽었을 법한 분위기가 있긴 한데."

"응."

사브레는 조용히 고개를 끄덕이고 혼자 다갈색 신사로 다가갔다. 사브레가 말하고 싶을 주제라고 여기고 던졌는데 기대가 어긋났다. 뒤를 쫓아갔다.

"일단 참배할까?"

"그러게, 아, 그런데 돈 안 가지고 왔어."

"만약을 위해 130엔 가지고 왔으니까 10엔 빌려줄게."

"고마워."

음료를 추가로 살 목적이었을 돈 중 일부를 받아 내가 먼저 희사함에 던졌다.

페트병을 옆구리에 끼고 합장했다. 딱히 빌 것은 없었다.

적어도 내 안에서는, 유령은 없을지도 모른다고 생각하게 된 어제 경험이 신이나 정령을 믿는 마음에도 영향을 주었다.

나도 사브레도 금방 합장을 그만두었다.

할 일도 없으니까 계단으로 돌아갔다. 도리이 아래를 한 번 더 지날 때, 사브레가 주머니에서 스마트폰을 꺼냈다. 계단 아래의 경치를 찍기 시작해서 멈춰 섰다.

이 사이를 이용해 물어보기로 했다.

"타나토포비아였다고?"

"응, 맞아."

찰칵 소리가 났다. 잘 찍히지 않았는지 사브레는 여전히 스마트폰을 들고 있다.

"초등학생 때 죽는 게 너무너무 무서웠던 시기가 있었거든. 집에 있다가 갑자기 울기 시작해서 가족한테 걱정을 끼쳤고, 툭하면 무섭다고 하니까 귀찮아했어. 매일 같이 죽는 게 뭔지, 사후 세계가 뭔지 부모님한테 질문만 퍼붓다가 야단맞은 적도 있었어."

"고등학생이 되어서도 비슷한 일을 하네."

"그러게. 흥미만 남았어."

사브레가 한 번 더 사진을 찍었다. 나랑 같구나.

"왜 이런 이야기를 하려고 생각했느냐면."

"응."

"어제 그 방을 보고 맹렬하게 생각했어. 죽고 싶지 않다고. 그랬더니 타나토포비아 감각이 돌아와서 밤에 좀 힘들었어. 그래서 노크나 메시지에도 바로 반응하지 못했어. 미안. 리포트도 전혀 끝내지 못했고."

"어, 그거 괜찮아?"

사브레는 겸연쩍은 미소를 짓고 그냥 잡담처럼 말했지만 나는 걱정이었다. 설마 그런 상황인 줄도 모르고 혼자 두고 말았다. 어젯밤 좀 더 제대로 말을 걸 것을 그랬다. 할아버지에게 칭찬이나 받을 상황이 아니었다. 그보다 더 전으로 돌아가면 오징어를 먹을 상황도 아니었을지도 모른다. 그 한 방 먹었다는 말이 이렇게 중대한 의미였다니.

"괜찮아, 제출 기한은 없으니까."

"그쪽이 아니라."

"미안, 농담이야. 응, 나도 그래도 성장했나 봐. 아침이 되니까 괜찮아졌어. 그런데 다음에는 내 죽음만 신경 쓰는 건 냉정한 인간이라서 그런지도 모른다는 생각이 들어서, 그랬더니 너희 목숨이 과하게 신경 쓰이더라."

"그래서 아까 아침 훈련을 유난하게 걱정했구나."

"응. 조금 생각이 과해져서 말투가 세졌는데 미안해."

내 기분이 상했을지 염려해서 타나토포비아 이야기를 시작했나 보다. 여전하구나, 사브레는.

"진짜 괜찮은데."

그래, 별로 상관없는데.

"말해."

"말하라니?"

사브레의 시선이 스마트폰에서 떠나 나를 향했다. 시선이 딱 마주쳤다. 만지고 싶은 것과는 다른 감정도 일으키는 사브레의 손은, 지금은 스마트폰에 막혔다.

"그래. 생각이 과해져서 괴로우면 그때 나나, 에비나나 한라이는, 사브레의 그런 성격을 특히 잘 알고 있으니까, 말하면 조금은 무섭다는 기분이 사라질지도 모르잖아."

진정될 때까지 메시지에 답변도 못 한 것은 에비나나 다른 사람에게도 도움을 청하지 못했다는 것이다. 아니, 그런 사실을 생각할 필요도 없이 사브레는 자신이 괴로워서 견디지 못할 때 도움을 요청하지 않을 것 같다. 타나토포비아가 남에게 옮을지 걱정하는 녀석이니까.

"그러니까 말해. 내가 오징어를 먹을 때라도 괜찮으니까."

그럴 생각은 없었는데, 감정을 말로 표현했더니 마치 내가 구해주겠다고 당당하게 선언한 것 같아서, 친구 상대로 그러는 건 너무 부끄러우니까 얼버무렸다. 나도 모르게 시선을 피하고 계단 저 너머의 좁은 강에 시선을 주었다. 여전히 빛났다. 당연하다.

지금까지도 울었을 텐데 사브레가 숨을 들이쉬는 소리에 매미 소리가 더욱 크게 들렸다.

"알았어. 말할게."

"응."

동의해 주는 편이 쑥스럽지 않았을지, 바보라고 비웃는 편이 쑥스럽지 않았을지 모르겠다. 일단 우정 만화의 한 장면처럼 부끄러운 분위기를 초기화하고 싶어서, 나쁜 이야기를 해서 균형을 맞추려고 했다.

"네 옆에 에비나 같은 녀석이 있어서 아주 잘 됐다. 그렇게 아무것도 신경 쓰지 않고 사람을 죽이겠다고 말하는 녀석."

"메메도 그런 녀석이지."

그 말의 의미를 이해하지 못해서 다시 사브레를 봤다. 그쪽도 나를 봤다. 그쪽도 어째서인지 뜻을 알 수 없는, 뭐라고 형용할 수 없는 표정이었다.

"어? 나는 그렇게 남한테 죽으라거나 죽이겠다는 소리 안 하는데."

"미안. 나도 아직 설명하지 못하는데 말했어. 설명할 수 있게 되면 할게. 괜찮아?"

"응, 그래도 그게 뭐냐."

"뭘까."

둘이 같이 고개를 갸웃거리며 계단을 내려가자, 또 바람에 날린 잎사귀가 내 얼굴로 날아와서 조금 호들갑스럽게 반응했다.

"그런데 사브레, 신사에서 뭔가 빌었어?"

"아니? 아무것도."

그럴 줄 알았다.

조금만 생각하면 안다. 내가 아무리 초조해도 상대의 친척 집에 있는 동안 고백하거나 손을 잡을 타이밍이 올 리 없다.

아침을 먹고 오늘은 오전부터 관광하러 나섰다. 사브레가 희망한 박물관에 할아버지가 차로 데려다주었다. 사실 내게도 미리 희망 사항이 있는지 물어보았다. 그러나 갈 만한 관광지를 조사했더니 전부 박물관이나 유적, 혹은 자연 정도여서 내게는 큰 차이가 없었다. 그래서 맡겼다.

야간 버스에서 내린 역 바로 근처에 그 건물이 있었다.

건물 전체를 덮은 울타리가 새빨개서 예뻤는데, 입구가 그 빨간 울타리를 억지로 비집어 연 듯한 디자인이라 조금 그로테스크했다. 꼭 내장 안으로 들어가는 이미지다.

"오, 대단하다."

별반 기대도 안 했으면서 입장료를 내고 전시실로 들어가자 사브레보다 먼저 감탄했다.

어둡고 넓은 공간에는 거대하고 반짝반짝한 색색의 작품이 놓여 있었다. 바보 같지만 크고 멋진 걸 보면 흥분한다. 내가 몇 초간 멈춰 선 동안, 조금 전까지 옆에 있었던 사브레는 이미 거기 없었다. 제일 가까운 전시품 옆에서 설명을 읽고 있다.

이럴 때 사브레는 원하는 대로 날아다니다가 마음에 들면 하염없이 그곳에 머무른다. 학교에 가면서 하숙집 마당에서 본 비둘기가 학교 끝나고 돌아와도 여전히 있는 것과 비슷하다.

1학년 때, 우리는 수업으로 박물관에 갔다. 에비나가 "질렸어" "시시해"라고 이러쿵저러쿵 투덜대는 그 옆에서 사브레 혼자 설명을 숙독했다. 실제로 있었던 리포트를 쓰느라 우리는 사브레의 기억에 많은 도움을 받았다.

나도 에비나와 마찬가지로 박물관의 자세한 설명은 통과하는 타입이다. 이번에도 내력이나 제조법은 나중에 또 사브레에게 배우기로 하고, 커다란 전시물의 전체상을 보려고 주변을 졸랑졸랑 걸었다. 이 토지를 대표하는 축제의 상징이다. 어제 가요 범벅이었던 괴상한 분위기의 무대와는 차원이 달랐다. 뒤에서 봐도 박력이 대단하다.

 한 바퀴 돌고 왔더니 또 사브레가 없었다. 엇갈려서 뒤쪽에 갔을지도 모른다. 쫓아가는 건 친구로서 가능하지만 짝사랑하는 상대에게는 조금 소름 끼친다. 할아버지 시선도 있으니까 나는 내 페이스에 맞춰 전시물을 구경했다.

 그러기를 반복하며 당연히 내가 먼저 전시물 구경을 마쳤다. 마지막 전시물 주변도 빙그르르 한 바퀴, 전체상을 다시 둘러봤는데도 사브레는 여전히 설명서 앞에 달라붙어 있었다. 몇 번이나 왔을지도 모르는 할아버지는 벽 쪽의 의자에 느긋하게 앉아 있었다. 역시 이쯤이면 사브레와 합류를 선택해도 될 것이다.

 "사브레는 항상 성실하네, 전부 읽고."

 뒤에서 말을 걸자, 돌아본 사브레는 복잡한 표정이었다. 눈썹은 슬퍼 보였고 입매는 즐거워 보였다.

"성실하다기보다 강박관념이야. 이런 걸 전부 읽어야만 할 것 같아서. 나도 별로 의미는 없다고 생각해."

설마 그것도 사브레의 지나치게 신경 쓰는 것의 일환이었다니 몰랐다.

"그래도 사브레가 옳겠지. 설명서도 요금에 포함되니까 나처럼 안 읽는 녀석은 손해잖아."

"손해는 아니지. 같은 가격의 음식을 다 먹든 남기든 본인이 만족하면 그게 가격에 대한 가치니까."

"하긴, 그런가. 좀 다를 것 같은데, 초등학교 때 선생님이 급식 남기는 애한테, 이 세상에는 만족스럽게 먹지 못하는 사람도 있다고 말해서, 그때 나는 저 녀석이 먹는다고 배고픈 사람을 구하는 것도 아니지 않나 싶었거든. 그게 생각난다."

"비뚤어졌네, 꼬마 메메."

사브레는 그 호칭이 왠지 마음에 들었나 보다.

비뚤어졌었나? 당시 내게는 오히려 솔직한 의문이었다. 그런 사소한 위화감은 사브레가 내게 엄지 끝을 들어 보여서 아무래도 좋아졌다.

"나도 그렇게 생각했어."

딱히 이때 대화를 모방한 것은 아니겠지. 박물관에서 나와 역 앞을 천천히 산책한 후, 사브레는 할아버지가 사 준 장어덮밥의 밥을 조금 남겼다. 아무래도 여자가 젓가락을 대고 남은 것을 내가 먹어 치울 순 없으니 그 밥은 포기했다. 어차피 다 먹어도 나와 사브레 이외에 누군가의 배가 채워지는 것도 아니니까.

장어는 사브레의 요청이었다고 한다. 약식 고급을 좋아하는군. 그러고 보니 피스타치오도 가격 대비 양이 적어 가성비가 나쁜 음식이다. 혹시 사귀게 되면 돈이 펑펑 나갈지도.

식후에 직원이 내준 차를 마시며 요 나흘간 새롭게 알게 된 사브레의 일면을 새삼스레 구체적으로 되짚었다.

고급 음식을 좋아하고 친척에게는 지나치게 신경 쓰는 성격을 그다지 발동하지 않고, 사실은 천연덕스럽게 거짓말을 하고, 어딘가 할아버지와 닮았고, 어색한 상황일 때는 배짱이 두둑하고, 사과 사탕에 집착하는 면이 있고, 사실은 사귀던 녀석이 있었고, 타나토포비아였다.

내게는 연인이 있었다는 사실만 결정적으로 무게감이 다르다. 솔직히 이런저런 일들의 처음을 나와 함께 하는 게 아닐 가능성이 있는 게 싫다.

그러나 생각하기에 따라 나쁜 것만은 아니다. 사브레가 연애 자체를 싫어하는 건 아니라는 뜻이니까. 그러니 내게도 가능성이 커진다. 커질 것 같다. 상대를 소중히 여기고 싶으니까 찼다는 건 에비나의 죄책감 운운만큼이나 잘 모르겠다. 여자는 어렵다.

사브레는 요 며칠간 나에 대한 인상이 달라진 게 있을까. DIY 때 힘쓰는 걸 보고 남자답다고 생각해 줬다면 좋겠는데.

옆에 앉은 사브레를 힐끔 곁눈질하자, 그쪽도 이쪽을 보고 있었다.

"메메, 찻잔이랑 잘 어울린다."

"뭐야, 그런 소리 들어본 적 없어."

"컵보다 찻잔이 잘 어울려. 그렇다고 컵은 그만두는 게 좋다는 의미는 아니야."

"머리 짧은 게 낫다는 식으로 말해도 어쩌라는 건가 싶네."

사브레도 할아버지도 웃었으니까 사브레가 하고 싶은 말의 의미를 이해하지 못해도 좋았다. 찻잔이라니, 좀 늙은이 같다는 의미라면 싫은데.

할아버지에게 장어를 잘 먹었다고 인사하고 가게에서 나

왔다. 이어서 우리는 차를 타고 다음 목적지로 갔다.

10분쯤 달려 도착한 곳은 오래되고 넓은 일본식 가옥 앞이다. 그 집의 주차장이라기보단 헛간 같은 분위기의 장소와 어울리지 않는 외제 차가 비좁게 자리를 차지하고 있다.

슬라이드 형식의 현관은 잠겨 있지 않아서 할아버지가 스르륵 열자, 안에서 작은 개가 달려와 높은 소리로 깽깽 짖었다. 치와와다. 견종도 집이랑 별로 안 어울리네. 선향 냄새는 나지 않았다.

치와와에 이어 천천히 걸어온 할머니의 얼굴을 이틀 만에 봤다. 그때보다 훨씬 친절한 표정으로 우리를 환영해 주었다. 운전하면 성격이 달라지는 타입일지도 모르지.

오늘 약속은 할아버지가 잡아주었다.

여기 온 이유는 사브레가 그때의 보답을 건네기 위해서다. 현관에서 해도 되는데 할머니는 우리를 방석 깔린 다다미방으로 데려갔고, 중후한 목제 테이블 위에 차, 추가로 과자까지 놓아주었다. 사브레는 죄송해했으나 나는 내준 것은 사양하지 않고 먹는다. 우리는 여기 와서 벌써 몇 번이나 반복하는 우리의 고등학교 생활 이야기를 할머니에게 들려주었다. 남편은 도장에서 한창 아이들에게 가라테를 가르치는 중이어서 없었다.

 이번 여행에서 두 번째로 우리의 관계성을 질문받았다.

 "어머, 사귀는 사이가 아니었구나."

 그 말에 이로하의 엄마에게 했을 때와 마찬가지로 사브레는 한 번 웃었다. 그러나 그때와 대답이 달랐다.

 "제 즉흥적인 생각에 어울려 주는 조금 독특한 녀석이에요."

 "독특하다는 거 무슨 의미야?"

 나도 모르게 멍청한 소리로 끼어든 건 그 변화가 걸렸기 때문이다.

 다른 녀석이 한 말이라면 어쩌다 보니라고 생각할 것이다. 말한 사람이 사브레다. 아무 의식 없이 그런 소리를 할 것 같지 않다. 내게 플러스인지 마이너스인지 모르겠다. 에비나였다면 나나 한라이와는 다른 의미에서 나쁜 머리를 써서 해독할지도 모른다. 해독하지 못하니까 알고 싶었다.

 만약 우리 둘만 있었어도 같은 대답이었을까.

 사브레는 일부러 만든 듯한 시치미 떼는 얼굴로 "말 그대로의 의미야"라고 대답했다.

 그 얼굴을 보고 어제 할아버지와 나눈 대화가 생각났다.

우리가 상대에게 마음을 있는 그대로 말하지 못하는 관계, 진정한 친구니까?

할머니 집을 나올 무렵, 나와 사브레의 스마트폰에 똑같은 알림이 왔다. 그걸 안 것도 동시였는데, 사흘간 침식을 함께한 집에 돌아온 후였다. '우리 반 & 하숙집' 그룹 채팅방에 한라이가 영상을 올렸다. 그 녀석이 직접 찍은 것으로, 안쪽에서 에비나가 패밀리레스토랑으로 보이는 자리에 앉아 막 필래프를 입에 넣으려고 했다. 영상 바로 아래에 에비나의 '다음에 몰래 찍으면 죽인다'라는 메시지가 있고, 한라이는 전혀 반성하지 않는 태도로 '정강이를 차인 데미지 50'이라고 보냈다.

여긴 어디지? 생각한 바를 그대로 '어디야?'라고 보내자, 한라이가 '아무도 없어서 심심하니까 에비나 동네에 왔어'라고 곧바로 반응했다. 꽤 놀란 것도 잠깐이고, 또 금방 '매매 교섭하러(돈다발 이모티콘)'이 올라왔다. 이 바보가, 라고 말하진 않았으나 강렬하게 생각했으니까 통했을지도 모른다. 옆에서 나와 마찬가지로 스마트폰을 보던 사브레의 "매매 교섭?"이라는 목소리가 들렸고 한라이도 곧바로 알아차렸는지 '잘못 보냈다'라고 보냈고, 이후로 한라이도 에비나도 무반응이었다. 사브레에게 할 변명을 나한테 통째로 맡기지 마.

제대로 설명하려면 그 치킨 레이스 이야기까지 해야 한다. 공범으로 보이기 싫어서 "숙제 같은 건가" 하고 얼버무렸다. 뭔가 알아차린 듯한 사브레의 "흐응"이 무서웠다.

그래도 그렇게 나쁜 녀석인 에비나, 인기인이네. 그 녀석 동네에 이틀 연속 반 친구가 놀러 간 셈이다. 일편단심인 더스트보다 저런 한라이와 친하게 지내는 게 늘 이상했다.

"에비나는 왜 한라이랑은 친하게 지내면서 더스트한테는 여전히 화가 났을까."

사브레라면 뭔가 사정을 알지도 모른다고 생각했다. 물론 다른 주제로 넘기려는 의미도 살짝 있었다.

"한라이는 스스로 책임을 지기 때문일까? 성실한 건 물론 더스트지만."

의외로 사브레가 즉시 대답했다. 더 곰곰이 생각해서 대답하리라 예상했으니까 조금 놀랐다. 한 번 풀어본 경험이 있는 문제에 대한 해답 같았다. 게다가 너무 간단해서 계산식이나 해설이 없으니 의미를 모르겠다. 무슨 말을 하고 싶은 걸까.

궁금하다. 그렇다고 내가 설마 한라이와 에비나가 사귀면 어쩌나 걱정하는 것은 아니다. 에비나에게 그런 마음이 있을 리 없고, 한라이는 요전에도 "사귀면 고추 잡아 뜯길 것 같아"라며 더스트를 또 놀렸다. 걱정하는 것은 너무한 취급을 당하는 더스트의 기분이다. 나라고 생각하면 소름이 끼친다.

내가 답을 찾을 시간을 주지 않고 부엌에서 좋은 냄새가 풍겼다.

도망친 그 녀석들은 일단 내버려두자.

우리는 며칠 동안 정위치가 된 의자에 각자 앉아 할아버지가 타 준 커피를 마시며 쉬었다.

다음으로 해가 뜬 동안 오늘까지 신세 진 방을 각자 청소했다. 제안한 사람은 물론 사브레다. 하라고 하면 나도 제대로 한다. 청소기를 돌리고 이불을 바깥에 있는 빨랫줄에 널어 털고, 하는 김에 쓰지 않았지만 방 한쪽에 밀어준 테이블도 꼼꼼히 훔쳤다. 점점 더 합숙 같다.

그런 감각의 도움을 받아 내일이면 돌아가는 나를 또렷하게 상상했다. 왠지 심장이 굴러가는 기분이었다. 이미지로 말하면, 공처럼 생긴 심장을 몇 개의 막대기가 받쳤는데 그 기둥 중 하나가 사라진 것 같았다. 마음이 데굴데굴 정처 없이 어디론가 사라지는 불안감 비슷하다. 사브레라면 설명을 더 잘할 수 있겠지만, 내 심장의 설명은 나만 할 수 있다. 이 정도가 한계다.

쓸쓸하다거나 아쉽다거나, 그런 거려나. 조금 다른 것 같기도 하다.

제단 앞에 놓아둔 두툼한 방석의 먼지를 밖에서 털며 한 번 더 생각했고, 역시 말로 잘 표현할 수 없었다. 사브레를 향한 기분은 좋아하는 것 이외에 없는데, 같은 생각이 갑자기 드는 바람에 내가 생각해도 믿을 수 없을 만큼 부끄러워서 복도에서 마주쳤을 때는 시선을 피하고 말았다. 만약 고백할 때가 오면 어떤 표정을 지을 거냐.

우리가 청소하는 동안, 할아버지는 노안경을 쓰고 거실 테이블에서 편지를 썼다. 요즘 세상에 손 글씨를 쓰는 면이 세대의 상징인지도. 기침을 한 번 하느라 글자가 비뚤어졌는지 한 장을 전부 다시 쓰는 면에서 사브레와 이어진다고 느꼈다.

청소하며 뭔가 부수는 해프닝은 없었다. 우리는 하는 김에 거실과 복도에도 청소기를 돌렸다. 사브레가 비좁은 구석구석까지 신경 쓰며 걸레로 먼지를 훔쳤는데, 지나치게 신경 쓰는 성격을 모르는 사람이 보면 현명한 아내가 되겠다고 평가할 수 있겠다고 생각했다. 어쩌면 전의 남자는 그런 느낌으로 사브레를 좋아했을지도 모른다. 겉모습만 보고 판단해서.

여름방학 전에도 그랬고 최근 며칠도 그랬는데.

오늘은 특히 사브레 생각만 하게 된다.

어제부터 느낀 초조함이 여전히 이어지나 보다. 그렇다고 이런 염원 비슷한 감정이 공간에 전해져서 두 사람 사이에 어떤 이벤트를 만들어 줄 리도 없다.

청소를 마친 저녁, 우리는 할아버지 차를 타고 메밀국숫집에 갔다. 할아버지의 단골 가게여서 한번은 데리고 올 생각이었다고 한다. 메밀국수는 다른 식당에서 먹는 것과 맛도 식감도 전혀 달랐다. 가격도 당연히 달랐다. 사브레도 맛있다고 연발하며 먹었다.

식사 도중에 사흘간의 감상을 넌지시 질문받았다. 나는 그런 걸 정리하는 데 소질이 없다. 기본적으로는 이미지로 살아가니까. 그래도 학교 숙제와 마찬가지로 제출 안 할 수는 없다. 최소한 생각한 바를 솔직하게 말했다. DIY가 의외로 즐거웠고, 삶이나 죽음은 복잡한 문제라고 생각했고, 할아버지가 차려준 밥이 전부 굉장히 맛있었다고. 내가 생각해도 너무 단순한데, 할아버지는 "성급한 소리다만 다음에도 또 오거라"라고 말해주었다. 사브레와의 미래를 지켜봐 주는 것 같아 괜스레 든든해졌다.

사브레는 나보다 조금 더 복잡하고 그럴싸한 감상을 할아버지에게 말했다. 할아버지는 그에 대해서도 "조금이라도 너희가 흥미를 느낀 것에 도움이 되었다면 다행이구나"라고 나까지 포함해 말해줘서 우리는 같이 고맙다고 인사했다.

집에 돌아와 마지막 밤을 평온하게 보냈다. 전혀 특별하지 않게. 텔레비전을 보고 피스타치오를 먹고 빨아서 널어둔 옷을 거둬드렸다.

어제 이로하와 마주한 충격이 너무 컸을 것이다. 박물관도 좋았고, 장어도 메밀국수도 맛있었다. 그래도 즐거운 와중에 조금 부족함을 느꼈다. 맥이 빠졌달까, 물론 사브레와 사이에 울렁거리는 일이 일어나지 않은 것도 이유다.

오늘이 끝날 무렵이 되자 내 안의 초조함이 굴러가는 심장을 더욱 빠르게 회전시켰고, 그런 종류의 행동을 전혀 하지 않은 주제에 이번 여행은 누가 봐도 현상을 타개하고 친밀해질 기회 아니었냐고 나를 무의미한 후회에 빠지게 했다.

한순간에 각오를 다져야 하는 순간이 시합 중에는 셀 수 없이 있다느니 뭐라느니 하면서. 사브레의 여행에 쫓아오는 결단은 할 수 있어도 가장 중요한 것은 전혀 못 한다. 내가 아무리 열심히 연습해도 일본 제일이 되지 못하는 이유가 이런 점일까. 같이 있는 환경에 만족한다. 졸업은 아직 멀었다지만 당연히 찾아올 미래인데.

오늘은 할아버지도 늦게까지 거실에서 텔레비전에서 하는 영화를 같이 봤다. 둘만 있어도 누가 할아버지 거실에서 고백의 복선을 깔겠느냐마는 나는 이유도 없이 안절부절못했다.

일시 정지를 못 하는 텔레비전 방송을 보며 사브레는 이 밤을 어떻게 생각하고 있을까.

솔직히 말하면, 이 정도로 사이가 좋으니 사브레가 나를 좋아하지는 않아도 연애적인 의미로 조금은 괜찮게 생각하지 않을까 기대하는 부분이 있다. 만약 그렇다면 이 특별한 여행의 마지막에 단둘이 있을 시간을 헛되이 보내기 싫지 않을까.

기대만 앞선 걸 알았다. 할아버지가 "잘 자거라"라고 말하고 방으로 가자마자 사브레는 샤워를 마치고, 거실에 앉은 내게 "그럼 잘 자. 내일 봐!"라고 활기차게 인사했다. 뭐라 할 말은 없지만 왠지 분해서 "리포트는 괜찮냐?"라고 웃으며 공격하고 헤어졌다. 아마 지금부터 할 거란 걸 알면서. 거실에는 나와 할아버지가 부치는 걸 잊지 않으려고 테이블에 올려놓은 봉투만 오도카니 남았다. 냉장고 소리가 커진 것 같다.

혼자가 되어 우선 나도 샤워했다. 머리를 말리고 잠옷으로 갈아입고 다다미방에서 짐을 대충 정리하고 스마트폰을 봤다.

'사브레랑 뭔가 진전이 있었냐.'

메시지를 보낸 에비나에게 대답하지 않고, 분통함과 친구를 괴롭히고 칭찬하고 싶은 마음을 담아 더스트에게 '너 대단하네'라고 메시지를 보냈다. 에비나 얘기인 걸 분명 알아듣겠지.

늦은 시간까지 굳이 깨어 있어도 할 일이 없으니까 요를 깔고 불을 끄고 누웠다. 집 밖에서 들리는 생물의 울음소리 이외에 아무것도 없는 새까만 공간에서 천장을 봤다. 사브레의 얼굴을 멍하니 떠올리는데 스마트폰이 깜박였다. 봤더니 더스트에게서 '포기를 못 할 뿐이야'라고 왔다.

포기. 만약 사브레가 거절하면 나는 더스트처럼 몇 번이나 도전할까.

애초에 전제부터 생각하기 싫은 일이어서, 어둠 속에서는 머리가 아플 것 같아 그만두었다. 이런 감정에 몇 번이나 맞선 더스트는 역시 대단한데, 이 자식 머리 어디가 망가진 거 아닐까.

조금씩 눈이 익숙해져서 보이기 시작한 천장의 질감에 대고 다른 친구를 떠올렸다. 어제도 오늘도 쓸데없는 소리를 지껄인 한라이. 여자를 밝히는 건 언행에서 다 드러나는데, 그 녀석이 누군가를 특별하게 좋아한다는 이야기는 들은 적 없다. 누가 귀엽다는 소리는 툭하면 하고, 저 선배는 엉덩이가 야하다는 소리를 매일 같이 하면서 특정한 누구를 좋아한다는 말은 없다. 애정을 분산하기 때문일까? 혹은 성욕으로만 보는 걸까. 어느 쪽이든 또 여자에게 안 좋게 보일 것 같다. 그러다가 언젠가 에비나에게 걷어차인다. 그게 사브레가 말하는 자기책임일까? 확실히 벌은 받고 있는데.

한라이는 특별한 감정이 없는 여자에게도 이것저것 하고 싶다나 보다. 나도 감정이 없는데 어떻게 그러냐는 생각은 안 한다. 없으니까 오히려 하고 싶다고 주장한다면 이해할 수 있다. 나도 대화를 나누는 정도인 반 친구나 선후배, 나아가 여자 배우나 아이돌이라면 그런 상상을 하기 쉽다. 그러나 사브레가 상대면 갑자기 뭔가 무진장 나쁜 짓 같아서, 구체적으로는 내 마음 전부 거짓말이 된 것 같은 기분이 든다. 그러느니 차라리 에비나가 낫다. 그 녀석도 친구지만 좋아하는 상대와의 사이에는 명확한 아웃과 세이프의 선이 있다.

그래도 도중까지라면 사브레도 떠올리지 못할 것도 없다. 하숙집 동료니까 사실무근이 아닌 상상을 하기 쉽다. 평소 특별히 기쁘다고 생각하지 않게 된 목욕 후나 자고 일어난 모습이 도움 된다.

상상의 감촉이 손에 울렁울렁 느껴진 시점을 노린 듯이 할아버지의 기침 소리가 들렸다. 야단맞은 것 같아 허둥지둥 머릿속 영상을 지웠다. 할머니 유령은 이제 믿지 않게 된 만큼 살아 있는 할아버지의 눈과 귀가 신경 쓰인다.

뒤척여서 옆으로 누웠다. 다다미 냄새가 조금 더 진해졌다. 또 할아버지의 기침 소리가 들렸다. 요 며칠간 특이한 일은 아니다. 담배, 그만 피우시면 좋겠는데.

눈을 감고 이번에는 사브레의 내면을 생각한다. 나흘 동안에도 변함없이 지나치게 신경 썼고, 이상한 것에 흥미를 품었고, 자타공인 연약해 보이는 외모와 반대로 당당했다.

타나토포비아. 오늘 아침에 들은 말이어서 인상 깊게 남았다.

죽는 것이 무섭다, 그야 나도 그렇다. 그러나 공포증이라는 이름이 붙을 정도니까 수준이 다르겠지. 확실하게는 모른다. 종종 듣는 것으로 예를 들면 결벽증인 사람이 전철 손잡이를 잡지 못하는 감각을 도무지 이해하지 못하는 것과 마찬가지로, 타나토포비아를 지닌 사브레의 기분은 앞으로도 모를 것이다.

따라서 제대로 걱정하는 방법도 모르겠다. 쓸리고 베인 상처라면 어느 정도 아픈지 알고, 이 정도라면 괜찮다거나 얼른 보건실에 가라고 말할 수 있는데, 죽는 것을 계속 무서워하는 기분을 어떻게 걱정하면 좋을까, 사실은 전혀 모르겠다.

그래도 사브레가 또 타나토포비아를 겪는다면 어떻게든 불안감을 없애주고 싶다고 진심으로 생각한다. 나라고 못 할 일은 아니라고 믿고 싶다. 그야 암을 치료하는 의사가 전원 암에 걸린 적이 있는 건 아니잖아.

돌아가면 타나토포비아를 조사해 봐야겠다.

적당한 예정을 세우고 문득 생각했다.

어떤 불안이든 대개 어둠 속에 있을 때 커진다.

해가 뜬 동안에는 괜찮았던 걱정이 이불에 누우면 고개를 드는 일은 흔하다.

사브레, 오늘은 괜찮을까.

오늘 밤에도 지금껏 잊었던 타나토포비아에 괴로워하는 것 아닐까.

위를 보고 누워도 어제와 마찬가지로 2층에 있는 사브레의 모습이 보일 리 없다. 천장이 삐걱거리는 소리 같은 사소한 정보로 사브레의 마음 상태를 알면 좋겠다고, 기대하지 않으면서 귀를 기울였다.

당연히 알 수 없다.

불안해진 건 나뿐일 수도 있다. 조금쯤은 좋은 기회라고 생각했을지도.

괜찮냐고 갑자기 방을 찾아가는 건 역시 아웃이지. 자고 있으면 싫어할 테고.

메시지 정도라면 괜찮을까, 미처 못 봐도 내일 "미안해, 잤어"라고 말하면 끝이다.

마음을 정하지 못했으나 손을 뻗어 머리맡에 둔 스마트폰을 찾았다. 손에 쥐고 눈앞으로 가져와 터치하자 하얗게 빛이 쏟아졌다. 아무런 알림이 없었다.

메시지를 열어 괜찮으냐고 쓰고 지우고, 타나토포비아는 어디 갔냐고 쓰고 지우고, 하고 싶은 말이 있다고 쓰고, 결국 지웠다.

스마트폰을 원래 있던 곳에 놓고 손으로 더듬어 충전기에 꽂았다. 준비한 말 전부 사브레에게 전해질 것 같지 않았다.

또 할아버지의 기침 소리가 들렸다. 이번에는 몇 번이나 연속으로.

두 번이나 세 번 연속한 기침은 어젯밤에도 들렸다.

오늘 밤에는 그 기침이 오래오래 이어졌다.

슬슬 괜찮을지 걱정된 시점에서 하나가 아닌 물건이 바닥에 떨어지는 소리가 났다.

동시에 기침 소리가 들리지 않았다.

몇 초간 이불 속에서 고민하다가 역시 신경 쓰여서 일어났다.

복도 쪽에도 있는 슬라이드 문을 열어 더듬더듬 복도 불을 켰다. 찰박찰박 발소리를 내며 할아버지 방 앞에 섰다.

노크하려다가 만약 아무 일도 아니라면 그게 더 시끄러울 것 같아 마음을 바꿨다. 조심스럽게 목소리를 냈다.

"괜찮으세요?"

대답이 없다. 아까 소리를 들었으면 깨지 않을 리 없다. 아니면 나이 든 사람은 잠을 깊이 자나.

일단 문에 거의 닿을 듯이 귀를 댔다.

안에서 희미하게 틈새 바람 같은 높은 소리와 세탁기의 배수 같은 소리가 들렸다.

그게 뒤섞인 소리, 동아리 활동을 하며 들은 적 있다.

과호흡이다.

깨달은 동시에 문을 열었다.

복도의 불 덕분에 방 안쪽 침대에 앉은 할아버지와 바닥에 구르는 컵, 젖은 카펫이 보였다.

달려가 무릎을 꿇고 말을 걸었다. 그러나 비상사태이기

때문일 테지, 할아버지는 나를 노려보는 것처럼 보기만 했고, 어떻게든 호흡하려고 괴로워하느라 아무 말도 못 했다. 대신 머리 위 선반에 손을 뻗으려 했다.

정말 과호흡일까, 아니면 다른 병일지도 모른다. 과호흡이면, 처치를 잘하면 괴로워하던 동아리 선배도 목숨에 지장은 없었다고 한다. 그건 젊어서 그럴지도 모른다. 할아버지는 건강해 보이지만 일흔 살을 넘었다.

최악으로 죽으면?

"사브레를 불러올게요!"

벌떡 일어나 나는 방에서 나갔다. 할아버지에게 한 말을 곧바로 배신해 우선 다다미방에 가서 스마트폰을 움켜쥐고 계단을 올라갔다.

"사브레!"

방 앞에 서서 부르자 1초도 지나지 않아 문이 열렸다. 깨어 있었을 테니 내 발소리를 들었겠지.

"무슨 일이야?"

눈이 휘둥그레진 사브레에게 말하려는 입과 스마트폰으로 119를 누르려는 손이 맞물리지 않아 순간 얼어붙었다. 그래도 어떻게든 두 가지 회로를 구분해서 일단 손의 움직임은 멈추고 사브레에게 사실만 말했다.

"할아버지가 숨을 못 쉬고 괴로워하셔."

"뭐?"

"나, 구급차 부를 테니까 사브레, 할아버지를 부탁해."

사브레의 반응을 기다리지 않고 계단을 내려가 이번에야말로 119를 눌렀다. 사브레도 바짝 따라오는 것을 느꼈으니까 돌아보지 않았다.

복도로 뛰어내리는데, 호출음이 금방 연결되었다. 처음 하는 경험이라 긴장했는데 그럴 상황이 아니다.

"네, 119 소방서입니다. 구급인가요? 소방인가요?"

병원이 아니라 소방서로 연결되는 것도 이번에 처음 알았다. 이런 때인데도 어째서인지 시끄럽지 않게 하려고 거실로 이동했다.

"구급입니다! 할아버지가 기침하다가 숨을 못 쉬셔서."

"구급차가 필요할 것 같나요?"

"어, 할아버지 이외에 고등학생만 있으니까 부탁합니다!"

"알겠습니다. 주소를 알려주세요."

주소? 말을 듣고 마침 테이블 위의 봉투가 시야에 들어왔다. 집어 들어 적힌 문자를 그대로 읽었다.

"알겠습니다. 바로 출동하겠습니다."

그런 다음에 다시 증상에 관해 물었다. 나는 또 아까 본 대로 솔직하게 말했다. 다음으로 성별, 나이, 지병에 관해서. 나이는 대충이어도 되겠지만 지병은 모른다. 나는 사브레에게 전화를 바꾸는 게 좋겠다고 판단해 급하게 할아버지 방으로 갔다.

방 안에서는 할아버지가 등을 쓰다듬는 사브레의 손길을 받으며 어떤 도구를 입에 대고 있었다. 비슷한 걸 본 기억이 있었다.

시선이 마주쳐 사브레에게 사정을 설명하고 전화를 바꿔주었다. 사브레는 할아버지의 등에 손을 댄 채 전화를 받았다. 나는 할 일이 없어져서 일단 필요할지 불필요할지 모를 물을 냉장고에서 가지고 왔다.

"네, 원래 알고 있었어요. 빈번한 일은 아닌 것 같아요. 네. 지금은 흡입약이요. 흡연자예요. 네, 네. 저는 손주고 구시로 쓰카사입니다. 이 전화번호는 자러 온 친구 거예요. 네, 잘 부탁드립니다."

냉정하게 대답하는 모습에 내가 감탄할 틈도 없이 사브레는 전화를 끊고 스마트폰을 돌려주었다. 할아버지의 등을 다시 쓰다듬었다. 나도 두 사람과 시선을 맞추려고 무릎을 바닥에 꿇었다.

잠시 말이 사라지자, 할아버지의 호흡 소리가 차분해진 것 같았다. 같다고 표현한 것은, 내가 작아졌다고 느꼈을 뿐이고, 단순히 그러기를 바라는 마음일지도 모른다고 생각했으니까.

그런데 역시 현실이었다. 할아버지는 옆에 앉은 사브레를 보고 이어서 나를 보더니 기구를 입에서 뗐다.

"……미안하구나."

잠길 대로 잠긴 목소리여서 도로를 따라 걷는 중이었다면 전혀 듣지 못했겠지만, 그 말을 듣고 목숨이 위험한 지점을 넘겼다는 생각에 나는 안도했다.

안도하고.

동시에 정체불명의 싸늘함이, 걱정으로 꽉 찬 가슴의 빈틈새를 스친 것 같았다. 여름과 안 어울리는 냉기를 몸 안에서 느꼈다.

나도 모르게 티셔츠 가슴팍을 움켜쥐었다.

몸은 오히려 조금 뜨끈뜨끈할 정도였다.

"할아버지, 원래 천식이 있으셔."

방금 느낀 감촉의 정체를 파악하려는데, 사브레가 설명했다. 그 말을 듣고 할아버지가 입에 댄 도구와 비슷한 것을 초등학생 시절 동급생이 썼던 기억이 났다.

"곧 구급차가 올 거고, 일단 병원에서 검사해 보는 게 좋겠다고 했어요. 할아버지, 괜찮아졌으면 보험증 어디 있는지 알려주세요."

나는 굳이 지금 옆에 굴러다니는 컵을 주웠다. 할아버지는 말없이 선반 위를 가리켰다. 선반 위에 지갑이 있으니까 아마 거기 들어 있다는 거겠지. 사실 첫날부터 조금 웃을 뻔했는데, 지갑에 번쩍번쩍 금박으로 해골 무늬가 수 놓여 있었다. 인제 와서 우스갯소리로 언급할 수는 없다.

"걱정을 끼쳐서 미안하다, 쓰카사, 세토 군."

이번 사과는 조금 전보다 훨씬 선명하게 들렸다. 증상이 진정되었나 보다. 나도 사브레도 입을 모아 "아니에요"라고 대답했다.

"증상 자체는 평소, 종종 있었는데, 설명을, 미처 안 했구나."

거칠게 숨 쉬는 할아버지의 말을 뒤덮으며 희미하게 사이렌 소리가 들렸다. 소리가 점점 가까워졌다. 내가 먼저 일어나 현관으로 가서 신발을 신고 문을 열어 고정했다. 감지 센서로 켜진 조명을 목표로 삼은 것처럼 소리와 빛이 다가왔다. 가까이에서 본 구급차는 이미지보다 커서 낮에 박물관에서 봤던 전시가 잠깐 생각났다.

그리고 또 아까 그 냉기가 가슴에 꽂혔다.

바깥바람은 아니다. 밖은 시원한 정도다. 긴장이 풀리는 감각과도 좀 다른 것 같다.

아무튼 구급대원을 안으로 들여 방으로 안내했다. 우리가 만든 어프로치는 발판으로 제 역할을 해줄까.

사브레도 뒷일은 맡기는 게 좋겠다고 생각했으리라. 방에서 나와 복도에 둘이 나란히 서서 멀리서 지켜보았다.

구급대원과 할아버지의 대화를 대충 들으며 사브레를 보자, 사브레도 이쪽을 보고 있었다.

"고마워, 메메."

"아니야, 너무 당황해서 구급차까지 불렀는데 할아버지는 평소에도 그런다고 했으니까 안 부르는 게 나았나?"

어쩌면 실수했다는 불안이 가슴에 꽂힌 냉기와 관계있을지도 모른다고 생각했다.

"아니야. 구급대원도 만약을 위해 검사해야 한다고 했으니까 메메가 옳았어. 나 혼자였으면 생각이 못 미쳤을 거야. 정말 고마워."

도움이 되었다면 다행이다. 그 생각은 진심이었다. 그런데 심장이나 폐 부근의 위화감이 사라지지 않았다. 신경 쓰인다. 그러나 이런 상황을 겪어본 경험이 애초에 처음이니까 긴급사태에 처하면 초조함과 긴장감이 뒤섞인 묘한 감각을 느끼는 걸 수도 있다.

기다리던 중에 열어둔 현관을 문득 봤는데, 어둠 속에 붉은 조명을 받은 사람 그림자가 보였다. 헬멧도 쓰지 않았으니까 구급대원은 아닌 것 같다. 혹시 불난 집을 털러 온 도둑인가 긴장하다가 금방 깨달았다. 구급차가 서 있으면 사람이 있다는 뜻이니까 도둑이 올 리 없다.

일단 누군지 확인하는 편이 좋겠지. 사브레에게 말한 후, 나 혼자 밖으로 나갔다. 얼굴을 보자, 그 사람은 도망치기는커녕 인사하며 다가왔다. 그제야 생각났다. 거기 서 있는 사람은 그저께 낮, 오픈카를 몰던 햇볕에 잘 탄 아저씨였다.

아저씨는 위압적인 차와 어울리지 않는 말투로 "걱정되어서 살피러 왔습니다"라고 말했다. 나도 아저씨의 나긋한 태도에 맞춰 간단히 사정을 설명했다. 만약을 위해 병원에 검사하러 간다고 전하자, 아저씨는 "오늘 밤은 일어나 있을 테니 이동하거나 도울 일이 있으면 언제든 말해요"라며 전화번호를 줬다. 카스텔라 할머니도 그렇고 이웃 사람들이 다정하다. 나도 맥이 빠져서인지 '오픈카로?'하는 생각이 들어 조금 웃겼다.

집에 돌아와 사브레에게 아저씨 이야기를 전하는데 바로 구급대원이 방으로 오라고 불렀다. 이제부터 만약을 위해 폐와 심장 검사를 받으러 할아버지를 병원에 옮기겠다, 본인의 의식이 명료하니까 같이 올 필요는 없다고 설명을 들었다. 입원 가능성이 제로는 아니라는 말도. 우리를 본 할아버지가 "금방 돌아오겠지만 뭔가 일이 생기면 연락할 테니 자고 있으렴"이라고 말했다. 말투에 조금 어색함이 남았어도 호흡이 차분해서 안심했다. 시간에 여유가 있어서 어른들에게 옆집 아저씨 이야기를 했다. 할아버지도 그 아저씨에게 연락하겠다고 하며, 본인이 부재한 동안 언제든 그 사람에게 도움을 청하라고 했다. 알고 보니 낚시 동료였다.

현관 앞에서 구급대원들과 할아버지를 태운 구급차를 배웅했다.

붉은 램프가 보이지 않자, 사라졌던 것처럼 의식하지 못

했던 벌레나 개구리 소리가 일제히 들렸다. 오픈카를 타는 아저씨 집의 불빛이 멀리 보여서 믿음직스럽다.

사브레와 둘이 얼굴을 한번 마주 보고, 거의 동시에 한숨을 쉬고 집으로 들어왔다. 문을 잘 잠그고 신발을 벗었다.

"나 일단 이로하네 어머니한테 연락해 둘게."

사브레가 그렇게 말하고 서둘러 계단을 올라갔다. 그건 해두는 편이 좋을 것이다. 그러나 만약 이대로 사브레가 내려오지 않아 혼자 남으면, 이상하게 들뜬 이 느낌을 어떻게 하면 좋을지 모르겠다.

하얀 불빛에 마음이 초조해지는 것 같아 거실 상야등을 켜고 냉장고에서 보리차를 꺼내 컵에 따라 마셨다. 위장으로 차가운 감각이 내려갔다. 조금 전 심장을 찌른 차가움과 비슷했다. 나도 몸이 좀 안 좋나?

걱정은 되지만 일단은 한숨 돌렸다.

이대로 바로 자는 건 어렵겠다. 공연히 거실 커튼을 젖히고 창가 의자에 옆으로 앉아 밤하늘을 올려다보았다. 투명한 유리 너머로 달이 보인다.

보리차 한 모금을 마실 때마다 검사는 어떤 검사일까, 만약 본격적으로 상태가 안 좋으면 내일 어떻게 하면 좋을까,

걱정까지는 아닌데 멍하니 생각을 이리저리 굴렸다.

내가 한 행동이 성급했을지도 몰라 순간 당황했는데, 사브레도 괜찮다고 말했고 결과적으로 정답이었다.

신기하게도 고작 몇십 분간 벌어진 소동의 단편이 지금은 벌써 추억으로 머릿속에 되살아난다. 조금 부끄러운 이미지로 표현하면, 우러러본 달에 추억이 비친다.

그 표현과 상황이 뒤죽박죽이라 내가 생각해도 웃고 말았다.

설마 이 며칠 중 제일 평온했던 오늘의 마지막에 이런 일이 일어날 거라곤 생각도 못 했다.

설마 이런.

이벤트가 생기다니.

이번의 냉기는 통증을 동반했다.

나는 진정하려고 아직 보리차가 남은 컵을 테이블 끝에 가만히 내려놓았다. 할아버지처럼 바닥에 떨어뜨리지 않았다.

몸 외부에는 조금 전까지의 흔적으로 열기가 약간 남았지만 거의 평상시 상태다. 동아리 부실에서 옷을 갈아입고 테니스 코트로 나갈 때 정도의 느낌이다. 몸에 문제는 없어

보인다.

테니스부라면 지금부터 움직여서 정직하게 심박수와 호흡수를 높인다. 몸 중심부터 손끝 발끝으로 힘을 보내는 이미지를 품고.

지금 정반대의 일이 생기려 했다. 몸의 말단부터 시작된 진동이 싸늘함을 노리고 차츰차츰 중심으로 모이는 듯한 기분 나쁜 예감이 있었다.

그런 예감이 왜 드는지, 무엇인지도 모르겠다. 경험한 적 없다.

잘 모르는데도 머릿속에 또렷하게 그리면 절대로 안 될 것 같았다. 그걸 지녔다는 사실을 깨달으면 안 될 것 같았다. 그러니 밀어내고 쫓아내려 하는데, 접촉한 마음 일부에 깊이 스며들었다.

서서히 퍼지는 그것은 내가 깨달으려 하는 감정의 존재를 확실히 드러내려고 내 눈앞에 수많은 기억을 들고 왔다. 시기도 계절도 제각각이며 색이 짙은 부분들을 골라 들이밀었다.

마치 남 일처럼 나답지 않게 마음이 복잡하게 움직인다는 자각만 있었다.

다시 되짚는다. 사브레가 같이 가자고 한 그날을.

같이 가겠다고 한 이유는 사브레를 좋아했기 때문만은 아니었다.

어린 시절 장례식장이 즐거웠던 이유는 축제 같았기 때문만은 아니었나?

이로하의 집에서 죽은 아저씨의 방을 열었을 때의 감상도 맥 빠진 것만은 아니었나?

아까, 마음속에 드리운 것을 넘어 쿡 꽂혔던 냉기가 다시 찾아왔다.

할아버지에게 무슨 일이 생겼을지도 모른다고 생각한 순간, 사브레를 부른 순간, 119에 전화한 순간, 현관을 열고 구급차를 기다린 순간, 내가 느낀 건 걱정이나 걱정에서 빠져나온 안도감, 그것만은 아니었나?

어이.

이벤트라니 뭐야.

이제 끝나 버린다.

부족한 것 같아서.

지루했으니까.

그걸 보충하려고?

손끝에서 시작한 강렬한 고동이 몸 중심에 도착했다.

심장 리듬에 맞춘 듯한 발소리가 등 뒤에서 들리고, 거실에 사람 그림자가 나타났다.

나는 유령과 마주친 것처럼 의자에서 즉각 일어났다.

"이모님한테 메시지만 보내놨어. 메메, 왜 그래? 왜 서 있어?"

"아니, 그냥."

"마음이 왠지 불안해? 나도 그래."

사브레가 가볍게 웃으며 부엌으로 가 나처럼 보리차를 컵에 따라 돌아왔다.

"상야등을 켜놔서 좋다. 조금 차분해지는 것 같아."

"그러게."

"창문 열어도 돼?"

"응."

사브레가 두 장 나란한 창문의 오른쪽을 열자, 바깥에서 바람이 휘익 불었다. 당연히 실내보다 쌀쌀해서 바람이 팔뚝을 스칠 때 무심코 피했다.

내 동작을 알아차리지 못하고 사브레는 다리를 구부려 그 자리에 책상다리로 앉아 바닥에 컵을 놓았다. 서 있는 내가 걷어차지 않게 할 생각이겠지, 반대쪽으로 조금 멀리 떨어뜨려 놓았다.

그런 과잉 배려를 보자 이유는 모르겠는데 동요했다.

내 마음이 중요한 것에서 시선을 피하려고 하는 것이 끔찍하도록 내게 전해졌다. 내가 내게 전한다니 이상한 말이다.

"설마 이런 일이 생길 줄이야."

"그러게."

"아무 일도 없었으면 좋겠는데."

"응."

"메메, 계속 서 있네."

위에서 들리는 목소리가 부자연스러웠는지, 사브레가 바로 위를 쳐다보고 조금 어긋난 눈동자의 초점을 내게 맞췄다. 눈이 마주쳤다.

"아, 혹시 여기 앉고 싶었어? 비킬게, 비킬게. 바람이 딱 좋다."

내가 대답하기 전에 오른쪽으로 비킨 친구의 착각을 정정할 여력은 신사로 가는 계단을 올라가는 도중인 그녀만큼이나 없었다. 나는 묵묵히 빈 자리에 앉았다. 사브레의 말대로 차가운 바람이 적당하게 팔뚝과 다리에 달라붙었다.

불쾌함을 더는 견딜 수 없었다.

"사브레."

"응?"

그래서 무심코 불렀고 대답까지 들었는데, 그러면서 아무것도 말하지 않았다.

부자연스럽다고 여기지 않길 바라는 건 당연히 무리다. 사브레가 이쪽을 보는 것이 옷감 스치는 소리와 남자에게서 절대 나지 않을 냄새의 변화로 알았다.

내가 말할 차례다. 어떻게 생각해도. 그러나 뱉어내려는 이 불쾌함을 사브레에게 보여줘도 될 것 같지 않아 삼켰다.

뱉으면, 사브레가 나를 싫어한다.

"메메?"

"아니, 미안."

"응."

나는 오른쪽 무릎을 세우고 눈만 돌려 사브레를 봤다. 사브레는 멀뚱멀뚱하더니 내 반대편에 놓인 컵을 들어 보리차를 마셨다. 삼키는 소리가 들렸다.

"메메."

"응."

"말해."

단순히 아침에 했던 말의 보답인지 친구로서의 배려인지 모르겠다.

어느 쪽이든 지금은 사브레가 나보다 훨씬 더 마음이 혼란스러울 것이다. 자기 할아버지의 상태가 갑자기 안 좋아졌고 구급대원에게 전부 설명해야 했고, 심지어 자기가 계획한 여행 도중에 이런 일이 생겼다.

말을 들어줘야 하는 건 나일 것이다.

사브레야말로 뭔가 하고 싶은 말이 있으면 말하라고.

그런 식으로 상황을 넘길 수도 있었다.

그저 솔직해지면, 계속 입 다물고 있기는 어렵다고 직감했다.

바로 옆에 앉았으니까 알아차렸을지도 모를 심장 소리와 호흡 소리는 그렇다 쳐도.

할 수 있겠는가, 앞으로 계속 친구로서, 어쩌면 연인이나 가족으로서 이 끔찍한 기분을 사브레에게 계속 감추는 것이.

나중에 또 힘을 빌릴 날이 있을 거라고 말한 할아버지의 얼굴이 떠올랐다. 스스로 생각할 줄 아는 인간이라고 말해 준 할아버지의 얼굴이 떠올랐다.

나는, 분명 나를 그런 인간이라고 생각하지 않았을 것이다.

그걸 입 다물고 언젠가 사브레와 함께 여기에 또 올 것인가, 할아버지와 웃으며 밥을 먹을 것인가.

"사브레."

나는 그럴 수 없다.

사브레는 빤히 나를 보던 시선을 방충망 밖으로 돌렸다. 말하기 편하게 해준 것이다. 그 정도로 토해내기 편해지진 않아도 다정함을 느꼈다.

"나, 끔찍한 녀석이었어."

말이 거실 안에만 진하게 남은 것 같다. 창문이 열려 있는데 바람에 휩쓸려 흘러가지 않았다.

아직 딱 한 마디뿐인데 너무 한심하다, 나는 남자인데. 걷어차였을 때의 한라이도, 고백하고 차였을 때의 더스트도 아마 자길 한심하다고 여기지 않았을 텐데, 나는 자신의 끔찍한 기분을 알았을 뿐인데, 아프지도 않으면서.

사브레가 앞을 본 채 고개를 기울였다.

"생존 영화나 전쟁 영화나 재난 영화를 좋아하는 건, 줄곧 사브레와 마찬가지로 아슬아슬한 장면에서 보이는 생명 에너지 같은 걸 좋아해서인 줄 알았어. 너를 쫓아온 것도 자살한 사람이나 주변 사람이 무슨 생각을 하는지 흥미가 있어서고, 살아 있음을 느끼고 싶은 건 줄 알았어. 어렸을 때 장례식에서 소란을 피운 것도, 생명이 응축된 분위기가 있어서 그런다고 네가 말했으니까 그렇게 이해했어."

부끄럽다. 여자에게 기대려 한다. 다음에 이어질 말을 물어봐달라는 뉘앙스로 말했다.

"그런데 아니었어."

입에 고인 침을 삼켰다.

"나는, 그."

호흡을 잊은 것 같아 허둥지둥 한번 크게 들이쉬었다. 그럴 리 없지, 공기가 없으면 말할 수 없고, 만약 오랫동안 그런 상태였다면 죽었다. 그러나 정말로 그런 것 같았다.

그 틈을 노렸는지, 아니면 어쩌다 그런 건지, 사브레가 나를 힐끔 봤다. 또 아무 말 없이 고개를 가볍게 두 번 끄덕이고 다시 시선을 피했다. 한심한 인간이라고 어이없어하는 건지도 모르나 그렇게 해줘서 고마웠다. 사브레가 나를 봤다면 분명 말하지 못한다.

"아까."

눈가를 훔치면 들키겠지.

"할아버지가 위험할지도 모를 때, 나는 두근거렸어."

사브레는 계속 밖을 본 채 움직이지 않았다.

기가 막힐 테지, 당연하다. 그런데 사브레가 어이없어하고 화를 낼 걸 알면서도 한 번 내뱉은 말은 멈추지 않았다. 마음에 박힌 냉기가 사라지지 않으니까.

"나는 사브레와는 달랐어. 생명 에너지를 느끼고 싶은 게 아니었어. 나는 죽음을, 재미있어해. 나는 끔찍한 인간이야. 전혀 몰랐어."

얼마 전 사브레를 보며 생각한 것이 지금 내게 되돌아왔다. 그건 아마도 역 근처 대형 목욕탕에서였다.

냉정한 녀석은 본인이 냉정한지 신경 쓰지 않는다. 에비나가 전혀 그러지 않는 것처럼.

내가 전혀 그러지 않는 것처럼.

"미안해, 사브레."

사브레는 여전히 아무 말 없이 한 번 더 차를 마셨다.

나는 이때껏 내가 지닌 끔찍한 부분조차 잘 몰랐다. 그래도 옆에 앉은 친구의 성격이라면 어느 정도는 안다.

친해지고 좋아하게 되면서 계속 생각했다. 이 나흘간도 계속.

그러니 지금 얼마나 화가 났더라도 사브레가 갑자기 폭발하지는 않을 것을 안다. 아마 우선은 생각한다. 그 후에 자기 의견이나 생각을 고른다. 그러니 한동안은 침묵을 견뎌야 한다.

"메메."

그런 기대가 금방 깨졌다.

불린 것은 본명이 아니다. 멍청해 보이는 양 울음소리. 사브레가 그렇게 말하며 나를 바라봤으니까 분명 나를 부른 것이다.

"있잖아."

상야등 불빛을 받은 눈에 빨려 들어갈 것 같다.

그 눈을 보고, 나는 또 사브레의 반응을 유도하려는 말투를 썼다는 걸 깨달았다. 그래서 예상과 다른 반응이 와서 두려웠다.

"사브레, 잠깐만."

막았으나 다음 말이 떠오르지 않아 결국 "아니야" 하고 고개를 젓고 사브레에게 주도권을 넘겼다. 사브레는 코로 크게 숨을 쉬었다.

"그러면 내가 생각한 바를 말해도 돼?"

사실은 싫다. 내 답답함을 토하고 싶은 만큼 토해내고 그걸 일방적으로 들어달라고 했는데 긍정적인 말이 돌아올 리 없다.

알면서도 그러라고 할 수밖에 없었다. 한심한 꼴을 더는 보이고 싶지 않았다.

"응, 그래."

"네가 한 말이 정말이라면, 끔찍한 녀석이네, 메메."

조금 전에 나도 그 사실을 확실하게 깨달았다.

그러나 어딘가에서 그렇지 않다고 부정해 주길 기대했다. 그러니 내 바람대로 되지 않은 현실이 슬프고 조금 울컥했고, 부끄러운 감정까지 뒤섞여 몸이 뜨거워졌다. 열이 단숨에 오른 것 같았다. 내 몸을 지탱하는 것을 늘리려고 오른손을 바닥에 댔다.

그랬더니 마침 거기에 사브레의 손이 있었다. 평소라면 바로 손을 치운다.

그러나 끔찍하다는 말을 들었고, 형편없어 보일 테고, 이제 나를 싫어하겠다고 생각했더니.

무심코 붙잡았다. 아무것도 쥐지 않은 사브레의 손을.

그랬더니 예상보다 빠르고 세차게 사브레가 나를 뿌리쳤다.

"뭐 하는 거야, 갑자기! 놀랐잖아!"

"아, 미안."

놀라서 사과했다. 사브레가 고개를 갸웃거렸다. 나도 이런 타이밍에 처음 손을 잡을 생각은 없었다.

"혹시 내가 끔찍한 녀석이라고 해서 너한테서 도망칠 줄 알았다거나, 뭐 그런 거야?"

"……뭐, 그렇지."

"도망치지는 않아."

살짝 웃은 사브레의 얼굴이 평소보다 흐릿한 인상으로 보였다. 믿을 수 없어서 그런지도 모른다. 도망치지는 않는다의 '치지는'이 걸렸다. 사브레도 아닌데 유난히 민감해졌다.

"메메, 그 두근거림이 정말로 할아버지가 위험하다고 생각해서인지 아닌지 좀 더 생각해 볼 여지가 있어."

적어도 나는 똑똑히 느꼈는데.

"또 지금부터 하는 말이 얼마나 너한테 위안이 될지는 모르겠는데."

늘 그렇듯이 사브레는 조금 번거로운 말투를 쓴다. 위안?

"혹시 긍정적인 작용이 있을지도 모르니까 말할게. 괜찮아?"

"응."

"메메가 제법 나쁜 녀석인 거, 나는 굳이 듣지 않아도 알고 있었어."

거울로 확인하지 않아도 알 정도로 나는 눈을 동그랗게 뜨고 사브레를 봤다.

사브레는 상야등 불빛을 받으며 진지한 표정을 짓고 있었다.

"메메랑 같이 있으면 조금 어라, 싶은 면이 있어. 나는 사소한 부분을 신경 쓰니까."

"어, 어떤 점?"

"예를 들어서 말해도 돼?"

"응. 있다면."

"지금부터 나, 되게 싫은 말투를 쓸 거야."

마음가짐을 단단히 할 여유도 없이 사브레가 "자각하지 못할 수도 있는데"라고 말을 이었다.

"메메, 자기가 손해를 보지 않을 상황에서만 정면에 나서지. 어떻게 하면 좋을지 모르는 상황에서는 기본적으로 다른 사람을 먼저 보내. 이것도 어렴풋하게 이어질지 모르겠는데, 나이 많은 남자에게는 기본적으로 굽실거려. 뭐, 계속 스포츠맨 사회에 있어서 그럴 수도 있겠지. 남자와 여자 상대로 존댓말을 다르게 쓰더라."

사브레는 단정적으로 말하고 또 보리차를 마셨다.

아무런 반응도 할 수 없었다.

앞부분을 들은 시점에서 머리가 받아들이기를 일단 거부한 것처럼 의미를 이해하기까지 몇 초간 시차가 있었다. 간신히 이해한 후, 내 머릿속에 요 며칠간의 일이 떠올랐다.

이어서 조금 전과는 비교도 안 될 정도의 맹렬한 수치심이 온몸을 꽉 채웠다. 과도하게 끓어오른 열기에 끝내 귀와 머리 사이의 어딘가가 급히 차단되고 말았다. 뒷부분은 듣지 않은 것이나 마찬가지다. 내 안에서, 연약하고 한심한 내 행동과 앞서가는 사브레의 등과 말이 여러 차례 플래시백 했다.

나를 그런 식으로 봤나.

사브레를 당당한 녀석이라고 여겼던 것은 내가 물러났기 때문이다. 그렇지 않다고 받아칠 재료가 하나도 없으니까, 여자를, 그것도 좋아하는 아이를 방패로 삼았던 내가 그저 한심해서 미칠 것 같았다. 나를 그렇게 보는 줄도 모르고 사브레와의 사이를 진전시키고 싶다고 생각한 것도.

사라지고 싶었다.

사실은 당장 몸을 감춰 사브레가 한동안 나를 잊어주길 바랐다. 이유가 조금만 더 있었다면 도망쳤을지도 모른다. 그러나 그런 짓을 하면 또 도망쳤다고 생각할 것이다.

어쩌지도 못하고 최소한 사브레에게서 시선을 피했다. 몸의 중심도 그녀의 반대쪽으로 옮겼다.

그것까지 느끼고 한심하다고 생각했는지, 옆에서 한숨 섞인 웃음이 들렸다.

"우리, 붙잡혔네."

그 말은 앞부분이 잘린 것처럼 갑작스러워서 의미를 알 수 없었다.

"좋은 면에서도 나쁜 면에서도. 자유롭지 않아."

갑자기 오른팔을 붙잡혔다.

불시의 접촉에 놀라 무심코 뿌리쳤다. 여기에는 나와 사브레뿐인데. 아무리 갑작스러워도 왜 그랬냐고 후회해도, 설마 또 잡아달라고 할 수는 없다.

왜 이러는 거야, 갑자기.

"아, 아까의 복수?"

"그건 그런데 네 기분도 알 것 같아서. 또 놀랐던 내 기분도 알았지?"

나의 어떤 기분인지는 알려주지 않으면서.

"나는 말이야."

사브레가 자기 이야기를 했다.

"나는 아까 할아버지 등을 쓰다듬으면서, 할아버지가 이대로 돌아가셔도 별로 슬프지 않겠다고 생각했어."

마음의 작용에 민감하게 반응했는지, 움찔한 내 몸이 바로 뒤 의자에 닿았다. 그 의자가 테이블에 부딪힌 탓에 보리차가 담긴 컵이 러그에 떨어지는 소리가 났다.

"……왜?"

"그것도 생각했어. 요 며칠간을 지내면서 깨달은 거야. 그건 내가 타나토포비아에서 탈출한 이유이기도 하고, 이로하가 나한테 화를 낸 이유이기도 한 것 같아."

너무도 단순한 질문에 사브레는 평소와 같은 말투로 대답했다.

"나는 사람이 죽는 것 자체가 아무래도 상관없는 것 같아."

또 약간 독특한 가치관을 말했다.

"내가 무서워하고 슬퍼하고 동정하는 건, 아마 죽음이

아니라 원통함이야. 나는 틀림없이 죽고 싶지 않은 게 아니라 아직은 죽고 싶지 않은 거야. 그러니까 어른이고 나이를 먹어서 손주도 건강하게 고등학생까지 되었고 아내도 이제 없고 인생을 만끽했을 할아버지가 죽어도, 나는 그다지 슬퍼하지 않을 거야. 그걸 안 게 이번 여행에서 얻은 나만의 성과이려나."

이 자리에는 우리 둘뿐인데 이로하 같은 사람이 불경하다고 또 노려보는 기분이었다.

"그래도 할아버지는 당연히 좋아하니까, 평범하게 작별을 슬퍼하지 못하는 나는 너무너무 끔찍한 인간이지 않을까. 상식이나 양식을 생각하면 괴롭기도 해."

"끔찍한 인간이라니, 그건."

그렇지 않다고 말할 재료가, 이번에도 없었다. 적어도 내 안의 상식으로는, 좋아하는 사람과의 작별은 슬퍼해야 하는 것이며 가족이라면 더 그렇다. 어쩌면 그런 점이 바로 붙잡힌 것일까.

간신히 조금 전에 사브레가 알 것 같다고 한 내 기분이 무엇인지 짐작했다.

"도망 안 치니까!"

사브레가 느리게 숨을 내쉬었다.

"언젠가 메메가 죽었을 때, 이 녀석 꿈도 이뤘으니까 괜찮다고 생각할지도 모른다."

"그럼 나는 사브레 장례식에서 날뛰고 있을지도."

"그건 오히려 그렇게 해주라. 약속이야."

사브레가 비교적 진지한 음색으로 말했다. 생각해 보니 나도 그렇게 해주면 좋을지도. 어릴 때 갔던 장례식을 회상했다. 어른들 모두 울어서 하나도 안 즐거워 보였다.

내가 고개를 끄덕이자 나직한 웃음소리가 들렸다.

이때는 아직 깨닫지 못했다. 심장의 격렬한 고동이 몸 중심에서 서서히 도망치기 시작했다.

대신 발끝이나 손끝이 차츰차츰 간질간질해졌다.

그 자그마한 진동이 순식간에 또다시 몸 중심으로 모인 그때, 비로소 내게 변화가 생긴 것을 알았다.

친구의 행동 의미를 한 번 더 되짚었다.

사브레도 내가 도망치지 않았으면 좋겠다고 생각했을까.

자기 할아버지가 목숨의 위기에 처했을 때 마음이 들뜬 나 같은걸. 좋아하는 여자를 방패로 삼은 나 같은걸.

사브레와 시선이 마주쳤다.

사라지고 싶은 기분을 빼앗겼다.

그 대신에 유례없이 울렁거리는 감정이 생겨나서, 당장 고백의 말을 만들어 낼 뻔한 것을 이를 악물어 참았다.

그건 절대로 지금 해도 될 말이 아니다.

이 상황은, 장소도 장면도 전부 사브레가 결정하기 어렵게 한다.

우리의 나쁜 친구가 했던 말을 이제야 조금 이해했다. 나 역시 비슷하게 나쁜 녀석이란 걸 자각했기 때문일까.

"……나도 그렇지만, 사브레도 나쁜 녀석이었네."

"그러게. 몰랐어?"

"그냥 좋은 녀석이라고 생각한 적은 없는데, 아무리 그래도 나를 겁쟁이라고 생각했으면서 말하지 않고 자유롭게 내버려두다니 너무 심하다. 만약 다른 점도 있으면 지금 말해줘."

"음, 뭐가 있지."

생각하기 시작해서 그렇게 쉽게 나오진 않는구나 싶어 안심했는데, 사브레가 검지를 내게 향했다.

"내 것도 말해주면 말할게."

"응, 그럴게."

말하겠다는 건 있다는 뜻이니까 들어야만 했다. 한편 사브레의 그런 점이 있는지 생각했는데, 의외로 찾아냈다. 나쁘다기보단 신경 쓰이는 정도다. 사브레처럼 세심하게는 아니다.

"그럼, 이번에도 일부러 너한테 좀 심하게 말할 건데."

"빨리 말해라."

"메메, 에비나나 한라이 얘기를 할 때, 아주 조금 건방져 보일 때가 있어. 내가 걔들을 이해해 준다는 듯한 느낌."

"그건, 진짜 전혀 자각이 없네. 에비나가 건방지다면 이해하겠는데."

"그러게. 누구에게나 있는 면일지도? 나한테도 있을 테고. 이제 메메 차례. 아, 내 차례라고 하는 게 알기 쉽나?"

"나쁜 건 아닌데 하필 그쪽이냐고 지적하고 싶은 것이라면 있어."

"빨리 말해."

"이로하 집에서 나오고 사브레가 한 방 먹었다고 한 거. 그거 그 아이의 기분을 생각해서 반성한다는 의미라고 생각했는데, 타나토포비아 이야기를 듣고 결국에는 본인 일이었냐고 잠깐 생각했어."

마무리가 약해진 것은 심한 말 같아서 걱정했으니까. 상처를 주긴 싫다.

내 걱정과 달리 사브레는 몇 번 고개를 가볍게 끄덕였다.

"그건 자각했어. 그래서 나도 되게 낙담했어. 다른 사람의 기분을 숙고하지 못하는 인간이다 싶어서."

"숙고하다?"

"숙고하다."

"호오."

"이로하가 한 말에도 물론 충격받았고, 고민도 했어. 그래도 뭐, 결국 흥미가 있으니까 물어보러 간 건 이로하 말이 맞으니까, 나한테는 여름방학 추억이라고 뻔뻔하게 굴기로 했어."

"나쁜 녀석이네."

"덧붙여서 자기가 행동해 놓고서 낙담하고 뻔뻔하게 굴기로 했으면서 그 뻔뻔함에도 조금 낙담하는 귀찮은 녀석이기도 해."

"뭐냐, 자신만만하기는."

어느새 할아버지 일이 없었던 것처럼 평소대로 대화했다. 냉기도 열기도 여전히 품은 채로.

"그래도 확실히, 영화의 같은 장면을 몇 번이나 다시 보는 건 나도 좀 귀찮다고 생각해. 상야등을 보니까 생각났어."

"나도 알고 있고 미안하다고 생각하는데, 너 2턴 연속 공격이야."

"나도 뭔가 더 있다면 말해도 돼."

"나쁘다기보단, 메메. 둘러댈 거면 잘 좀 하라고 생각하곤 해. 한라이의 매매 교섭, 그거 뭐야."

역시 그때 "흐응"은 전혀 받아들이지 않았다는 뜻이구나. 역시 나와도 관련 있는 일이니 이번에야말로 능숙하게 둘러대고 싶다.

"아니, 그게 한라이가 아는 반 친구들 정보를 에비나가 사겠다나 뭐라나 했다는데, 나도 자세하게는 몰라."

"흐음. 아, 그러고 보니 전에 한라이가 했던 여자한테 만지게 해달라고 부탁한 거, 너랑 계획했다고 들었는데 그것도 자긴 상관없다는 얼굴로 얼버무렸던 건 나쁘다."

"그 자식 죽여버려야지. 그거 그 녀석이 나한테 제멋대로 선언하고 시작했을 뿐이야."

"안 말렸으니까 공범죄야."

"누가 진짜 한다고 생각하겠냐. 그리고 사브레, 너도 2턴 연속."

"나도 뭐 더 있으면 말해도 돼."

"그러네, 나를 원래 나쁜 녀석이라고 생각했다면 할아버지한테 좋은 녀석이라고 거짓말하지 마. 여기 와서 네가 거짓말하는 모습 되게 많이 봤어. 아, 그리고 이것저것 신경 쓰면서 아주머니 앞에서 이름은 왜 실수하냐, 부끄럽게."

"재워주는 사람한테 나쁜 녀석을 데리고 간다고 말 못하지. 저기, 나 지금 이 짧은 시간 안에 또 하나, 메메가 남을 욕하고 싶을 때 연속으로 말하려 든다는 싫은 면을 발견했거든?"

"먼저 공격한 건 사브레니까."

"마음대로 자백한 건 메메."

어째서인지 둘 다 멈추지 않고 한동안 서로의 나쁜 면이나 귀찮은 면을 말하는 놀이를 이어갔다.

평소라면 싸움이 벌어질 일을 한다. 그런데 왠지 욕을 주고받는데도 옆에 있는 게 즐겁고, 서로를 이렇게 봤다는 게 기뻐서, 후반에는 계속 웃었으니까 역시 놀이다. 둘 다 던져놓기만 하고 개선법 따위 일절 제안하지 않는 점도 포함해서.

진지한 목소리로 돌아온 건 달이 제법 기울어진 시간이었다.

사브레가 갑작스럽게 이런 말을 했다. 갑작스럽다고 생각한 건 나뿐이고 사브레 안에서는 이어졌을 것이다.

"너희가 내 성격을 두고 말하는, 지나치게 신경 써서 귀찮다는 부분 말이야."

"응."

"병이라는 소리를 들은 적 있어."

진지하지 않게 들었는데, 병이라는 단어에 반응하기 어려워서 금방은 뭐라고 할 수 없었다.

"중학생 때 부모님한테, 창피하니까 빨리 고치라는 소리를 줄곧 들었는데, 그게 내 인격을 부정하는 것 같아서 싫더라고, 그래서 가족과 조금씩 거리를 두기로 했어. 작년 여름방학 때 집에 가서, 일부러 과하게 해봤더니 부모님 반응이 완전히 똑같았으니까 설날 이외에는 하숙집에 있기로 했어."

그래도 서로 나쁜 면을 지적한 덕분일까, 시간이 조금 주어지자 생각한 바를 그대로 말할 수 있었다.

"어느 쪽이든 좋아. 성격이든 병이든. 어차피 지나치게 신경 쓰는 녀석이라고 생각하면서 너랑 같이 있는 거니까. 나도, 에비나도 한라이도 더스트도."

'나는'이라고 말하면 좋았을까. 에비나가 지시한 것처럼 복선을 깔려면.

쑥스러움과 후회로 일단 시선을 피한 뒤, 다시 사브레를 봤다. 뭐라 말하기 어려운 표정을 짓고 있었다. 오늘 아침 신사 앞에서 본 것처럼. 그 얼굴은 뭐지.

이해를 못 했나 싶어 다시 설명하려는데, 사브레가 딱 한 호흡만큼 웃었다.

"그런가."

"그럼, 그럼."

"나, 역시 메메의 사고방식에 약하네."

사브레가 하려는 말을 이해하기 전에 어쩐지 이미지가 샘솟았다. 아까 내 말이 거실 안에 남은 것과는 전혀 다른 이미지. 사브레의 말이 차가운 바람을 타고 집 안에서 밖으로 날아가 바깥바람에 침투하는 것 같았다.

"약하다고?"

"한 방 먹었다는 의미."

"그건 기뻐해도 되는 거야, 나쁜 거야?"

"어떨까, 나 혼자 느끼는 감각이라."

예스인지 노인지 대답하지 않는 것이 사브레다워서 나도 한 호흡만큼 웃었다.

"사브레의 말은 자유롭네."

"적어도 그러길 바라. 해방되고 싶어."

사브레의 제대로 된 대답인지 아닌지 모르는 말의 힘을 빌려 조금 전에 샘솟은 이미지의 의미에 내 감각이 도달했다. 그렇구나.

내게는 사브레와 공감할 수 있는 면이 잔뜩 있다. 그녀를 이해하는 부분이 몇 가지나 있다. 그러나 성별이나 혈통이나 잘하는 일과 못하는 일과는 관계없이, 나와 사브레의 결정적인 차이를 지금 막 깨달았다. 그건 좋고 나쁨이 아니고 예스나 노도 아니어서, 그래서 간단히 말로 표현하지 못하는 사이 종료 시각이 왔다.

사브레 옆에 놓인 스마트폰이 빛났다. 할아버지가 보낸, 이상 없다고 알리는 메시지를 수신했다.

나쁜 나는, 그리고 분명 사브레도, 서로 얼굴을 마주 보고 진심으로 안도했다.

"내일도 일찍 일어나야 하니까 잘까?"

"그러게."

이 시간에 미련이 없진 않다. 그런데 신기하게도 끝을 받아들이는 것이 순조로워서 나는 사브레와 인사를 나누고 화장실에 갔다가 이불 안으로 돌아왔다.

그럭저럭 시간을 들여 잠든 후, 할아버지가 돌아온 소리를 듣고 일단 깬 것 같은데 기억의 저편으로 날아갔다.

현실과 꿈의 경계에서 떠올린 사브레는 날개가 달린 것처럼 보였다. 그 모습이 기쁘기도 했고 두렵기도 했다.

아침에 나는 나름대로 마음을 정했다.

수면 시간이 짧아서 식탁에 앉았을 때, 우리 둘 다 말 그대로 잠 귀신이 붙은 얼굴이었다. 할아버지가 우리보다 훨씬 건강한 얼굴로 차려준 아침밥을 감사히 먹었다.

짧게 커피 타임을 가진 후, 짐을 들고 집에서 나왔다. 불러둔 택시에 셋이 앉았다. 할아버지는 한동안 운전을 자제해야 한다.

여기 올 때 버스에서 내린 곳과 다른 역에 도착하자, 할아버지가 아르바이트비 대신으로 신칸센 티켓을 사줬다.

"여러모로 신세를 졌다만, 내가 살아 있으면 또 와주렴."

불량하게 웃는 얼굴에 나도 웃으며 고개를 숙였다. 재회를 약속하고 마지막으로 악수했다.

손을 흔들고 둘이 함께 개찰구를 지나 매점에서 음료와 과자를 사자 드디어 신칸센이 출발할 시간이 왔다.

두 사람의 짐을 좌석 머리 위 칸에 올렸다. 나란히 앉자 바로 출발했고, 본래 창가석에서 경치를 즐겼을 사브레는 출발하고 얼마 지나지 않아 잠들었다.

심심하지만 깨울 수는 없다. 나는 이어폰을 꼈다. 야간 버스에서 사브레가 보내준 플레이리스트를 다시 듣기로 했다.

그녀가 고른 곡들을 순서대로 들으며 변함없이 사브레를 생각했다.

솔직히 어느 시점까지 나는 사브레를 너무 귀찮은 녀석이라고 여겼다.

같은 반 친구들도 그렇게 생각했을 테고, 지금도 어느 정도는 그럴 것이다. 사브레와 같은 조면 청소가 도무지 끝나지 않는다. 같은 날 주번이면 사브레가 하도 꼼꼼하니까 대충하는 내가 담임한테 혼난다. 그룹 학습을 하면 사브레가 단어 의미를 일일이 걸고넘어져서 진행이 안 된다. 그런 불만이 본인 귀에도 들렸을 것이다.

청소 문제는 여자들에게 넌지시 주의를 들은 후, 방과 후 혼자 마음에 걸린 부분을 다시 체크하는 것 같다. 그 외에도 사브레는 일상생활 곳곳에서 여전히 지나치게 신경 쓰는 면을 발휘했고, 교실 밖에서도 만나는 우리 하숙생들은 그녀의 귀찮은 면이 훨씬 확실히 보였다. 그래도 친구이며 동료다. 그러니 에비나의 거친 입이나 한라이가 멍청한 작전을 실행하는 면이나, 더스트가 조금 위험한 녀석인 점이나, 내가 공부를 못 하는 점 같은 특징과 다르지 않다고 생각하기로 했다. 나에게는 더 나쁜 특징이 있었다만, 그때는 그걸 몰랐다.

조금씩, 그러나 분명하게 내 안에서 사브레에 대한 견해가 바뀐 것은 올해 1월. 아직 1학년이었던 나나 한라이가 청소나 비품 정비 등 동아리 잡무에 시달리는 나날을 보내던 한창때, 내게 갑자기 휴가가 생겼다.

그 시기 동아리 내에서 몇 명이 독감에 걸렸다. 당연히 학교도 동아리도 쉬었다. 나중에 들어보니 한라이는 아주 쌩쌩해서 "아아, 좋겠다"하고 부러워했나 본데, 생각보다 힘들었다.

며칠간 한라이에게 마트에서 먹을 걸 사다 달라고 부탁해 그걸 먹고 약을 먹고 자기를 반복했다. 옮기지 않게 마트 봉지는 문손잡이에 걸어 달라고 했고, 한라이가 라인 메시지로 알려주었다. '오래 기다리셨습니다. 우버이츠입니다(웃는 이모티콘)' 같은 익살은 전부 무시했다.

어느 날, 번쩍 눈을 떴더니 또 한라이에게서 메시지가 왔다. 나는 몽롱한 머리로 일어나 문을 열고 포카리스웨트나 주먹밥이 든 봉지를 받았다. 복도의 공기에 온몸이 떨려서 얼른 방으로 돌아와 침대에 앉아 내용물을 확인하자, 의외의 물건이 들어 있었다. 요구르트와 복숭아 통조림이었다. 여자들이 살 법한 이런 것을 한라이가 사 올 리 없고, 실제로 이전의 몇 번 중에도 없었다.

어리둥절한 의문은 금방 풀렸다.

원래 어딘가에 붙였는데 떨어졌겠지. 예쁘게 접힌 작은 종이에 두 사람의 메시지가 적혀 있었다.

'몸조리 잘해 에'

'빨리 나아~ 사'

사브레는 간단한 양 그림까지 그려주었다. 그 두 사람이 고른 것이라면 몸에 좋겠다고 생각해 감사히 먹고, 냉각 시트를 새로 교환하고 다시 이불속으로 파고들었다.

자고 깨기를 한동안 반복하다가 다음 날이 왔다. 알람용으로 둔 시계를 확인하자 9시 12분. 체감상 어제보다 열이 많이 내린 것 같았다. 머리도 맑았다. 요구르트와 복숭아가 들었니? 그렇게 즉효성일 리가 있겠냐. 알아서 자문자답하며 스마트폰을 보자, 사브레에게서 전화가 왔었다. 라인 메시지도.

'미안, 실수로 전화를 걸었네(땀 이모티콘). 어제 한라이 편에 건넨 메모, 빨리 나으라고 썼는데 정정할게. 성급하게 나으려고 하거나 얼른 학교에 가야 한다고 생각하지 않아도 돼. 느긋하게 메메가 원하는 만큼 충분히 쉬어도 당연히 괜찮아! 재촉할 의도는 없었는데, 혹시 메메 마음이 성급해지면 미안하니까 설명했어. 헷갈리게 했다면 미안해.'

읽고 웃었다. 재촉했다는 생각은 안 한다. 사브레답다.

그 사브레다움을 그날은 왠지 귀찮음과 다른 방향으로 느꼈다. 가슴 주변이 넓어진 것 같았다. 물리적인 의미는 아니다.

잘 보니 라인 메시지를 보낸 시간이 조금 전이었다. 그제야 오늘이 토요일인 걸 알았다.

몸도 꽤 좋아졌으니까 전화를 걸었다.

"오, 오오, 메메, 괜찮아? 전화한 거 신경 안 써도 되니까 자는 게 좋아."

"제법 괜찮아졌어. 땡큐, 요구르트랑 복숭아."

"다행이다. 그거 일단 말하는데 복숭아가 나고 에비나가 요구르트. 에비나의 에, 사브레의 사."

"이름 쪽은 알아. 또 재촉한다고 생각 안 해."

"미안해, 그거. 괜히 헷갈리게 했지."

"아니야, 그거 보고 생각한 건데."

그때는 내가 냉정하다고 여겼고 평소와 똑같다고 여겼고, 단순하게 내 감상을 말했다고 여겼다. 지금 생각해 보면 아마 아직 열이 있었을 것이다.

"사브레는 귀찮은 게 아니라 진심인 거네."

말하고서 깨달았다. 이래서는 사브레를 귀찮다고 생각한 걸 인정한 거다. 그러니 그 후 사브레가 몇 초 침묵해서 언짢게 한 줄 알고 초조했다.

다음에 들린 것이 웃음소리여서 다행이었다.

"아니지, 나는 귀찮지."

"네 입으로 말하냐. 뭐, 아무래도 좋은데. 사브레는 그런 녀석이라고 생각했을 뿐이야."

"그럴 뿐이구나."

"그럴 뿐, 그럴 뿐."

그렇게 전화를 끊고 하루 또 쉬는 동안, 계속 넓어진 마음의 감각을 확인했다. 언제부턴가 가슴 주변이 울렁거리는 그 느낌이 사브레를 생각할 때 생기는 걸 알았다. 어쩌면 좋아하게 된 걸지도 모른다는 생각이 들었고, 며칠 후 완전히 나은 후로는 사브레와 만나서 "부활 축하해"라며 웃는 얼굴을 보고 인정했다.

아마 주변에서 표현하는 귀찮다는 말을 곧이곧대로 받아들여 제대로 알려고 하지 않았을 것이다.

외모나 목소리, 조금 독특한 사고방식이나, 귀찮아 보이기도 하고 진지해 보이기도 하는 사브레의 자세는 내가 좋아하는 형태라는 것을.

이것이 계기다. 로맨틱이고 뭐고 전혀 없는데 내게는 특별했다. 라인 메시지나 전화, 이미 사브레는 기억하지 못하겠지만.

이 순간의 나에게로 시간이 되돌아 와 눈을 떴다. 지금 좋아하는 애와 있는 나에게.

나는 아직 달리는 신칸센 안에 있었다. 옆에 사브레를 보자 창밖을 보고 있었다. 이어폰을 뺐다. 플레이리스트는 어느새 전부 끝났고, 모르는 사이에 1시간이나 잤나 보다.

나는 차를 한 모금 마시고 포키 상자를 열었다. 그 소리를 듣고 사브레가 이쪽을 봐서 봉지에 담긴 포키 다발을 내밀었다. 가느다란 손가락이 하나만 뽑아 갔다. 보답으로 프링글스 하나를 받았다.

오늘 사브레는 야간 버스를 탄 그날과 같은 복장이다. 오버사이즈의 까만 티셔츠에 눈이 따가운 무지개 같은 무늬의 스커트. 할아버지 집에서 색이 물들지 않게 따로 세탁했다.

같은 복장인데 내게는 다르게 보였다. 의외로 이유는 확실한데, 그 이유를 생각했더니 신칸센에 앉아 있는 남은 1시간 반 동안 전혀 잠이 오지 않아서 사브레와 나누는 대화가 사방으로 굴러갔다. 내 마음은 이제 굴러가지 않았다.

3시간 만에 땅을 밟자 약간 둥실둥실 뜬 감각이었다. 사브레에게 말하자 "이해하는데 여기도 콘크리트로 토대를 만들었을 뿐이지 땅은 아니야. 지하도 있고 아래는 비었잖아. 몸이 신칸센 바닥과 어떻게 차이를 판단하려나. 플라세보일 것 같아. 메메의 감각을 부정하려는 건 아니야"라고 대답해서 여전히 사브레답다고 생각했다.

그렇게 빠른 열차를 타고 남쪽으로 3시간 이동한 만큼 이쪽은 제법 더웠다. 그쪽의 쾌적함에 익숙해진 몸에는 열반사와 과밀한 인구가 만들어 낸 무더위가 너무 힘들다. 얼른 사브레와 함께 실내로 들어가 역 구내를 이동해 일단 개찰구에서 나왔다. 점심을 먹기 위해서다.

맛보다는 완전히 기온과 메뉴로 고른 우리는 마침 길에 있던 라면집의 중국식 냉면을 나란히 앉아 먹었다.

"면보다 이 해파리가 좋아. 이게 있는 중국식 냉면은 당첨된 기분."

"그럼 우리 식당에서 가끔 나오는 건 당첨이 아니네."

"그건 그것대로 맛있어. 그보다 음식을 두고 당첨이니 아니니 하면 안 되는구나."

사브레는 자기가 한 말을 알아서 반성하고, 시큼하고 오독오독할 뿐인 해파리를 맛있게 먹었다.

나도 지난번을 반성해서 곱빼기를 시켰다. 그런데도 다

먹는 건 내가 훨씬 빨랐다. 사브레는 "운동하는 녀석과 안 하는 녀석의 신진대사 차이를 목격한 여행"이라는 소리를 했다.

가게를 나온 우리는 다시 개찰구로 들어가 목적한 플랫폼으로 갔다. 여기서부터는 평범한 열차다. 조금 기다렸다 탄 열차는 우리가 타고 온 파란 열차와는 비교도 안 되게 갑갑했다. 딱히 사람이 꽉 찬 건 아니니까 이미지 문제도 제법 있겠다.

문 앞에 서서 짐을 바닥에 내려놓고 열차에 맞춰 흔들렸다. 사브레는 겉모습처럼 코어가 약한지 몇 번이나 비틀거렸다. 후들거리는 걸 실실 웃으며 지켜봤는데, 다음에 심하게 흔들린 순간 사브레가 발밑에 놓아둔 가방에 걸려 넘어지지 않으려고 뻗은 손이 내 복부를 쳤다.

"미안, 아팠어?"

"왜 주먹을 내밀어?"

"요즘 가위바위보에서 주먹을 내려고 고집하거든."

"뭐냐, 그 이상한 이유는."

사과하면서 조금 웃는 사브레와 투덜거리면서 대놓고 웃는 나는 시끄럽다는 시선을 느끼고 목소리를 낮췄다.

목적지인 역에서 열차를 내리면 이번이 마지막 교통수단이다. 평범한 버스를 타고 우리 동네까지 돌아간다. 당연히 아쉬움도 많이 남고 즐거웠다는 만족감도 있는데, 그런 것을 전부 포함하려는 한 가지 커다란 감정이 있어서 아마 그것 덕분에 지금 내 마음이 안정되었을 것이다. 나를 든든히 받쳐준다.

버스가 비어서 둘이 앞뒤로 나란히 앉았다. 내가 뒤다. 이 상태에서 일부러 고개를 쭉 빼 말을 걸 이유는 없었다.

익숙한 동네로 접어들어 익숙한 버스정류장 이름이 들렸다. 사브레가 먼저 버튼을 눌렀다. 정차한 후에 일어나 각자 가방을 들고 버스에서 내렸다.

에어컨이 들어온 버스 안과 다르게 직사광선이 우리를 찔렀다. 사브레는 버스를 탄 동안 가방에서 꺼낸 모자를 썼으나 나는 무방비하다.

"돌아오고 말았네."

그렇게 아쉬워하지도 않으며 중얼거린 사브레와 함께 누가 먼저라 할 것 없이 하숙집을 향해 걷기 시작했다. 더워서인지 주택가인 이 부근에는 사람 그림자가 전혀 없었다. 한동안 그 상황이 달라지지 않았다. 내게는 마침 잘 됐으니까 옆에서 걷는 사브레를 불러 세웠다.

"잠깐 있어 봐."

"응?"

어깨에 걸친 에나멜 가방의 지퍼를 열어 안을 뒤져, 안주머니에 넣어둔 캔 커피를 꺼냈다. 그리고 지갑에서 10엔도. 우선 캔 커피를 사브레에게 건네자 진심으로 영문을 모르겠다는 표정을 지었다. 그야 그렇겠지.

"이거 사실은 야간 버스의 육체노동자 형씨가 네 몫으로 사준 거니까. 자."

"아아, 그렇구나, 고마워."

어딘가에 있을 형씨의 지갑이 아니라 타이밍을 가늠한 내게 고마워했다. 사브레는 가방을 일단 땅에 내려놓고 받은 캔 커피를 쑤셔 넣었다. 그리고 다시 등에 메는 것을 나는 묵묵히 기다렸다.

"그리고 이건 어제 빌린 희사금."

"아, 오케이."

사브레가 받은 10엔을 주머니에 넣고 걷기 시작해서 다시 옆에 나란히 섰다.

몸을 움직이는 편이 왠지 차분해진다.

"사브레."

"응."

"사실은 계속 사브레를 좋아했어."

곁눈질로 나를 보던 사브레는 고개를 조금 더 비틀어 얼굴 중심을 내게 향했다. 걷는 것을 그만두지 않고 그대로 터벅터벅 걸으며 당연한 소리를 했다.

"최근 계속 같이 있었는데 지금이야?"

"응, 그건 그런데."

내게는 지금뿐이었다.

장소와 타이밍은 분명 사브레가 거부하기 쉽게 배려했다. 그래도 그런 것은 내가 지금이라고 정한 가장 큰 이유는 아니다. 승산을 따진 게 아니라 좀 더 제대로 된 마음이 있었다.

"자각하고 반년쯤 또 이 닷새간도 포함해서, 지금보다 더 사브레를 좋아한 적이 없고 이보다 더 좋아한다고 상상하기 어려우니까 지금이었어."

내 말은 땅으로 내려가 열기 속에 섰다. 그런 이미지다. 어젯밤, 사브레가 내보인 자유로움과 비교하면 비둘기의 말과 양의 말 같다고, 이상한 상상을 했다.

"오, 그거 의외다."

"반년 전이?"

"그건 응, 그런가 싶은데. 그보다 메메가 그런 느끼한 말을 부끄러워하지도 않고 말하는 게."

"아니, 지금 무지 부끄럽거든."

부끄러움을 얼버무리려고 이상한 상상도 했으니까. 그래도 나의 나쁜 면을 고백하기보다 사브레를 좋아한다는 나의 좋은 면을 말하는 게 편한 면은 있다. 불볕더위에서는 잘 드러나지 않을지도.

사브레는 흠흠 고개를 끄덕였다. 그 반응이 조금 의외였다.

"별로 놀라지 않네."

그런 것까지 배짱이 두둑한가, 아니면 훤히 보였나. 그렇다면 너무 쪽팔린데.

"응. 사실은 나도 비슷한 걸로 고민했으니까 네가 비슷한 걸 생각해도 이상하진 않아서."

"비슷한 거?"

앵무새처럼 되뇌는 게 가장 멍청한 질문이라고 스스로 생각했다.

"응. 아니, 메메 잘도 그런 말을 하네, 안 부끄러워? 대단하다, 너."

"왠지 칭찬받았네."

사브레가 말을 고르는 동안 의미를 생각하고, 부글부글 끓어오르려는 기쁨을 억제했다. 다른 녀석이라면 몰라도. 사브레 상대로는 아직 이르다.

"아무튼 말할게. 나도 메메를 좋아해. 그렇지 않으면 여행 가자고도 안 하지. 응. 그런데 네가 말하는 좋아한다는 말보다 아마 의미가 넓을 것 같아서, 원래 좋아한다는 기분은 그러데이션이니까 우정이나 연애라고 단정하는 건 좋지 않다는 생각도 있거든."

어차피 일반적인 것과 비교해 귀찮은 소리를 하리라 짐작했으니까 기뻤다.

"사브레답네."

"응, 그래도. 아, 잠깐 편의점에 들러도 돼?"

필요한 게 있는지는 몰라도 고백받는 도중인데 눈앞에 보인다고 편의점에 들르다니, 사브레가 아닌 상대였다면 있을 수 없는 일일 테니 웃고 말았다. 나는 당연히 그러라고 했다. 사브레에게는 사브레만의 우선순위가 있다.

같이 문을 열고 들어간 편의점은 유난히 시원했다. 손님은 잡지를 읽는 사람 한 명뿐이다. 나는 먼저 아쿠아리우스를 샀다. 따지고 보면 더운 길거리에서 하는 고백도 있을 수 없는 일인가 생각하며 입구 근처에서 사브레를 기다렸다.

계산을 마친 사브레는 오른손에 페트병 차, 왼손에 캔 커피를 들고 내게 그쪽을 건넸다. 그 행동으로 이야기를 끊어서라도 편의점에 들르려 한 이유를 이해해서 사양하지 않고 받았다.

밖으로 나왔는데, 역시 햇살이 너무 강하니까 처마 밑을 빌리기로 했다. 잡지 코너와 조금 거리를 두고, 편의점을 등지고 나란히 섰다.

사브레는 우선 가방을 내려 벗은 모자를 위에 얹었다. 어쩌면 이런 때 모자는 실례라고 생각했을지도 모른다.

"그래서, 원래는 그렇게 생각했어."

수분 보충을 마친 페트병을 바닥에 놓고 사브레가 말을 잇기 시작했다. 나도 음료를 한 모금 마신 뒤 바닥에 놓고 이어질 말을 기다렸다. 이것이 장소도 흐름도 관계없는 사브레만의 독특한 답변인 걸 안다.

"그런 상태에서, 사실 나는 메메를 좋아하는 감정이 뭔지 확실히 알고 싶다는 심리도 있어. 그래서 이번 여행은, 나한테는 그런 주제도 있었어. 메메한테 같이 가자고 할 때 생각했어."

"……그래서?"

"먼저 말하지 않은 걸 사과할 생각이었는데 너도 나한테 반년이나 말 안 했으니까 상쇄해도 돼?"

"응, 그러면 돼."

아까 캔 커피도 그거였다고 생각한다. 사브레는 분명 나에 대해 충분히 생각했고, 답을 내기 전에 최대한 평등해지려고 했다.

"신칸센 안에서 메메가 자는 동안 생각했어. 어땠는지."

티셔츠가 등에 달라붙었다.

"그래도 정하지 못했어. 역시 그러데이션이야. 요 며칠간 감정이 엄청나게 커다래졌어. 어제는 메메의 나쁜 점과 연결됐는데, 네가 오랫동안 스포츠를 하고 다양한 연령대와 만나면서 얻은 배려심이나 뛰어난 판단력도 나는 좋아해. 거기에 우정도 있고 연애도 있어. 메메도 사실은 그렇겠지. 말해준 건 연애지만, 나한테 우정도 느낄 거야. 이번에는 그렇게 서로 좋아하는 마음을 가졌다는 걸 안 거니까."

사브레가 눈을 똑바로 봐주었다.

"우리 둘 다 자유롭게 있으면 된다고 생각해."

사실은 그럴 것 같았다.

캔 커피를 받지 않아도, 서로 비밀을 상쇄하지 않아도.

서로 좋아하니까, 연애하고 싶은 마음도 있으니까, 남자와 여자니까, 그러니까 관계를 바꾸자고 하지 않는 점이 정말 사브레답다. 전에 누군가와 사귀면서 그 생각이 더 강해졌을 수도 있다. 나는 며칠을 함께하며 사브레를 더 알아가고 더 좋아졌으니까 알았다. 짐작했다. 분명 사브레라면 소중한 상대의 자유도 고려하지 않을까.

사브레가 자기 의견을 곧이곧대로 설명한 건 나를 진지하게 생각해 준 가장 큰 증거인 것도 이해한다.

그래도 말로 들으니 충격이었다.

"이게 나만의 생각일지도 모른다는 것도 알아."

사브레는 자유를 바란다. 여기에서 해방되기를 원한다.

"메메, 어떻게 생각해?"

내게 날개를 내민 듯한 이미지를 받았다.

사브레의 자유를 존중한다면, 좋아하는 아이가 본모습대로 있기를 원한다면 답은 정해져 있다.

만약 내가 진심으로 남을 배려하는 다정한 녀석이었다면.

하고 싶은 대로 하면 된다고, 분명 말할 수 있었다.

그러나 이번 여행에서 알았다. 나는 겁쟁이이고 나쁜 녀석이다.

"너랑 사귀고 싶어."

하숙집에 돌아가면, 신학기가 시작하면, 3학년이 되면, 졸업하면, 사브레의 자유로움을 지금 받아들이면, 언젠가 정말로 날아갈지도 모르니까 두려워서, 거짓말을 하지 못했다. 어제의 이미지가 마음을 질질 끌어냈다.

"나는 사브레와 사귀는 사이가 되어서 손을 잡고 싶어. 어딘가로 가버리지 않겠다고 둘이 약속하는 것처럼. 친구일 뿐이면, 아무리 친해져도 나는 그럴 이유가 없으니까 아마 그러지 못해. 자유롭고 싶은 네 생각을 꺾으려는 나쁜 녀석이라고 나도 생각해. 그래도 사브레가 확고한 의견이나 생각을 품은 걸 알고 충분히 이해도 하지만, 그런 것에 전혀 뒤지지 않을 정도로, 내 마음과 내 머릿속, 그런 것까지 전부 다 해서 좋아해."

지금 사브레의 날개를 비틀어 떼려고 한다.

"같이 있고 싶어."

마음이 뒤흔들려서 떨리는 긴장과 각오와는 별개로, 거기 있는 것도 아닌 이상한 영상이 떠올랐다. 부러진 뼈와

찢어진 날개, 뿜어나오는 피를, 어디 있는지도 모르는 또 하나의 눈과 같은 것이 비추고 있다. 아무리 떨치려고 해도 사라지지 않는 이것이 내 안에 있는 끔찍함이고, 죄책감의 이미지인 걸 깨달았다.

사브레가 나를 불러주기까지 현실의 눈으로 돌아오지 못했다.

"메메."

정신을 차리고 눈을 깜박였다. 무참한 날개도, 당장 날아가려는 커다란 날개도 여기에는 없다.

"나도 정말 나쁜 녀석이다."

원래부터 없었을까, 사라졌을까, 어느 쪽일까.

"하룻밤만으로는 다 꼽을 수 없네. 자각하지 못한 것까지 합치면 나쁜 점이 더 있겠다."

사브레는 고개를 숙여 땅을 보고 깊게 숨을 내쉬었다. 어쩐지 그 상태로 멈췄다가 한참 후 되돌아왔다. 눈이 마주쳤다.

"내 말투, 너한테 결정하는 책임으로 밀어붙였어. 네가 말해줘서 내가 무슨 짓을 했는지 간신히 알았어. 시험하는 듯한 말투였어."

사브레가 하려는 말을 이해하기 전에 그 얼굴을 보고 딱 한 가지를 알았다.

"자유가 좋다느니 하면서 무지개를 구분한 건 나였어."

훔치지 않아도 흘리지 않아도 들키는 것처럼.

"성격도 병도. 생각도 감정도. 메메, 어느 쪽이든 좋다고 말해줬는데. 겁쟁이이고 끔찍한 건 나야. 정말 귀찮다."

"사브레."

"미안해, 메메. 다시 말해도 돼?"

그런 질문을 지금껏 자주 들었던 것 같다.

답은 정해졌다. 지금까지도, 앞으로도.

나는 사브레의 말을 듣고 싶어서 몇 번이나 끄덕였다.

"고마워. 들어줘. 나도, 아니다, 내가 같이 있고 싶어. 하숙집 동료이며 같은 반 학생이며 친구이며 연인으로, 그 전부이며 그 어느 것이든 좋아. 서로 나쁜 면도 끔찍한 면도 귀찮은 면도 전부 데리고. 메메랑 같이 있고 싶다고 지금 생각해. 이게 내가 진지하게 결정한 자유이고, 놓치기 싫은 비자유야."

말을 마치자 사브레가 갑자기 몸을 돌려 편의점으로 뛰어갔다.

멍하니 서 있는데, 녀석은 안을 돌아다니다가 계산을 마치고 돌아왔다. 오른손에는 비닐에 담긴 새 수건. 왼손에는 자몽 맛 아이스크림. 뭐 하자는 행동인지 지켜보는데, 왼손을 내게 내밀었다.

"먹으면서 기다려."

받아 들자, 사브레는 내려놓았던 페트병을 주워 편의점으로 돌아가 다시 계산대 앞에 선 후 구석으로 사라졌다. 화장실을 빌리려나 보다.

사브레가 한 말의 의미를 생각하며 둥실둥실 마음이 붕 뜬 채 나는 모처럼 받은 아이스크림을 먹었다. 이 기온에 세계 제일 맛있는 음식이다.

그건 그렇지만 나도 안에 들어가면 안 되나. 아이스크림과 음료 용기를 가게 앞 쓰레기통에 버리고 생각하기 시작했을 때, 수건을 목에 걸친 사브레가 돌아왔다. 표정이 진지하고 어딘지 후련해 보였다.

"미안해, 우는 얼굴 보이는 거 연약한 정신을 어필하는 것 같아서 좀 싫거든."

"아, 그렇구나."

"다른 사람은 괜찮은데. 그러니까 어제 메메가 운 것도 신경 안 써."

"굳이 말 안 해도 되거든."

"자, 가자."

지금까지 아무 일도 없었던 것처럼 사브레는 모자를 쓰고 가방을 메더니 바로 주차장으로 걸음을 내디뎠다. 일단 쫓아갔다.

옆에서 걸으며 정말 아무 일도 없었던 걸로 처리되면 곤란하다고 솔직히 생각했다.

이건, 그러기로 했다고 생각해도 해도 되는 건가? 아까 사브레의 말은.

한 번 더 제대로 확인하고 하숙집으로 돌아가고 싶다. 그래도 어떻게 말을 꺼내면 좋을지 모르겠다.

한심한 내 걱정은 조만간 두 사람의 공통 문제가 해결해 주었다.

"에비나나 다른 애들한테 뭐라고 말할 거야, 메메?"

"아, 그러게, 네가 말한 대로 말할까. 하숙집 동료이자 같은 반 학생이자 친구이자 연인이라고."

"응."

자기가 말을 걸었으면서 소극적인 대답이었는데, 그래도

연인까지 포함해 무엇 하나 부정하지 않았다.

둘 다 다시 말이 없어지자, 이 달라진 상황을 만들어 낸 나로서는 부끄럽고 불친절한 것 같았다. 그러니 화제를 이어가려고 했고 거기에 나의 민망함을 묻으려는 의도도 담아 한라이에게는 어떻다느니, 더스트에게는 말하기 어렵다느니 같은 소리를 했는데, 사브레는 목에 걸친 수건을 입에 대고서 "응" "뭐" "그래"라고만 말했다.

걱정이다. 사브레니까 후회나 반성을 하는 중이려나. 그건 싫은데.

"괜찮아, 사브레?"

그래서 물었다.

"응, 저기, 좀 갑자기, 아직 설명을 못 하겠는데, 아마 지금까지의 생각이나 의견으로 구분해두었던 커다란 감정이 겉으로 나와서 얻어맞은 기분이야."

나는 대화의 흐름에서 이해한 의미가 너무 기뻐, 입을 다물면 될 것을 곧바로 물어보고 말았다.

"그건, 같이 있고 싶다는 거?"

나를 완벽하게 무시했다.

평소 사브레의 성격이라면 그런 짓은 안 한다. 평소와 너무도 다른 사정이 마음속에서 생겨나 사브레의 입을 묶어 버렸는지도 모른다. 그렇다면 사브레가 큰일 난 상황에 미안하지만, 마음을 움직여 줘서 나는 기뻤다.

마침내 며칠간의 여행을 마치고 우리는 하숙집 앞에 도착했다. 버스정류장에서 오면 먼저 여자 기숙사 앞을 지난다. 그곳에서 멈춰 서서 부끄럽지만 오랜만에 마주 보고 섰다.

"그럼 나는 일단 방에 돌아가서 진정할 테니까, 괜찮다면 저녁이라도 같이 먹으면 어떨까요?"

"그건 뭐야, 갑자기."

"혼란스러워서 그래. 메메메메메메, 시끄럽긴."

"내 목소리 어떻게 들리는 거야?"

이를 드러내며 조금 웃고, 사브레가 또 큼지막한 입에 수건을 댔다. 그렇게 댄 채로.

"손은, 그때."

그 말만 남기고 여자 기숙사의 열린 철문 사이를 지나갔다. 관리인실 사람들에게 잊지 않고 인사하고 모습을 감추기 직전, 열쇠를 꺼내기 위해서인지 가방을 내리는 모습이 보였다. 어디에도 날개는 자라지 않았다.

등을 바라보며 품은 이것도 죄책감일지도 모른다. 사브

레와 나에 대한.

고백할 타이밍, 그때뿐이었다고 거짓말하고 말았다.

아까보다도 조금 더 사브레가 좋아졌다.

옮긴이의 말

 2015년에 지금도 꾸준히 인기 있는 《너의 췌장을 먹고 싶어》로 데뷔한 스미노 요루. 곧 있으면 10년 차 작가가 되는 그가 10번째로 선사하는 이 작품은 전매특허라 할 수 있는 고등학생들의 사랑 이야기다.

 테니스부 추천으로 고등학교에 입학한 주인공 메메. 공부로 들어온 똑똑한 친구들에게 미묘하게 패배 의식을 느끼면서도 열심히 운동하고 친구들과 우정을 쌓는다. 그런 메메가 좋아하는 사람은 같은 반 친구이자 하숙집 동료인 사브레로, 운동과 거리가 멀고 세상 모든 일에 지나치게 신경 쓰는 여학생이다. 아주 작은 것이라도 받으면 반드시 갚아야 하고, 단어의 의미에 집착하고 뭔가 석연치 않으면 계속 생각하는 사브레. 친구들은 그런 사브레를 귀찮다고 여기면서도 개성이라고 여기고 친구로 대한다.

 그 사브레가 갑자기 자살한 친척의 방을 보러 가겠다는 소리를 한다. 메메는 거의 생각이란 걸 안 하고 사브레의 행동에 공감을 표시하는데, 그 결과로 둘은 같이 여행을 떠나게 된다. 엉뚱한 목적과 우연으로 시작된 메메의 가슴 떨리는 여행이다. 이후 이야기는 두 사람의 발자취를 차분하게 쫓아간다. 두 사람은 여러 교통수단을 이용해 할아버지의 집에 가고, 할아버지와 함께 노동하고 배부르게 밥을 먹고, 자살한 친척의 방을 보러 갔다가 중학생에게 혼나고, 할아버지의 천식 발작이라는 큰 사건을 겪는다. 그 순간순간을 메메의 시선과 대사와 생각으로 아주 가깝게 묘사해서 독자도 실시간으로 여행을 함께하는 기분이 든다. 스미노 요루는 등장인물의 평범한 일상을 톺아보고 의미를 끌어내는 데 일가견이 있는데, 이번에도 그 실력을 아낌없이 발휘했다. 메메와 사브레의 닷새간을 통해 그들의 사랑관을, 어쩌면 스미노 요루 본인의 사랑관일 수도 있는 사상을 표현했다.

누군가를 좋아하는 감정은 결국 그 사람의 자유를 속박하려는 욕망으로 이어지는지도 모른다. 상대방의 행복을 바라면서도 같이 있고 싶다는 내 이기심을 우선하게 되니까. 함께 일상을 차곡차곡 쌓은 끝에 고백하는 것을 선택한 메메도 자신이 사브레의 날개를 꺾는다는 이미지를 품는다. 그래도 사브레는 좋아한다는 다양한 감정의 그러데이션을 인정하고, 친구이자 동료이자 연인으로 메메를 받아들인다. 두 사람은 서로 생각이나 처지가 다른 것을 이해하고 공감하는 길을 선택한다. 그 결과 각자 자유는 어느 정도 제한되겠지만, 앞으로 당당한 이유를 갖고 함께하게 된다. 고등학생들의 막 시작한 사랑이 앞으로 어떻게 될지는 모르나 응원하고 싶어진다. 이기적일 수밖에 없는 사람들이 꾸역꾸역 모인 세상에서 서로가 서로에게 이기심을 느끼는 사람들이 만나 자유와 비자유를 공유하는 것, 이것이야말로 솔직한 사랑일지도 모르겠다.

스미노 요루는 이 작품의 특설 페이지에서 "두근두근한 소설을 쓰고 싶은 욕망에 따라 글을 쓰기 시작했습니다"라고 밝혔다. 그 결과로 세상에 나온 작품이 누군가의 심장을 꿰뚫는다면, 교훈이나 주장은 부차적인 문제라고 본인이 주장한다. 자, 메메와 사브레의 이야기에 심장이 울렁울렁한 분이 있을까? 그렇다면 작가의 기념할 만한 10번째 작품은 멋지게 성공한 것이리라.

이소담

사랑과 그것과 그리고 전부

2025년　4월 25일 1판 1쇄 발행
2025년 10월 30일 1판 2쇄 발행

저　　　자 스미노 요루
옮　긴　이 이소담
발　행　인 유재옥

이　　　사 조병권
편 집 2 팀 정영길 조찬희 박치우
편 집 3 팀 오준영 이소의 권진영 정지원
디자인랩팀 김보라 전세연
디지털사업팀 김지연 윤희진 장혜원
라이츠사업팀 김정미 이지현 유아현
영업마케팅팀 최원석 윤아람
물　류　팀 백철기 이새롬
경영지원팀 최정연
발　행　처 (주)소미미디어
인쇄제작처 코리아피앤피
등　　　록 제2015-000008호
주　　　소 서울시 마포구 토정로 222, 502호(신수동, 한국출판콘텐츠센터)
판　　　매 (주)소미미디어
전　　　화 편집부 (02)567-3388
　　　　　　판매 및 마케팅 (070)8822-2301, Fax (02)322-7665

ISBN 979-11-384-8661-3 (03830)

*책값은 뒤표지에 있습니다.
*파본은 구입하신 서점에서 교환해드립니다.